La conquête de Santo Corretti

*

Sous l'emprise du cheikh

CAROL MARINELLI

La conquête de Santo Corretti

Traduction française de
ÉLISABETH MARZIN

GENTLEMEN

HARLEQUIN

Titre original :
A LEGACY OF SECRETS

Ce roman a déjà été publié en 2018

Réalisation couverture : E. COURTECUISSE (HarperCollins France)

HARPERCOLLINS FRANCE
83-85, boulevard Vincent-Auriol, 75646 PARIS CEDEX 13
Service Lectrices — Tél. : 01 45 82 47 47

www.harlequin.fr

ISBN 978-2-2804-4128-5

Prologue

— S'il te plaît, Ella, ne t'en va pas…

Dans le terminal international de l'aéroport Kingsford Smith de Sydney, Ella sentit son cœur se serrer devant le regard suppliant de sa mère. Comment se résoudre à la laisser seule avec son père ? Mais après tout ce qui s'était passé, il était vital pour elle de partir.

— Tu as un bel appartement, plaida Gabriella.

— Si je l'ai acheté c'est uniquement pour que tu viennes vivre avec moi. J'espérais que tu te déciderais enfin à le quitter.

— Je ne peux pas.

— Bien sûr que si.

— C'est mon mari.

— Et moi je suis ta fille.

Les yeux dorés d'Ella, hérités de sa mère, lancèrent des éclairs.

— Bon sang maman, il m'a rouée de coups !

— Parce que tu veux que je le quitte. Ça le met en colère.

Gabriella avait beau vivre en Australie depuis plus de trente ans et être mariée à un Australien, son anglais était toujours hésitant. Ella réprima un soupir. Discuter ne servait à rien. Le moment était venu de donner une dernière chance à sa mère. Elle sortit de son sac le billet d'avion qu'elle lui avait acheté en secret.

— Viens avec moi.

— Tu es folle !

— J'ai aussi apporté ton passeport. Viens. Tu pourras rentrer en Sicile et retrouver tes sœurs.

Ella retint son souffle. Pourvu que cet argument donne à sa mère le courage qui lui manquait ! Elle avait la nostalgie de son pays et elle parlait sans arrêt de ses sœurs.

Gabriella secoua la tête.

— Non. Je ne peux pas.

Le cœur d'Ella se serra. Pourquoi était-elle aussi déçue ? C'était pourtant prévisible... Malgré tout, elle fit une dernière tentative. Il fallait absolument que sa mère prenne conscience qu'elle partait pour de bon.

— Tu sais que je ne pars pas en vacances. Je vais en Italie pour chercher du travail.

— Tu ne voulais pas visiter la Sicile ?

— J'espérais surtout y aller avec toi. Mais je pense que j'aurai plus de chances de trouver du travail à Rome.

— En tout cas, si tu vas en Sicile, embrasse tes tantes pour moi. Dis-leur...

Gabriella se mordit la lèvre et Ella la considéra avec tristesse. Sa mère allait sans doute payer très cher le simple fait d'être venue l'accompagner à l'aéroport... Comment pourrait-elle raconter à ses tantes que leur sœur menait une vie extraordinaire en Australie ?

— Tu veux que je leur mente ?

— Pourquoi me fais-tu ça ? se lamenta Gabriella.

Ella se mordit la lèvre. Il était très tentant de répliquer : « Et toi, pourquoi m'as-tu fait ça ? Pourquoi t'es-tu contentée de pleurer pendant qu'il me frappait ? Pourquoi n'as-tu pas eu le cran de partir ? » Mais il n'en était pas question bien sûr... Elle jeta un coup d'œil au tableau des départs. Il ne fallait plus tarder.

— Je dois y aller, maman.

— Bon voyage, ma fille.

Gabriella pleura mais Ella garda les yeux secs. Depuis ce jour horrible deux mois plus tôt, elle n'avait plus versé une seule larme. Elle embrassa sa mère et se dirigea vers le comptoir d'enregistrement.

Un peu plus tard, installée dans l'avion à côté d'un siège vide, elle fut écrasée de remords. Comment ne pas s'en vouloir de laisser sa mère derrière elle ? Mais elle avait tout essayé. Elle ne pouvait vraiment rien faire de plus.

A vingt-sept ans, elle avait consacré assez de temps à tenter d'arracher sa mère à son sort. Elle avait même choisi un métier qui ne lui plaisait pas particulièrement mais qui assurait des revenus confortables et réguliers, afin de pouvoir prendre sa mère en charge si elle se décidait un jour à quitter son père.

Après avoir travaillé comme secrétaire dans plusieurs sociétés, elle était devenue l'assistante d'un homme politique important. Et elle avait passé deux ans à Canberra avec la hantise qu'un drame survienne chez ses parents à Sydney.

Incapable de continuer à vivre dans l'angoisse, elle avait quitté ce poste intéressant pour un qui l'était beaucoup moins et avait acheté un appartement à proximité de chez ses parents. Aujourd'hui, après ce que lui avait fait subir son père et devant l'obstination de sa mère à vivre dans la soumission, elle avait besoin de changer d'air.

Elle avait d'excellentes références et elle se débrouillait bien en italien.

Il était temps qu'elle commence à vivre sa vie.

Pas question de prendre des vacances pour se remettre de tout ce qu'elle avait enduré ou simplement pour souffler un peu. Non, sa priorité c'était de trouver du travail.

Ayant quitté l'Australie en plein été, elle fut saisie par le froid qui régnait à Rome au mois de janvier. Elle s'accorda une journée pour visiter les principaux sites touristiques et lança une pièce dans la fontaine de Trevi, comme le lui avait demandé sa mère. Si seulement elle avait réussi à la convaincre de partir avec elle…

Elle prit le train pour Ostie, où elle visita les ruines et

se promena sur la plage, le cœur serré. Serait-elle un jour délivrée de ce sentiment de culpabilité insupportable ?

Estimant que le meilleur remède contre la mélancolie était l'action, elle commença ses recherches d'emploi dès le lendemain.

« Vous avez beaucoup d'expérience pour votre âge, mais… »

Partout où elle se présentait, c'était la même réaction. Oui, son curriculum vitæ était impressionnant. Mais même si elle était capable de tenir une conversation en italien, elle ne maîtrisait pas suffisamment la langue pour qu'un cabinet de recrutement présente sa candidature à un poste d'assistante. C'est ce que lui expliqua Claudia, comme d'autres avant elle.

— A part le secrétariat, y a-t-il un autre domaine qui vous intéresse ? demanda malgré tout la jeune femme.

Ella faillit répondre par la négative, puis elle se ravisa. Après tout, elle n'avait rien à perdre…

— Oui, le cinéma.

— Il faudrait vous adresser à une agence de casting.

— Non… C'est la réalisation qui m'intéresse.

A vrai dire, c'était même son rêve depuis toujours, mais déterminée à gagner assez d'argent pour donner à sa mère la possibilité de déménager, elle avait renoncé à tenter sa chance en commençant par des stages peu ou pas rémunérés. N'était-ce pas le moment ou jamais ?

Claudia secoua la tête.

— Désolée… A moins que… Nous avons un client… Corretti Media à Palerme, en Sicile. Vous connaissez ?

— Un peu. Dernièrement ils ont produit plusieurs blockbusters qui ont très bien marché.

— Le P.-D.G. est Alessandro Corretti, mais je crois que c'est son frère Santo qui cherche une assistante.

— J'ai entendu parler de lui.

Mieux valait éviter de préciser que c'était moins pour son

flair de producteur que pour ses frasques en tout genre… Cependant, Claudia elle-même déclara :

— Je préfère vous prévenir qu'il en change très souvent en raison de son caractère… imprévisible, disons. Par ailleurs, il a la réputation d'être un séducteur invétéré.

Après avoir consulté un dossier, elle ajouta :

— Oui, il cherche bien une nouvelle assistante. Le poste implique de l'accompagner sur les tournages… et surtout de rester zen en toute circonstance.

Ella fut assaillie par une bouffée d'espoir. La réputation de Santo Corretti, elle s'en moquait. L'occasion de mettre un pied dans l'industrie du cinéma était trop belle. Avec un peu de chance, en se rendant sur les tournages elle parviendrait à acquérir quelques bases. Ce serait un début.

— Si je lui dis que le monde du cinéma vous est familier, il ne s'arrêtera peut-être pas au problème de la langue. En revanche, il faudrait revoir votre look.

Piquée au vif, Ella s'efforça de ne pas le montrer. Qu'on lui fasse des remarques sur son niveau en italien, elle le comprenait. Mais son tailleur gris lui avait coûté une fortune et elle l'avait souvent porté au Parlement australien, où personne n'avait jamais rien trouvé à redire à sa tenue. Il était vrai qu'il avait déjà trois ans et que les hommes politiques n'étaient pas forcément des experts en matière de mode…

— Santo Corretti exige de tous ses collaborateurs une élégance irréprochable.

— Il n'aura aucune raison de se plaindre.

— Je vais l'appeler.

Tandis que Claudia téléphonait, Ella s'efforça de réprimer son excitation. Pour la première fois de sa vie, elle entrevoyait une possibilité de faire un jour un métier qui la passionnait… Mais en entendant Claudia la décrire, elle sentit ses joues s'enflammer. Ses cheveux blonds étaient-ils un atout ou un handicap ? Et l'idée que ça pouvait être un critère de sélection ne devrait-il pas l'indigner ?

Quelques instants plus tard, la jeune femme raccrocha.

— Désolée… C'était son assistante actuelle. Elle a hâte de s'en aller, mais d'après elle il est inutile de vous présenter.

— Tant pis. Merci d'avoir essayé.

En sortant, Ella s'arrêta dans un bar pour boire un café et regarda les gens qui défilaient sur le trottoir derrière la vitre. C'était ridicule d'être aussi déçue de ne pas avoir décroché un entretien.

D'autant plus que même si elle en avait passé un, le résultat aurait été le même… En Italie, la mode était un sport national. La plupart des passantes avaient un chic inné avec lequel elle ne pourrait jamais rivaliser. Un coup d'œil sur son tailleur défraîchi aurait suffi à Santo Corretti pour juger qu'elle ne faisait pas l'affaire.

De toute façon, avait-elle vraiment envie de travailler en Sicile ? Avait-elle vraiment envie d'aller là-bas sans sa mère ?

Peut-être pas… mais elle avait vraiment envie de tenter sa chance.

Prise d'une impulsion, elle se leva et sortit du café. Au lieu de se rendre dans le cabinet de recrutement suivant sur sa liste, elle fit du lèche-vitrines. Quelle serait la tenue la plus appropriée pour la future assistante de Santo Corretti ? Elle entra dans une boutique et posa la question à une vendeuse.

Sans nommer le producteur, bien sûr. Elle se contenta d'expliquer qu'elle avait un entretien d'embauche très important. Une fois ses achats effectués, elle s'offrit une coupe et un brushing, ainsi qu'une manucure et une séance de maquillage.

En début d'après-midi, elle prit l'avion pour Palerme. Lorsqu'elle aperçut par le hublot l'île dont sa mère lui avait montré cent fois des photos passées, le doute s'insinua dans son esprit. Etait-elle vraiment prête ? Elle prit une profonde inspiration. Peu importait. Il fallait absolument qu'elle tente sa chance.

Après avoir mis ses bagages à la consigne, elle sortit de l'aéroport sous un soleil hivernal mais resplendissant et monta dans un taxi.

— Corretti Media, s'il vous plaît.

Tandis que la voiture démarrait, elle sortit son miroir de son sac pour se recoiffer et vérifier son maquillage. Lorsque le taxi s'arrêta devant la tour de Corretti Media, elle en descendit avec un mental de battante et pénétra dans le bâtiment d'une démarche assurée. Elle informa la réceptionniste qu'elle venait pour le poste d'assistante.

— *Un attimo, prego,* répliqua celle-ci avant de décrocher son téléphone.

Quelques instants plus tard, Ella sortit de l'ascenseur à l'étage que lui avait indiqué la réceptionniste. Elle n'eut pas le temps de faire plus de deux pas dans le couloir. Une jeune femme en larmes se précipita vers elle en lui souhaitant bonne chance.

— *Buona fortuna !*

Après lui avoir mis dans les mains un agenda en cuir et un trousseau de clés, elle lança par-dessus son épaule, toujours en italien :

— Si un homme me trompe une fois, honte à lui. S'il me trompe deux fois, honte à moi !

— Si je comprends bien, c'est non ?

La voix profonde qui venait de lancer cette réplique d'un ton narquois fit pivoter Ella sur elle-même. Eblouie, elle eut toutes les peines du monde à ne pas rester bouche bée. Pas étonnant que son assistante ait eu envie de donner une seconde chance à cet homme ! Mais pour une troisième, c'était visiblement non, en effet… Les portes de l'ascenseur venaient de se refermer sur la jeune femme en pleurs.

Restée seule avec l'homme, Ella croisa son regard vert. Il avait un sourire amusé aux lèvres, et une marque rouge très nette sur la joue gauche.

— Vous êtes ici pour le poste d'assistante ? demanda-t-il en italien.

Ella acquiesça et se présenta dans la même langue. Il lui fit signe d'entrer dans son bureau.

Sans avoir pris la peine de se présenter, bien sûr.

C'était inutile.

1

Santo se réveilla en sursaut en proie à une migraine épouvantable. Son cœur battait à grands coups et il se sentait oppressé. Il tendit machinalement le bras pour trouver du réconfort auprès d'une maîtresse quelconque. Personne. Et il n'était pas dans un lit mais sur un canapé…

Que s'était-il passé hier soir ? Il se leva péniblement et heurta quelque chose du pied. Une bouteille de whisky vide, constata-t-il en baissant les yeux. Et il était en costume, mais sans cravate et la chemise déchirée. Il tâta la poche intérieure de sa veste. La veille avant de quitter le bureau Ella avait vérifié deux fois qu'il avait bien les alliances sur lui, comme le lui imposait son rôle de témoin. Elles étaient toujours là. Pourquoi ?

Il gagna la salle de bains pour s'asperger le visage d'eau froide. Œil au beurre noir, lèvre tuméfiée… A la vue de son reflet dans le miroir, il retrouva la mémoire.

Alessandro !

Il décrocha le téléphone pour demander une voiture avec chauffeur. Mais le veilleur de nuit, ignorant visiblement qu'on ne posait pas ce genre de question à un Corretti, lui demanda où il souhaitait aller. Il raccrocha aussitôt.

Il jeta un coup d'œil par la fenêtre. Le jour n'était pas encore levé mais les journalistes montaient la garde. Ils avaient dû passer la nuit devant l'hôtel. Eh bien pour une fois, il n'avait pas le courage d'affronter seul la presse. Et encore moins son frère…

Il sortit son portable de sa poche et composa un numéro.

— Il faut que vous veniez me chercher.

Malgré l'heure matinale, Ella avait répondu à la deuxième sonnerie, avant même d'être vraiment réveillée. Depuis quatre mois qu'elle travaillait pour Santo Corretti, elle était habituée à être sollicitée à n'importe quelle heure du jour ou de la nuit.

Elle ouvrit les paupières et consulta son réveil.

— Il est 6 heures… et on est dimanche.

Deux excellentes raisons de raccrocher et de se rendormir. Sauf que ce n'était pas tout à fait un dimanche comme les autres. La veille, comme toute la Sicile, elle avait vu le drame se dérouler en direct à la télévision. Même sa mère, qui en Australie regardait une chaîne italienne, devait savoir que le mariage d'Alessandro Corretti et d'Alessia Battaglia avait été annulé à la dernière minute.

Littéralement.

Arrivée au milieu de la nef, la mariée avait fait demi-tour pour s'enfuir à toutes jambes. Depuis, tous les Siciliens retenaient leur souffle. Comment les deux familles — parmi les plus puissantes de l'île — allaient-elles réagir ?

Ella était restée une partie de la nuit devant son poste mais les mêmes informations étant reprises en boucle, elle avait fini par se coucher. Quasi certaine que Santo ferait appel à ses services avant le lundi matin.

— C'est mon seul jour de congé, plaida-t-elle en s'efforçant de prendre un ton ferme. J'ai déjà travaillé hier…

Sa tâche ayant avant tout consisté à faire en sorte que le frère et témoin du marié arrive à l'heure, sobre et superbe.

Superbe, ça n'avait posé aucun problème. Santo l'était naturellement. En revanche, lui faire respecter les deux autres conditions avait été moins facile…

— Il faut que j'aille chercher Alessandro au commissariat, annonça Santo. Il a été arrêté hier soir.

Arrêté ? Ella se mordit la lèvre. Pas question de demander

des détails. Il n'était pas dans ses habitudes de poser des questions à Santo sur sa famille. N'empêche qu'elle aimerait bien savoir ce qui s'était passé !

La veille, devant son téléviseur, elle avait levé son verre en voyant les deux frères arriver à l'église, complices et souriants. Ils pouvaient presque passer pour des jumeaux. Grands et larges d'épaules, ils avaient tous les deux des cheveux de jais coupés court et des yeux émeraude au regard brûlant.

Cependant, Alessandro avait deux ans de plus que Santo. Fils aîné du défunt Carlo Corretti, il était plus froid que son frère. Désinvolte et plein d'humour, Santo pouvait malgré tout faire preuve par moments d'une arrogance et d'un autoritarisme qu'Ella avait du mal à supporter.

— Venez tout de suite, intima-t-il comme pour la conforter dans son opinion.

S'exhortant au calme, elle expira lentement. Si elle obtenait le nouvel emploi auquel elle avait postulé, Santo Corretti et toute sa famille appartiendraient bientôt au passé. Jamais elle n'aurait imaginé que ce travail d'assistante serait aussi accaparant.

— Ça grouille de journalistes devant l'hôtel, prévint-il.

Autrement dit, elle devait éviter de s'habiller décontracté même si on était dimanche, comprit-elle. Pour Santo, l'élégance restait essentielle en toute circonstance.

— Venez en taxi. Vous récupérerez ma voiture au parking et vous viendrez m'attendre dans la cour intérieure de l'hôtel. Prévenez-moi par texto quand vous serez arrivée.

— Je déteste conduire votre bolide, protesta-t-elle.

Seul le silence lui répondit. Elle soupira. Bien sûr… Santo considérait qu'ayant reçu ses ordres, elle avait déjà raccroché pour bondir hors de son lit !

Dans quelques semaines, ce serait terminé, se dit-elle en appelant un taxi. A l'autre bout de la ligne, une femme à la voix ensommeillée la prévint qu'il y avait entre un quart d'heure et une demi-heure d'attente. Parfait… Cela lui laissait le temps de se préparer. Après avoir pris une douche rapide et s'être maquillée, elle remonta ses cheveux, puis enfila une jupe noire, un corsage crème et des escarpins à talons plats.

Travailler pour Santo présentait un avantage : l'indemnité vestimentaire. Mais à vrai dire, c'était bien le seul. Et elle n'était même pas fan de mode…

Un bref coup de Klaxon lui signala que le taxi était arrivé. Elle se jeta un dernier coup d'œil dans le miroir et prit son « sac Santo », en vérifiant qu'elle avait bien le double des clés de la voiture de sport qu'elle détestait conduire.

— *Buongiorno.*

Elle donna au chauffeur l'adresse de l'hôtel de Santo, puis écouta le bulletin d'informations. Comme il fallait s'y attendre, une grande partie de ce dernier fut consacrée à l'annulation du mariage.

Et bien sûr, le chauffeur commenta abondamment la nouvelle.

— Un mariage entre un Corretti et une Battaglia, c'est une aberration !

Ella se garda bien de l'informer qu'elle avait justement rendez-vous avec le frère du marié. De toute façon, elle en savait sûrement moins que lui au sujet des Corretti. Santo ne lui faisait pas de confidences. Et quand il lui arrivait de discuter au téléphone avec un membre de sa famille, il parlait si vite qu'elle ne comprenait pratiquement rien.

— Les deux familles sont en conflit depuis longtemps ? demanda-t-elle.

— Depuis toujours !

Le chauffeur expliqua que la mort de Salvatore Corretti quelques semaines plus tôt ne favoriserait pas la réconciliation des deux familles, puis il ajouta :

— Les Corretti se font même la guerre entre eux !

Ella réprima une moue de dérision. Ça, elle le savait. Même si Santo lui parlait très peu de sa famille, elle avait souvent affaire aux différents cousins Corretti et elle ne pouvait ignorer la rivalité qui les opposait. Ils passaient leur temps à se trahir mutuellement et chacun n'avait qu'une idée en tête. Faire mieux que les autres dans tous les domaines. Avoir plus de pouvoir et gagner plus d'argent ne suffisait pas. Il fallait à chacun les plus belles voitures, les plus belles femmes, les meilleurs chevaux. Pour sa part elle en avait par-dessus la tête ! Leurs intrigues permanentes la rendaient malade.

Cependant, elle aurait été prête à les supporter plus longtemps si Santo avait consenti à lui accorder la petite chance dont elle rêvait. Combien de fois lui avait-elle demandé si elle pouvait, au moins une fois, travailler sur un de ses films comme deuxième ou troisième assistante à la réalisation ?

— *Presto,* lui répondait-il invariablement.

Puis à son grand agacement il traduisait : « Bientôt. » Comme si elle ne parlait pas du tout italien !

Eh bien, « bientôt » elle ne serait plus là.

Elle demanda au chauffeur de s'arrêter un instant et acheta deux cafés. A l'approche de l'hôtel, elle lui demanda de la déposer dans le parking souterrain. Santo avait raison, la presse faisait le siège de l'établissement. Par ailleurs, des mesures de sécurité drastiques avaient été mises en place. Elle dut montrer ses papiers et expliquer le but de sa visite pour que le taxi puisse accéder au parking. Après avoir payé le chauffeur ébahi, elle récupéra la voiture de Santo et envoya un texto à ce dernier.

Entre la sortie du parking et la cour de l'hôtel, elle se fraya tant bien que mal un chemin parmi les journalistes qui se pressaient autour de la voiture en faisant crépiter leurs flashes. Au moment où elle se garait dans la cour, elle vit Santo sortir de l'hôtel d'une démarche incertaine, vêtu du même costume que la veille, la chemise déchirée et le visage tuméfié. Elle réprima un soupir. Les journalistes allaient s'en donner à cœur joie…

— *Buongiorno !* lança-t-elle quand il monta à côté d'elle.

— Bonjour, répondit-il en anglais.

C'était un petit jeu qui durait depuis le jour où elle avait passé son entretien. Déterminée à prouver que le fait d'être australienne ne la disqualifiait pas pour le poste, elle s'était présentée en italien. Santo avait répondu en anglais, arguant qu'il le parlait mieux qu'elle ne parlait italien. Ce qui était exact. Malgré tout, il avait fini par juger qu'elle maîtrisait suffisamment l'italien pour obtenir le poste.

Lorsqu'ils étaient seuls ils parlaient anglais, mais Ella persistait à saluer Santo en italien tous les matins. Et il prenait un malin plaisir à lui répondre en anglais.

— Tenez.

Elle lui tendit un gobelet de café.

— Il faut en prendre un pour Alessandro, dit-il.

— C'est fait.

— Alors allons-y.

Elle démarra dans un soubresaut.

— Oh ! quelle plaie ces vitesses !

Elle n'avait jamais conduit que des voitures automatiques, mais Santo estimait que c'était une hérésie et ne se privait pas de le lui rappeler chaque fois qu'elle se plaignait. Voyant qu'il gardait un silence inhabituel, elle lui jeta un coup d'œil. Il semblait perdu dans ses pensées… et le soleil qui commençait à monter dans le ciel le gênait visiblement. Elle plongea la main dans son « sac Santo » et lui tendit des lunettes de soleil, qui ne suffirent pas à masquer entièrement son œil au beurre noir.

A la sortie de la cour, les journalistes se précipitèrent de nouveau sur la voiture et elle ralentit. Avec ce bolide, elle risquait de tous les écraser au moindre coup d'accélérateur…

— Avancez, bon sang ! s'impatienta Santo.

Elle donna des coups de Klaxon timides, ce qui acheva manifestement d'exaspérer son patron. Après avoir pris des dizaines de photos, les journalistes finirent par s'écarter et elle prit de la vitesse.

— Je déteste conduire dans ce pays, marmonna-t-elle en donnant un coup de volant pour éviter une Vespa.

En Australie on roulait à gauche et accessoirement on respectait le code de la route !

Santo resta silencieux et elle l'observa à la dérobée. Il s'était visiblement battu cette nuit, mais ça n'expliquait pas les petites marques violettes dans son cou… Même en plein drame familial, on pouvait compter sur lui pour jouer les séducteurs !

Avec qui ?

Taylor Carmichael, la sublime star américaine qui devait interpréter le rôle principal dans le dernier film qu'il produisait ?

Le tournage commençait lundi et Santo avait décidé de veiller personnellement à ce que Taylor, connue pour ses excès en tout genre, se conduise correctement. Il avait insisté pour qu'elle soit invitée au mariage, à la fois pour pouvoir la surveiller de près à la veille du tournage et pour faire de la publicité au film. Mais vu leurs réputations respectives il ne serait pas étonnant qu'ils se soient retrouvés dans le même lit…

Ella serra les dents, irritée contre elle-même. Et alors ? Quelle importance ? Décidément, il était grand temps de passer à autre chose… Si par malchance elle n'obtenait pas le poste auquel elle avait postulé, elle pourrait tenter sa chance à Londres ou à Paris.

Ou peut-être même rentrer en Australie ?

Santo lui demanda de s'arrêter et descendit retirer de l'argent à un distributeur. Elle en profita pour renverser la tête contre l'appuie-tête et fermer les yeux. Dans quelques jours c'était l'anniversaire de sa mère et celle-ci attendrait un coup de téléphone de sa part. A cette pensée, elle fut assaillie par une bouffée d'angoisse. Rouvrant les yeux, elle inspira profondément. Non. Rentrer en Australie était exclu…

Elle jeta un coup d'œil à Santo. De toute évidence, il avait encore oublié son code. Avec un soupir exaspéré, elle descendit de voiture pour taper ce dernier à sa place.

— Que deviendrais-je sans vous ? commenta-t-il.

Elle sentit ses joues s'enflammer. Etait-ce un effet de son imagination, ou bien y avait-il vraiment une pointe d'ironie dans sa voix ? Non, elle se faisait sûrement des idées. Il ne pouvait pas être au courant de ses projets.

Et de toute façon, elle n'avait aucune raison de culpabiliser. Qui à sa place ne chercherait pas un autre emploi ? Elle était fatiguée d'être disponible vingt-quatre heures sur vingt-quatre. Fatiguée de régler tous les détails pratiques de sa vie amoureuse — envoyer des fleurs et des cadeaux à ses maîtresses, réserver des tables dans des restaurants chics, organiser des week-ends romantiques. Tout ça pour être ensuite obligée de filtrer les appels des mêmes maîtresses une fois qu'il avait rompu…

— Tout s'est bien passé avec Taylor ? ne put-elle s'empêcher de demander.

— *Niente dichiarazione.* « Pas de commentaire. » C'est mon refrain pour la presse, aujourd'hui. Et ça doit être le vôtre également.

Ella réprima un soupir. Il était très doué pour éluder les questions. Toutes les questions. Pas seulement celles qui concernaient les femmes…

Il n'y avait pas de journalistes devant le commissariat, constata-t-elle avec soulagement quelques instants plus tard. Santo ouvrit la portière en bâillant et lui demanda si elle voulait bien l'accompagner.

— Moi ? s'exclama-t-elle, aussi surprise par cette requête que par la façon dont elle était formulée.

D'ordinaire, il lui donnait des ordres sans se préoccuper de savoir si elle « voulait bien » les exécuter…

— Pour obtenir la libération immédiate d'Alessandro,

il va falloir amadouer les policiers. Je compte sur vous pour jouer de vos charmes, expliqua-t-il avec un sourire malicieux.

— Je trouve cette suggestion extrêmement choquante.

— Ah, il y a tellement de choses que vous trouvez choquantes… Allez, venez.

Ella prit le second gobelet de café et descendit de voiture en secouant la tête. Elle savait qu'elle était la première de ses assistantes à ne pas avoir couché avec Santo. Dès qu'il lui avait fait des avances, elle avait mis les points sur les i. Et il fallait reconnaître qu'il n'avait pas insisté. Ce qui ne l'empêchait pas de la taquiner de temps en temps. De toute évidence, il n'avait pas l'habitude que les femmes restent insensibles à son pouvoir de séduction.

Non qu'elle y soit entièrement insensible…

Quelle femme pourrait l'être ? Il était si sexy… Alors oui, une nuit avec le patron ça pouvait être tentant. Surtout quand il souriait… Mais pour sa part, il lui suffisait d'imaginer le lendemain matin pour n'avoir aucun mal à résister à la tentation.

Au commissariat, après une discussion animée dont Ella ne saisit pas tous les détails, puis la remise d'une liasse de billets, Alessandro finit par apparaître. Les cheveux en bataille, il avait sa part d'ecchymoses sur le visage et des écorchures aux jointures des doigts. Quant à son costume de marié, il était déchiré et couvert de poussière.

— Tenez.

Ella lui tendit le café. Celui-ci était froid depuis longtemps mais il le but d'une traite. Dehors, le soleil éclatant le fit grimacer. Ella sortit de son « sac Santo » une seconde paire de lunettes de soleil.

Elle n'était pas l'assistante personnelle de Santo Corretti pour rien !

— Merci, dit Alessandro.

Puis il se tourna vers Santo en indiquant son œil au beurre noir.

— Que t'est-il arrivé ?

Ella retint son souffle. Allait-elle enfin savoir ce qui s'était passé ?

La réponse de Santo ne fit qu'exciter davantage sa curiosité.

— C'est toi qui m'as frappé.

2

— Tu ne te souviens pas ? demanda Santo dans la voiture, après qu'Alessandro eut demandé à Ella de le conduire chez lui.

— J'essaie d'éviter.

Ils parlaient en italien, mais Ella comprenait presque tout ce qu'ils disaient.

— J'ai passé toute la nuit à essayer de te joindre, dit Santo.

— Toute la nuit, ça m'étonnerait, objecta Alessandro d'un ton rogue. Qui est-ce qui t'a dévoré le cou ?

Pour toute réponse, Santo laissa échapper un petit rire.

— J'ai dû t'appeler au moins cinquante fois.

— Et quarante-neuf fois j'ai choisi de ne pas répondre, rétorqua Alessandro avant de se murer dans le silence.

Devant la tour de Corretti Media, au dernier étage de laquelle Alessandro possédait un luxueux appartement, les paparazzi attendaient l'ex-futur marié.

— Allongez-vous sur la banquette, si vous voulez, suggéra Ella. J'ai apporté un manteau pour vous couvrir. Je vais essayer d'entrer par-derrière.

Secouant la tête, Alessandro lui demanda de le déposer devant l'entrée principale. Lorsque les paparazzi se précipitèrent sur la voiture dans un crépitement de flashes, il resta de marbre.

— Je viens avec toi, déclara Santo.

— Je n'ai pas besoin qu'on me tienne la main, répliqua sèchement Alessandro.

Santo l'ignora et descendit en même temps que lui. Les journalistes se déchaînèrent et les questions fusèrent de toutes parts. Etant donné l'histoire mouvementée des Corretti, les deux frères avaient depuis longtemps l'habitude d'affronter la presse, mais de toute évidence c'était encore un peu trop tôt pour Alessandro. Alors qu'on venait de lui lancer une question très personnelle, Ella le vit crisper les poings. Visiblement conscient que son frère était sur le point de perdre son sang-froid, Santo lui fit faire demi-tour et le ramena à la voiture.

Dès qu'ils furent montés, Ella démarra.

— Nous pourrions aller à votre hôtel et y entrer par le parking, suggéra-t-elle à Santo.

— Non, intervint Alessandro. Je n'ai aucune envie de me terrer dans un endroit assiégé par les journalistes. Il faut que j'arrive à me débarrasser d'eux.

— Si vous voulez venir chez moi… C'est une petite villa très modeste, bien sûr, mais elle est à l'écart et je suis sûre que personne ne pensera jamais à vous chercher là-bas.

Au lieu de lui répondre, Alessandro s'adressa à Santo et les deux frères discutèrent un moment sans qu'elle comprenne ce qu'ils disaient.

— Nous allons à Cala Marina, finit par dire Santo en indiquant le trajet à Ella. Le yacht d'Alessandro y est amarré.

Tout en prenant la direction du port, elle ne put s'empêcher d'objecter :

— Vous pensez vraiment que c'est une bonne idée ?

Après tout ce qui s'était passé, laisser Alessandro seul sur son yacht ne semblait pas très judicieux…

— Moi non, mais il vient de me rappeler qu'il est l'aîné, répondit Santo d'un ton pince-sans-rire. Il dit que si nous ne le conduisons pas là-bas il se débrouillera tout seul.

Ella continua à rouler, tandis que le silence s'installait dans la voiture. Si seulement ils pouvaient discuter un peu ! pria-t-elle, rongée malgré elle par la curiosité. Elle en apprendrait peut-être davantage sur ce qui s'était passé après la fuite de la mariée… Mais c'était peut-être justement sa présence qui les incitait à la discrétion.

— *Dove Alessia ?* demanda soudain Alessandro au moment où ils arrivaient au port.

Ella retint son souffle. Santo savait-il où se trouvait l'ex-fiancée de son frère ?

Pour toute réponse, Santo se contenta d'une injure.

— *Puttana.*

— Où est-elle ? insista Alessandro.

Santo répondit qu'apparemment Alessia et leur cousin Matteo s'étaient enfuis ensemble.

Alessandro jura. Puis, contrairement à Santo, il présenta ses excuses à Ella pour sa grossièreté avant de descendre de voiture pour se diriger d'un pas chancelant vers son yacht.

Santo le suivit des yeux un instant, puis il descendit à son tour et le rejoignit. Sans doute tentait-il de le persuader de revenir avec eux, songea Ella en les observant. La discussion était visiblement animée mais les liens étroits qui unissaient les deux frères sautaient aux yeux. Même si Alessandro avait frappé Santo hier, ça ne changeait rien entre eux. Elle eut un pincement au cœur. Comment ne pas les envier ? C'était si dur d'être seule face à ses parents…

Alessandro finit par se détourner en haussant les épaules. De toute évidence, Santo avait échoué dans sa tentative. Après un instant d'hésitation, il revint vers la voiture. Mais sans rouler les yeux avec un sourire narquois comme souvent. Il remonta en voiture le visage sombre. Sa désinvolture habituelle l'avait visiblement déserté.

— Vous pensez que ça va aller ? demanda Ella tandis qu'ils regardaient Alessandro monter à bord de son yacht.

— Bien sûr. Il est coriace.

Ella arqua les sourcils. Après l'affront qu'il avait subi devant les caméras de télévision du monde entier, il avait intérêt à l'être…

— Santo, je crois qu'il vaudrait mieux ne pas le laisser seul.

— Allons-y. Ne vous inquiétez pas pour lui.

Elle ouvrit la bouche pour protester, puis elle se ravisa. Inutile d'insister. Ça ne servirait à rien.

Avant de démarrer, elle appela l'hôtel de Santo pour demander qu'on remette sa chambre en ordre, qu'on lui fasse couler un bain et qu'on lui apporte un petit déjeuner avec un litre de café.

— En espérant que ça ne dérangera personne, ne put-elle s'empêcher de commenter sur le ton de la plaisanterie après avoir raccroché.

Elle espérait un sourire malicieux, mais Santo ne se détendit pas.

L'hôtel était toujours assiégé par la presse, mais Santo refusa qu'Ella se gare au parking souterrain. Lorsque les journalistes se précipitèrent vers la voiture, il enleva ses lunettes de soleil et foudroya les objectifs du regard.

Quelques instants plus tard, dans l'ascenseur, il se laissa aller contre la paroi de la cabine et ferma les yeux. Ella le considéra avec inquiétude. Il était d'une pâleur alarmante, qui rendait ses ecchymoses encore plus impressionnantes. Les coups qu'il avait reçus avaient dû être très violents.

— Avez-vous été blessé ailleurs qu'au visage ?

Sans ouvrir les yeux, il secoua la tête.

— Vous avez perdu connaissance ?

— Malheureusement non.

Il rouvrit les yeux avec un sourire las et elle eut devant elle un Santo inconnu. Comme si, pour la première fois, elle voyait l'homme qu'il était réellement derrière la façade d'arrogance et de désinvolture qui le caractérisait. Fascinée, elle ne parvenait pas à détacher ses yeux de son visage.

— Que s'est-il passé ? demanda-t-elle tout en se maudissant intérieurement.

Elle s'était pourtant juré de ne poser aucune question !

— Pourquoi ?

— Je… Je suis inquiète.

— Vraiment ?

Pourquoi cette pointe d'ironie dans la voix de Santo ? se demanda-t-elle avec perplexité alors que les portes de l'ascenseur s'ouvraient. Ne la croyait-il pas sincère ? Une fois devant la porte de sa suite, il chercha en vain sa carte magnétique. Au moins une habitude qu'il n'avait pas perdue, songea-t-elle avec dérision. Heureusement, comme toujours elle avait un double sur elle.

Dans la suite, au lieu du petit déjeuner ils trouvèrent les journaux du jour. Santo les consulta aussitôt et Ella ne put s'empêcher d'en prendre un. Peut-être valait-il mieux qu'Alessandro soit à bord de son yacht, finalement. Les photos et les articles étaient pour le moins cruels…

— Oh ! s'exclama-t-elle avec stupéfaction devant une photo de Taylor Carmichael.

Dans ses interviews les plus récentes, l'actrice réputée pour ses multiples amants et son goût de la provocation, avait affirmé s'être acheté une conduite. La photo en question prouvait le contraire. Santo y jeta un coup d'œil et haussa les épaules.

— Ça vous surprend ?

A vrai dire, ce qui la surprenait c'était surtout que l'homme en compagnie de Taylor sur la photo ne soit pas Santo ! Mais n'était-il donc pas plus inquiet que ça ? Le tournage de son film commençait demain et le choix de Taylor Carmichael pour le premier rôle était un pari risqué. L'actrice faisait son come-back après une traversée du désert due à sa vie dissolue, qui l'avait rendue ingérable sur les plateaux. Si contrairement à ses promesses elle ne s'était pas assagie, cela pourrait avoir des conséquences désastreuses pour le film.

Cependant, pour l'instant le plus urgent était de faire en sorte que Santo se requinque.

— Allez prendre un bain, dit-elle. Pendant ce temps je vais leur rappeler de monter le petit déjeuner.

— Je n'ai pas faim. Je veux juste dormir. Merci pour tout ce que vous avez fait.

— Il faut que vous mangiez quelque chose…

La voix d'Ella s'éteignit. Après tout, elle n'était pas sa mère. Celle-ci n'était d'ailleurs pas du genre à se préoccuper de ce genre de détail… Carmela Corretti ne s'intéressait qu'à deux choses. La mode et les soins esthétiques.

— Prenez un bain, reprit Ella. Si vous ne voulez pas manger, ça vous regarde. Moi en revanche, je meurs de faim. Je vais donc les appeler.

— Pas de problème, commenta Santo en se dirigeant vers la salle de bains.

Un moment plus tard, le petit déjeuner arriva. Ella se servit un café en s'efforçant de chasser de son esprit une question qui la poursuivait malgré elle. Avec qui Santo avait-il passé la nuit ? Quelle importance ? Ça ne la regardait pas !

Elle parcourut tous les journaux. Les détails croustillants concernant la famille Corretti ne manquaient pas et elle s'absorba dans sa lecture sans voir le temps passer. Lorsqu'elle jeta un coup d'œil à sa montre, elle tressaillit. Santo était dans son bain depuis une éternité ! Pourvu qu'il n'ait pas eu un malaise… Elle alla frapper à la porte.

— Le petit déjeuner est servi.

Silence. Elle frappa de nouveau.

— Santo… répondez-moi.

Rien.

— Santo ! cria-t-elle, gagnée par la panique.

Peut-être était-il plus gravement blessé à la tête qu'il n'y paraissait. Et en plus, il avait la gueule de bois…

Elle frappa à coups redoublés.

— Santo ! Si vous ne me répondez pas, je vais être obligée d'entrer !

Toujours rien.

— Santo !

Silence absolu.

Pas de doute, elle n'avait pas le choix.

3

— Santo…

Dès qu'elle ouvrit la porte, Ella le regretta.

Allongé dans son bain, le corps masqué par la mousse et la nuque appuyée contre le rebord de la baignoire, Santo avait les yeux fermés et les lèvres pincées. Pas étonnant qu'il ne lui ait pas répondu… Pourquoi ? Pourquoi Santo Corretti, un homme qui évacuait tous les problèmes avec une désinvolture impressionnante et qui ne s'intéressait à rien d'autre qu'au cinéma et aux femmes, était-il en train de pleurer dans son bain ?

Santo ne pleurait jamais.

Il ne se souvenait pas s'être laissé aller aux larmes une seule fois dans sa vie.

Ni quand son père, Carlo, était mort en même temps que son oncle. Ni à la mort de son grand-père. Ni même quand il était enfant. Comme s'il avait su en venant au monde que les larmes n'attendriraient jamais sa mère et que le moindre signe de faiblesse exaspérerait son père, il avait très tôt cherché refuge dans la désinvolture et l'humour.

Aujourd'hui, ils ne lui étaient d'aucun secours.

— Allez-vous-en, murmura-t-il.

— Non, je ne peux pas.

Ella s'assit sur le rebord de la baignoire. Bien sûr, réconforter son patron n'entrait pas dans ses attributions, mais elle ne pouvait pas le laisser seul dans cet état. Il avait des traces de coups jusque sur le torse et il était visiblement éreinté. Mais surtout, elle n'aurait jamais imaginé le voir un jour pleurer.

Plus d'une fois elle s'était demandé si cet homme superbe éprouvait parfois des sentiments. Aujourd'hui, elle avait la réponse…

Il expira lentement et demanda :

— Vous pensez qu'il va s'en remettre ?

— Bien sûr, répliqua-t-elle d'une voix ferme. Vous connaissez Alessandro. Il a juste besoin d'un peu de temps.

Après un silence, Santo ouvrit les yeux.

— Je pense sincèrement qu'il s'en remettra, insista-t-elle.

— Ce n'est pas seulement Alessandro… C'est aussi tout le reste. Si vous saviez les horreurs qui ont été révélées hier soir.

— Vous pouvez me parler, si vous voulez.

— Pourquoi ? Parce que vous êtes inquiète ?

Pourquoi ce ton mordant, tout à coup ? se demanda Ella avec surprise. Mais Santo haussa les épaules et reprit d'un ton las :

— Ce sont des histoires de famille. Ce n'est pas à moi d'en parler.

Mieux valait ne pas insister… Les secrets de famille, elle connaissait. Elle savait qu'il y avait des choses dont on ne parlait pas. N'avait-elle pas passé sa vie à se taire ?

Elle promena son regard autour d'elle. Comment pouvait-on mettre un tel désordre dans une pièce en si peu de temps ?

— C'est la pagaille, dit Santo.

Mais il ne parlait pas de la salle de bains, bien sûr. Elle croisa son regard et la souffrance qu'elle lut dans ses yeux lui noua la gorge. Allons bon, voilà qu'elle avait envie de pleurer elle aussi. Elle n'avait pourtant plus versé une seule larme depuis ce jour horrible… L'espace d'une seconde, elle fut tentée de dire à Santo qu'elle savait à quel point les histoires de famille pouvaient être douloureuses, puis elle renonça. Elle garda le silence, comme elle l'avait toujours fait.

C'était mieux ainsi.

— Allons, il est temps de sortir du bain.

Elle ouvrit la bonde, puis elle se leva et ferma le robinet du lavabo, qu'il avait laissé ouvert. Elle se dirigeait vers la porte quand elle constata que Santo restait allongé sans bouger dans la baignoire qui se vidait rapidement. Elle prit une serviette.

— Je vous promets de ne pas regarder, plaisanta-t-elle en tenant la serviette en l'air.

Mais il n'esquissa même pas un sourire. La mine sombre, il se mit debout, prit la serviette et la noua sur ses hanches, tandis qu'elle faisait de son mieux pour détourner les yeux. Il sortit de la salle de bains, dédaigna le petit déjeuner et se dirigea vers la chambre.

— Désolé pour ce qui vient de se passer.

— Ne vous inquiétez pas, c'est déjà oublié. Ce qui se passe aujourd'hui n'existe pas.

— Merci. Pouvez-vous aller me chercher mon téléphone ?

Tandis qu'Ella disparaissait dans le salon, Santo s'assit lourdement sur le lit. Que lui arrivait-il ? C'était comme s'il était soudain rattrapé par tout ce qu'il avait résolument ignoré jusque-là. Les secrets de famille que les uns et les autres s'étaient crachés à la figure hier soir l'avaient rendu physiquement malade.

Pour la première fois de sa vie il n'avait pas réussi à trouver l'apaisement dans le sexe. Un peu plus tard dans cette chambre, après avoir interrompu un baiser goulu, il avait senti des lèvres dans son cou. En baissant les yeux il avait vu une énième blonde dont il ignorait jusqu'au prénom. Coucher avec elle lui avait paru insurmontable. Il lui avait donc demandé poliment de partir et il avait passé la nuit avec une bouteille de whisky en essayant de joindre Alessandro.

Qu'y avait-il de positif dans sa vie ? Rien. Même le film était compromis par le comportement de Taylor.

La seule chose positive dans sa vie, c'était son assistante, songea Santo en voyant Ella revenir avec son portable et le petit déjeuner. Mais même ça… Santo se mit sous les draps et jeta la serviette par terre avec humeur. Le drame familial n'avait pas été la seule mauvaise nouvelle, hier…

— Alors vous partez ?

Ella sentit ses joues s'enflammer. Quand on cherchait un autre emploi, on ne pouvait pas le dire à son employeur, bien sûr. Or c'était une position très inconfortable. Elle s'était sentie terriblement coupable quand elle avait été obligée de raconter à Santo qu'elle allait à Rome pour voir un médecin. D'autant plus qu'il avait insisté pour payer son billet d'avion et qu'il lui avait même réservé une chambre dans un hôtel luxueux. Mais de toute évidence, il avait découvert depuis qu'elle envisageait de démissionner. Ce qui expliquait le ton presque agressif sur lequel il lui avait parlé une ou deux fois…

Elle posa le plateau sur le lit et s'assit à côté.

— Rien n'est sûr pour l'instant.

— A Rome ce n'était pas chez un médecin que vous aviez rendez-vous. Le monde du cinéma est petit, Ella. Tout le monde se connaît.

Elle se sentit rougir de plus belle.

— Pour l'instant, je ne sais pas si j'ai obtenu le poste.

— Apparemment oui. Luigi m'a appelé hier pour vérifier vos références. Vous ne m'en voudrez pas de ne pas vous adresser mes félicitations.

Ella déglutit péniblement. Elle aimerait bien avoir plus de détails sur ce qu'avait dit Luigi, mais elle pouvait difficilement les demander à Santo… Et de toute façon, mieux valait ne pas se réjouir tant que Luigi ne l'aurait pas appelée personnellement. Peut-être la convoquerait-il seulement à un deuxième entretien.

— Pourrions-nous parler de ça plus tard ?

Les yeux de Santo lancèrent des étincelles.

— Non. C'est maintenant que nous allons en parler.

Il inspira profondément, comme s'il cherchait un moyen de la retenir.

— Je sais que vous aimeriez vous former à la réalisation. Pour ce film, le réalisateur que j'ai engagé ne travaille qu'avec sa propre équipe. Mais pour le prochain je ferai en sorte que…

— J'avais très envie de travailler sur celui-ci, Santo. J'adore le scénario, vous le savez.

— Et vous, vous savez que ce film est très important pour moi. Je ne veux prendre aucun risque.

— Sauf si c'est un risque qui s'appelle Taylor Carmichael.

— Et vous voyez le résultat… Mais pour le film suivant je penserai à vous.

— Ce n'est pas le seul problème.

Ella ferma brièvement les yeux. Travailler pour Santo était très éprouvant.

— Je n'ai jamais un moment à moi. Ce n'est plus un poste à plein temps mais à double temps.

Santo réprima un soupir. Il fallait reconnaître que ce week-end il avait un peu exagéré. Même s'il ne l'avouerait jamais à personne, il appréhendait le mariage et la réunion des deux familles à l'église puis à la réception. Hier matin la compagnie d'Ella l'avait apaisé.

Et aujourd'hui, il avait éprouvé le besoin de l'avoir à son côté pour affronter la presse puis son frère.

— Vous m'êtes devenue indispensable.

— Non, objecta Ella d'un ton ferme.

Pas question de se laisser attendrir. Santo était très doué pour choisir les bons mots quand il voulait obtenir quelque chose.

— Personne ne l'est.

— Peut-être, mais nous nous entendons bien.

— Pas tout le temps.

— Je croyais que si. Nous rions bien ensemble, non ?

C'était vrai, reconnut Ella intérieurement. Santo la faisait beaucoup rire. Ce qui était un véritable exploit. Mais ça, il l'ignorait. Il ne pouvait pas deviner que le jour où elle s'était présentée pour le poste elle n'avait pas ri depuis très longtemps. Et il n'était pas question de le lui dire, bien sûr. Elle prit un croissant sur le plateau et en mangea un morceau.

— Je croyais que vous alliez me donner la becquée, protesta Santo avec une moue dépitée.

— Même pas en rêve, répliqua-t-elle en souriant, heureuse qu'il ait retrouvé son humour.

Il consulta son portable.

— Des messages ?

— Aucun, répondit-il, visiblement inquiet.

— Je ne m'étais pas rendu compte qu'Alessandro et vous étiez aussi proches.

— Nous sommes frères. Avez-vous des frères et sœurs ?

— Non…

— Vous ne parlez jamais de votre famille.

— J'ai très peu de contacts avec eux.

— Pourquoi ?

Ella se leva. Pas question de se laisser entraîner sur ce terrain. Il était temps de partir.

— Y a-t-il autre chose que je puisse faire pour vous ?

Santo eut un sourire enjôleur.

— Vous savez bien que oui.

Pas de doute, il avait retrouvé son humour ! Ignorant cette remarque, elle ferma les rideaux et en profita pour jeter un coup d'œil par la fenêtre. Les journalistes étaient toujours là. Et ils n'étaient pas près de s'en aller…

— Je vous laisse dormir jusqu'à 14 heures, annonça-t-elle.

— Vous restez ?

— Je vais travailler dans le salon.

— Venez prendre mon pouls, s'il vous plaît. Je crois que j'ai de la fièvre.

Elle roula les yeux.

— Non. En revanche, je vais prendre votre portable au cas où vous auriez des appels.

Alors qu'elle tendait la main, il referma la sienne dessus.

— Lâchez-moi et donnez-moi votre portable, dit-elle en s'efforçant d'ignorer le trouble qui s'emparait d'elle.

Il ne bougea pas et elle ne dégagea pas sa main comme elle l'aurait fait n'importe quel autre jour. Elle ne résista pas non plus quand il la tira doucement pour qu'elle s'asseye sur le lit. Dans la pénombre, l'atmosphère de la pièce était beaucoup plus intime et son cœur battait à tout rompre.

— Vous voulez vraiment partir ?

— Santo…

Elle n'avait vraiment pas envie de discuter de ça maintenant !

— Il faut que je pense à ma carrière et…

— Je voulais dire : vous voulez vraiment me laisser seul dans mon lit ?

— Ce n'est pas vrai.

Il eut un sourire malicieux et elle fut parcourue d'un long frisson. D'ordinaire elle n'avait aucun mal à prendre ses distances quand il faisait des plaisanteries de ce genre. Aujourd'hui, c'était beaucoup plus difficile. Et pas seulement parce qu'ils se trouvaient dans une chambre plongée dans la pénombre. Tout à l'heure, pour la première fois, elle avait eu le sentiment d'avoir devant elle le vrai Santo. Celui qui se cachait derrière un masque de charmeur désinvolte. Or le vrai Santo était encore plus séduisant que celui qu'elle avait l'habitude de côtoyer.

— Sérieusement, vous allez me manquer si vous démissionnez. Remarquez, ça pourrait présenter des avantages…

Devinant où il voulait en venir, elle sentit ses joues s'enflammer.

— Vous vous souvenez m'avoir dit que vous ne mélangiez jamais travail et plaisir ?

Deux jours après son arrivée, Santo avait emmené Ella au restaurant pour un dîner de travail. Alors qu'elle prenait des notes, il avait effleuré sa joue et enroulé une mèche de cheveux autour de ses doigts.

— Arrêtez, avait-elle dit d'un ton vif.

Il avait aussitôt retiré sa main en demandant :

— Pourquoi ?

— Je ne mélange jamais travail et plaisir, avait-elle répondu en plongeant son regard dans le sien. Si vous recommencez, vous aurez ma démission dans la minute.

Quatre mois après cette conversation, Santo effleura le bras d'Ella du bout des doigts et attendit. Allait-elle lui dire d'arrêter ? Retenant son souffle, il lui donna tout le temps de se lever et de quitter la pièce. Elle resta immobile et il réprima à grand-peine son excitation. La nuit avait été cauchemardesque et la matinée terriblement déprimante, l'après-midi allait-il être plus agréable… Il sentit Ella frissonner sous ses doigts.

— « Dans la minute », cita-t-il d'un ton malicieux.

Elle sourit. Oui, c'était ce qu'elle avait dit. Mais aujourd'hui elle n'avait qu'une envie. Qu'il l'embrasse.

Il lui caressa la joue et enroula une mèche blonde autour de ses doigts comme le soir du dîner. Puis il traça lentement le contour de ses lèvres du bout de l'index.

Le souffle court, elle était parcourue de longs frissons. Jamais elle n'aurait imaginé qu'une caresse aussi chaste puisse faire naître des sensations aussi intenses… Elle connaissait la réputation de Santo et elle avait rêvé de lui bien plus souvent qu'elle ne l'aurait voulu. Mais comment aurait-elle pu prévoir une telle douceur ? Comment aurait-elle pu prévoir qu'il la rendrait folle de désir sans même l'avoir embrassée ?

Il glissa son index entre ses lèvres et elle le suça tout en le mordillant doucement. Laissant échapper un grognement, il l'attira contre lui et s'empara de sa bouche dans un baiser vorace qui lui donna le vertige. C'était comme s'ils s'étaient déjà embrassés des centaines de fois, songea-t-elle confusément. Leurs bouches semblaient se connaître intimement. C'était un baiser dévastateur ! Mais il fallait y mettre fin… Santo referma la main sur un de ses seins et ses caresses achevèrent de l'enflammer tout entière. Dans un effort désespéré, elle tenta de se raisonner. Il fallait absolument qu'elle s'en aille. Il était nu sous les draps… L'image du corps splendide qu'elle avait entrevu dans la salle de bains s'imposa à elle, et la flèche de désir qui la transperça lui coupa le souffle.

Elle tenta de s'arracher à sa bouche, mais il approfondit encore son baiser tout en la faisant basculer doucement pour qu'elle se retrouve allongée sur lui. Bien qu'habillée et sur les draps elle avait l'impression d'être nue et pressée contre son corps puissant. Les mains de Santo se refermèrent sur ses fesses et il plaqua son bassin contre le sien.

Elle ne voulait qu'un baiser… juste un baiser… Mais comment lui résister ? C'était si bon… Les mains de Santo se glissèrent sous sa jupe.

— Santo.

Il fallait l'arrêter. Il fallait absolument qu'elle se ressaisisse…

Santo caressait avec délectation les courbes délicieuses qui le rendaient fou depuis des mois. Enfin, quelque chose de positif dans sa vie ! Il y avait si longtemps qu'il avait envie d'elle… Le moment était enfin venu de rattraper le temps perdu.

Elle s'arracha à sa bouche.

— Il faut que vous dormiez.

— Ella, ne me faites pas ça…

— Si.

— Ella !

— C'est juste un baiser, Santo.

Quel mensonge ! songea-t-elle aussitôt. Tout son corps lui criait qu'elle mentait. Mais il n'était pas question de perdre la tête avec ce séducteur invétéré.

— Vous avez vu l'état de votre cou ? demanda-t-elle d'une voix suave. Ce n'est pas très engageant.

— Il ne s'est rien passé cette nuit.

Elle eut un petit rire incrédule.

— C'est vrai, insista-t-il. Je m'ennuyais tellement en

l'embrassant que j'ai arrêté. Elle en a profité pour jouer les sangsues dans mon cou.

Cette fois, ce fut un véritable éclat de rire qui échappa à Ella. Si seulement il n'était pas aussi drôle !

Elle sentit les doigts de Santo glisser sur ses fesses, menacer de descendre entre ses cuisses. Comme c'était tentant… Mais non, pas question !

Elle déposa un baiser sur ses lèvres et s'écarta de lui.

— Il faut dormir.

Elle se leva, baissa sa jupe avec des mains tremblantes et prit le portable. Alors qu'elle arrivait à la porte, la voix profonde de Santo la fit tressaillir.

— Si vous changez d'avis…

4

Non, elle ne changerait pas d'avis. Ella ferma la porte derrière elle et se servit un jus de pamplemousse en maudissant les frissons qui continuaient de la parcourir. Bien sûr, il était très tentant de rouvrir la porte et de retourner dans la chambre… Mais pas question de flancher.

Elle passa la matinée à répondre au téléphone en s'efforçant de ne pas penser à l'homme nu dans son lit à quelques mètres d'elle. Puis elle décida de transférer tous les appels à l'exception de ceux d'Alessandro si par hasard il appelait. Elle n'en pouvait plus d'entendre des commentaires sur Taylor Carmichael et des questions sur la famille Corretti !

Elle alluma l'ordinateur portable de Santo pour consulter sa messagerie et son cœur fit un bond dans sa poitrine. Elle avait enfin reçu une réponse de Luigi. Après avoir parcouru rapidement le début du mail où il s'excusait d'avoir tardé à lui écrire, elle lut la nouvelle qu'elle attendait. Elle était engagée comme troisième assistante réalisatrice sur un film dont le tournage débutait dans un mois et se déroulerait à Rome et à Florence.

Le temps parut s'arrêter. Il y avait si longtemps qu'elle attendait ça ! D'accord, troisième assistante réalisatrice c'était sans doute à peine mieux que stagiaire, mais elle aurait sur le plateau un titre et un rôle plus importants qu'aujourd'hui. En fait, elle n'en voulait pas vraiment à Santo de ne pas encore lui avoir donné sa chance. Après tout, c'était comme assistante qu'il l'avait engagée. Mais, cette fois, c'était la chance de sa vie.

Elle ferma les yeux et ses pensées se tournèrent de nouveau vers Santo.

Elle n'ignorait pas grand-chose de ses multiples liaisons. Celles-ci duraient quelques jours, au mieux quelques semaines. Un bref engouement, c'était tout ce qu'une femme pouvait espérer de lui. Elle connaissait le rituel, c'était elle qui faisait les réservations et qui payait les factures. Un flot de textos et de coups de téléphone, dîner, nuit, petit déjeuner, fleurs, champagne. Et tout à coup, aussi subitement que ça avait commencé, ça s'arrêtait. Et c'était encore elle qui répondait au téléphone en tentant de calmer les pleurs.

Le téléphone de l'hôtel sonna. La réception voulait savoir si Santo prévoyait de partir ou s'il comptait rester une nuit de plus.

— Je ne sais pas, répondit-elle en étouffant un bâillement.

Il fallait toujours donner des réponses évasives quand on parlait au nom d'un Corretti. D'autant plus que les journalistes devaient harceler sans relâche le pauvre réceptionniste.

Elle entra dans la chambre et attendit un instant que ses yeux s'accoutument à la pénombre. A en juger par sa respiration régulière, Santo dormait profondément.

— Santo ?

Il roula sur le ventre et se couvrit la tête avec l'oreiller.

— Santo, insista-t-elle d'un ton plus ferme. Il est 14 heures. La réception veut savoir si vous comptez partir.

— Alessandro a appelé ?

— Non. Il faut vous lever.

— Encore une heure… Mais vous, vous pouvez rentrer chez vous, ajouta-t-il d'une voix endormie.

Puis il roula sur le côté avec un sourire charmeur avant d'ajouter :

— Ou bien vous pouvez me rejoindre.

Elle ne répondit pas. Oui, elle pouvait s'en aller. Il avait suffisamment dormi pour dessoûler et être capable de conduire. De son côté, elle avait des tas de choses à faire…

Elle quitta la chambre. Mais au lieu de regagner le salon pour prendre son sac et s'en aller, elle entra dans la salle de bains.

Elle ne faisait confiance à personne. C'était plus sûr. Après ce qui s'était passé quelques mois plus tôt à Sydney, elle ne faisait même plus confiance à sa mère. Et pourtant, très curieusement, Santo lui inspirait confiance. Il ne se cherchait jamais d'excuses et il ne mentait jamais. Il était le premier à reconnaître qu'il méritait sa réputation de séducteur. Cette honnêteté lui plaisait et lui donnait soudain envie de faire preuve d'audace.

Parce que oui, elle avait déjà fantasmé sur lui. Comment faire autrement ? Après tout, elle avait vu des tas de femmes superbes verser des torrents de larmes à cause de lui. A présent qu'il l'avait embrassée, elle comprenait un peu mieux leur désespoir. Mais surtout, ce baiser enflammé avait éveillé sa curiosité.

Le sexe ne l'avait jamais enthousiasmée. Sans doute parce qu'elle avait mal choisi ses partenaires, qui ne s'étaient jamais préoccupés de son plaisir. Santo n'était pas comme eux. Elle le savait.

Et elle avait très envie de faire l'expérience.

Mais elle ne pleurerait jamais à cause de lui.

Contrairement aux autres femmes, elle ne se faisait aucune illusion à son sujet. Elle n'espérait pas le changer. C'était un objectif irréalisable et elle en était consciente. Elle voulait juste être initiée au plaisir par le maître du genre. Reprendre les choses où elle les avait interrompues.

Après tout, ne lui avait-il pas offert la possibilité de changer d'avis ? Elle se déshabilla, retourna dans la chambre, le regarda dormir un moment, puis se glissa entre les draps, dos à Santo.

Il l'attira aussitôt contre lui et elle eut un bref instant de panique. Savait-il qui elle était ? Il avait tellement l'habitude d'avoir une femme dans son lit… Etait-il bien conscient que c'était elle ? Un matin il l'avait appelée de la salle de bains d'une chambre d'hôtel parce qu'il avait complètement oublié le prénom de la femme avec qui il avait passé la nuit et qu'il avait besoin qu'elle le lui rappelle.

Elle avait intérêt à garder ce genre de détail à l'esprit…

— Tu es splendide, Ella, murmura-t-il en promenant les mains sur son corps. Encore plus splendide que je ne l'imaginais.

Elle s'efforça de garder la tête froide. D'accord, il ne la confondait pas avec une autre. Mais même s'il paraissait sincère, pas question de le croire. Il devait dire ça à toutes les femmes.

— Suis-je en train de rêver, Ella ?

— Non.

— Parce que si c'est un rêve, il va devenir très osé et je n'oserai plus jamais te regarder en face.

Elle sentit ses lèvres sur sa nuque, puis sa langue. Plus de chignon pendant plusieurs jours… Ce baiser allait lui laisser une marque révélatrice, elle le savait. Mais comme c'était bon d'être marquée par Santo !

Santo était électrisé. Quelle surprise délicieuse… Et quelle femme étrange… Très directe par moments et à d'autres incroyablement fuyante. La seule femme qui parvenait à le surprendre. Un véritable mystère, qu'il avait très envie de percer.

— Qu'est-ce qui t'a fait changer d'avis ? murmura-t-il à son oreille. Dis-le-moi pour que je sache quoi faire la prochaine fois.

— Il n'y aura pas de prochaine fois. Souviens-toi. Ce qui se passe aujourd'hui n'existe pas.

— Oh ! si il y en aura une autre… Il y a si longtemps que j'ai envie de toi…

Il l'embrassa dans le cou puis redemanda :

— Qu'est-ce qui t'a fait changer d'avis ?

Elle ne répondit pas.

Pour qu'elle daigne répondre, peut-être fallait-il essayer de la culpabiliser. Il prit un air peiné.

— Je t'ai offert le voyage à Rome en première classe et un hôtel somptueux en pensant que tu avais rendez-vous chez un médecin, alors que tu cherchais du travail derrière mon dos…

Ella sentit la culpabilité la gagner.

— J'attendais d'avoir des certitudes pour t'en parler. Je pensais que je serais convoquée à un second entretien…

Sa voix s'étrangla dans sa gorge. Santo pinçait les pointes de ses seins entre ses doigts tout en l'embrassant dans la nuque, et son sexe durcissait de plus en plus contre sa cuisse. Le corps en feu, elle mourait d'envie de se retourner, mais il la maintenait fermement dos à lui.

— Quelle excuse aurais-tu inventée pour le second entretien ? poursuivit-il, implacable. Tu m'aurais dit que tu allais te faire opérer ?

Une de ses mains glissa lentement vers son ventre.

— J'étais très inquiet. Je me disais que si tu étais obligée d'aller jusqu'à Rome pour consulter un médecin, tu devais avoir une maladie grave.

— Menteur.

— Je t'assure que c'est vrai. Je pensais que c'était un problème féminin et qu'il valait mieux ne pas te poser de questions.

Sa main s'insinua entre ses cuisses.

— Je t'imaginais en train d'être palpée de tous les côtés…

Ses doigts effleurèrent la fleur de sa féminité puis approfondirent leur exploration, la mettant au supplice.

— Santo…

Elle avait envie de se retourner, de le voir, de l'embrasser… Tout en continuant de la maintenir fermement contre lui, il enfonça les doigts dans le cœur brûlant de sa féminité. Elle laissa échapper un long gémissement.

— La nuit dernière, avec la sangsue, je me suis demandé si je n'étais pas devenu impuissant…

Elle pouffa. Comment pouvait-il la faire rire dans un moment pareil ? Les sensations qui montaient du plus profond d'elle étaient si incroyables…

— Et maintenant, j'ai peur de *l'eiaculazione precoce.*

Elle éclata de rire en même temps que le plaisir déferlait en elle pour la première fois de sa vie. Il la tint serrée un long moment contre lui tout en couvrant sa nuque de baisers, puis il relâcha son étreinte.

Instinctivement, le corps encore parcouru d'ondes de volupté, elle se tourna vers Santo. Sa bouche s'approcha de la sienne comme attirée par un aimant. Après l'avoir longuement embrassée, il lui prit le menton et plongea son regard dans le sien.

— Ella, la première fois je vais te faire l'amour très vite. Trop vite. Mais ensuite je recommencerai en prenant tout mon temps pour me faire pardonner. D'accord ?

Il se redressa sur un coude et tâta la table de chevet. Puis il promena son regard sur la chambre et laissa échapper un juron. Son portefeuille était resté dans sa veste, dans la salle de bains ! Au même instant, Ella lui tendit les étuis qu'elle avait pensé à récupérer avant de le rejoindre.

— Bien joué !

Santo la regardait comme s'il n'avait jamais été aussi heureux de voir des préservatifs… Il s'empressa d'en enfiler un.

Fascinée, Ella tendit la main vers sa virilité, mais il l'écarta d'une petite tape et s'agenouilla entre ses cuisses.

— Je rêve de ça depuis très longtemps. Depuis le jour où tu t'es présentée pour le poste. Ton italien était terrible, ajouta-t-il en souriant.

— Alors pourquoi m'as-tu engagée ?

— J'ai eu envie de toi au premier regard. Tu pourras me dire que tu trouves ça choquant, mais demain seulement. Pas aujourd'hui.

Ella fut parcourue d'un long frisson. Non, là dans son lit, elle ne trouvait pas ça du tout choquant. Mais il ne fallait pas oublier que c'était un grand séducteur et qu'il savait parler aux femmes. Sauf qu'elle avait de plus en plus de mal à s'en souvenir…

— Si j'avais su combien de temps tu me ferais attendre…

Electrisée par la voix rauque de Santo et par son regard étincelant, Ella vibrait d'impatience. A vrai dire, elle commençait à se demander elle aussi comment elle avait pu attendre aussi longtemps…

L'agrippant par les hanches, il lui souleva le bassin et s'enfonça en elle. Il s'immobilisa un instant, puis il se mit à aller et venir, presque avec nonchalance. Envahie par des sensations inouïes, elle croisa les jambes sur ses reins et ondula des hanches en gémissant.

— Tu valais la peine d'attendre…

Pourquoi fallait-il qu'il lui fasse tous ces compliments ? Elle avait un mal fou à ne pas le croire… Elle se vit soudain dans un avenir proche en train de pleurer, de se lamenter, de l'appeler encore et encore pour tomber chaque fois sur sa messagerie. Tout ce qu'elle s'était juré de ne pas faire… avant de découvrir à quel point c'était fantastique de faire l'amour avec lui. C'était bien plus extraordinaire que dans ses rêves les plus fous…

Santo accéléra peu à peu le mouvement, et l'esprit d'Ella se vida de toute pensée cohérente. Plus rien n'existait que le tourbillon de feu dans lequel elle était emportée. La vague de plaisir qui la balaya lui coupa le souffle, mais la passion débridée de Santo semblait inépuisable. Il l'entraînait déjà plus loin, plus haut. Chaque fois qu'elle croyait avoir atteint le sommet de la volupté, il lui faisait franchir un nouveau seuil. Quand il la rejoignit enfin, elle s'envola une dernière fois, toujours plus haut.

— Merci, murmura-t-il un long moment plus tard en la couvrant de baisers.

Il poussa un soupir d'aise. A vrai dire, il ne s'était jamais senti aussi bien. Et ce n'était pas fini. Oh non, ce n'était qu'un interlude. Ella était dans son lit et elle allait y rester.

Enfin une chose délicieuse en cette journée détestable.

Pas question de la lâcher…

5

Santo mourait de faim.

— Il y a des viennoiseries dans le salon..., murmura Ella.

D'un regard, il la fit taire. Comme s'il pouvait se contenter de viennoiseries rassies et de jus de fruits tiède alors qu'il comptait lui faire l'amour tout l'après-midi ! Il décrocha le téléphone.

— Que veux-tu ?

— Ça m'est égal, répondit-elle.

Il commanda du champagne, des boudoirs et des fruits, mais trop assoiffé pour attendre il alla dans le salon pour se servir un verre de jus de fruits. Il regarda par la fenêtre les journalistes toujours agglutinés devant l'hôtel. Machinalement, il consulta son portable. Toujours aucune nouvelle d'Alessandro. Il alluma son ordinateur resté en veille pour voir si la presse avait publié de nouvelles informations sur sa famille. La page s'ouvrit sur la messagerie d'Ella, et un mail de Luigi s'afficha à l'écran. Ainsi, elle avait décroché le poste.

Voilà pourquoi elle avait changé d'avis... Il avait passé beaucoup de temps à penser à elle ces derniers mois. Beaucoup trop de temps à se demander comment ils s'entendraient au lit. A présent, il savait.

Mais curieusement, il avait envie d'en savoir plus sur cette femme. Beaucoup plus. Ce qui ne lui ressemblait pourtant pas...

Il lui apporta un verre de jus de fruits et se remit au lit.

Un peu plus tard, quand on frappa à la porte, elle se cacha dans la salle de bains le temps que le champagne soit servi.

Au grand amusement de Santo.

— Ce que tu peux être prude ! plaisanta-t-il quand elle se recoucha. Nous allons faire en sorte d'y remédier. Mais avant il faut que tu m'excuses. J'ai quelques coups de fil à passer.

Ella esquissa un mouvement d'épaule compréhensif. Rien d'étonnant à cela. Il passait une grande partie de son temps au téléphone et Ella avait l'habitude. D'ordinaire il s'isolait dans une autre pièce, mais cette fois il n'en avait pas envie. Il téléphona devant elle à plusieurs membres de sa famille, tandis qu'ils buvaient du champagne et mangeaient des boudoirs. Après son dernier appel, il lui demanda de transférer tous les appels à l'exception de ceux de son frère.

— A part Alessandro, je ne veux plus entendre personne.

Se renversant contre les oreillers, il croisa les mains derrière la tête et reconsidéra les événements de la veille d'un esprit un peu plus serein. Pour une fois il avait envie de discuter de tout ça avec quelqu'un qui ne faisait pas partie de la famille. Même s'il n'était bien sûr pas question de tout dire à Ella.

— Tu sais que nous essayons d'obtenir le contrat du projet de réhabilitation des docks ?

— Plus ou moins.

Ella, qui hésitait entre une figue et la dernière fraise enrobée de chocolat, lui jeta un coup d'œil sceptique. Comment lui expliquer la situation ? Avec sa famille, tout était à la fois secret et très compliqué. Ils utilisaient déjà comme lieu de tournage les docks qu'ils espéraient rénover afin de redonner vie à tout le quartier. Et d'en tirer par la même occasion de gros profits.

— Pour moi, dit-il alors qu'elle venait de se décider pour la dernière fraise.

Elle la lui tendit. Il prit la fraise avec ses dents et croqua le chocolat. Puis il attira Ella vers lui pour faire glisser une moitié de la fraise dans sa bouche. La lueur qui s'alluma dans ses yeux dorés l'électrisa, mais il se surprit à reprendre ses confidences au lieu de l'attirer contre lui.

— Salvatore, mon grand-père, avait tout mis en place avant de mourir. D'où ce mariage.

— Ce n'était donc pas un mariage d'amour ?

Pour toute réponse, Santo éclata de rire.

— A présent qu'il est annulé, Battaglia nous a retiré son soutien pour l'obtention du contrat des docks.

Santo ne précisa pas que c'était désormais son demi-frère, Angelo Corretti, que Battaglia appuyait. L'histoire de sa famille était une longue succession de rivalités et de luttes intestines et il ne pouvait pas en raconter le quart à Ella.

— Pour l'instant, je veux me concentrer sur le film. Et sur toi, ajouta-t-il en souriant. Depuis quand as-tu envie de réaliser des films ?

— Depuis toujours.

— Toujours ?

Ella réfléchit. Vers six ou sept ans, elle s'enfermait régulièrement dans sa chambre pour jouer à tourner des films dans sa tête. Elle imaginait le cadre, les différents angles de prise de vues, le jeu des acteurs. Tout son argent de poche était consacré à l'achat de scénarios, et plus tard la possibilité de les trouver sur internet avait été pour elle un grand bonheur. Elle avait vingt-sept ans et aucune expérience, mais elle se formait depuis plus de vingt ans.

— Oui, j'ai toujours voulu faire ça.

— Alors pourquoi es-tu assistante ? Quand je t'ai posé la question pendant ton entretien d'embauche, tu m'as dit que c'était ta passion.

Ella sourit à ce souvenir. Qu'avait bien pu penser Santo en la voyant arriver dans son bureau, si déterminée et sans avoir été annoncée.

— J'ai menti. Comme on le fait souvent dans les entretiens. Etre ton assistante n'est que ma seconde passion, plaisanta-t-elle.

Puis, parce qu'elle aimait parler cinéma avec Santo, elle évoqua le film dont le tournage commençait le lendemain. C'était l'histoire d'un soldat porté disparu à la guerre. Son meilleur ami et sa femme se réconfortaient mutuellement et celle-ci tombait enceinte, avant de découvrir que son mari n'était pas mort.

— Il faut que ça reste une histoire d'amour, commenta Santo. Mais franchement, je trouve qu'il y a des invraisemblances. Si elle l'aime vraiment, je ne vois pas comment elle peut l'oublier aussi vite.

— Elle ne l'oublie pas du tout. Pas un instant.

— Si elle couche aussi rapidement avec un autre, c'est qu'il n'était pas l'homme de sa vie… Pourquoi ce sourire moqueur ?

— Tu es mal placé pour tenir ce genre de discours !

— Moi ce n'est pas pareil. Je n'ai jamais été amoureux. Je ne suis même pas sûr que les mariages d'amour existent.

Santo chercha un instant des exemples dans l'histoire de sa famille.

— Ma grand-mère disait qu'elle avait eu le coup de foudre pour mon grand-père.

— Tu vois.

— Je n'ai pas dit que c'était réciproque. Salvatore aimait le pouvoir avant tout… comme mon père.

Santo réfléchit encore un instant.

— Mon oncle, Benito… Je croyais qu'il aimait sa première femme, mais…

Il haussa les épaules et Ella le considéra avec surprise. C'était la première fois qu'elle le voyait songeur…

— Que le grand amour existe ou pas dans la réalité, il faut que dans le film on y croie, ajouta-t-il, parce que les scènes d'amour entre Taylor et Vince sont très passionnées.

— Ce n'est pas de l'amour, objecta Ella. C'est du désir. Elle souffre énormément et il la réconforte.

— Juste après que l'homme de sa vie a été porté disparu… As-tu déjà été amoureuse, Ella ?

— Non. Et je ne suis pas sûre d'en avoir envie. Je pense que ça pousse à agir de façon déraisonnable.

— Par exemple ?

— Apparemment l'amour implique de savoir pardonner et oublier, or j'en suis incapable.

— Apparemment ?

— Oui, d'après ce que j'ai pu voir autour de moi, éluda-t-elle.

Pas question de parler de sa famille. Elle ne voulait pas gâcher cette journée.

— J'ai une amie en Australie que j'ai vue beaucoup plus souvent pleurer que rire à cause de l'amour de sa vie. J'en ai une autre qui…

— Et tes parents ?

— Oh ! j'ai vu beaucoup de pardon et d'oubli de ce côté-là aussi. Alors tout bien considéré, je pense que je m'en tiendrai au sexe.

Le sexe… Cela ne lui posait aucun problème, songea Santo. A part le fait qu'il aimerait en savoir un peu plus au sujet d'Ella. Mais de toute évidence, elle était aussi douée que lui pour éluder les questions personnelles…

— Tu penses que le mari pardonne à sa femme ? demanda-t-elle.

Après le retour du mari, le film se terminait par un baiser destiné à laisser les spectateurs dans une incertitude vertigineuse. C'était la question à un million de dollars. Celle que le public devait se poser en sortant du cinéma.

— Moi, je ne le ferais pas, décréta Santo.

— Pourquoi ?

Plus elle parlait du film, plus Ella s'animait. Et plus elle agitait les mains, plus son sein gauche se dénudait. A la grande joie de Santo.

— Comment pourrait-il lui pardonner ? Elle est censée être son grand amour.

Sauf que l'amour n'existait pas… En réalité, il ne savait pas ce qu'il ferait à la place du héros, puisqu'il ne pouvait pas s'identifier à lui, reconnut Santo intérieurement.

— Mais peut-être qu'il lui pardonne, en fait… Et toi ? Qu'en penses-tu ?

— Je ne sais pas. Je pense que c'est tout l'intérêt du film de laisser chaque spectateur se faire sa propre opinion. Je suis impatiente de voir comment Taylor va jouer la scène.

— Moi aussi.

Ils restèrent un instant silencieux à penser tous les deux à la scène finale qui serait bien plus difficile à tourner qu'il n'y paraîtrait à l'écran. Ella avait lu et relu le script. Rien n'était dit à la fin. Seul le baiser lui-même et les mains du soldat qui se promenaient sur le corps de sa femme devaient suggérer qu'il remarquait les changements subis par ce dernier et qu'il comprenait que son grand amour avait couché avec un autre homme très peu de temps après sa mort supposée.

Il fallait absolument que ce film marche, songea Santo.

Chacun de ses films était important pour lui, mais celui-ci encore plus que les autres. Alors qu'Alessandro était momentanément sur la touche et que la réputation des Corretti allait être salie dans la presse, il avait une occasion inespérée de sortir de l'ombre de son frère aîné et de montrer de quoi il était capable.

Il regarda Ella. Curieusement, il avait envie de se confier à elle. De lui expliquer qu'il était difficile de grandir avec un père comme Carlo, surtout quand on était le cadet.

Il ouvrit la bouche, puis se ravisa. A quoi bon parler de ça ? Il y avait des choses qu'il valait mieux garder pour soi. Il regarda le sein nu d'Ella et sourit.

— Je crois que nous avons quelques détails techniques à régler, dit-il en lui resservant du champagne.

— Ah bon ?

— J'ai toujours des problèmes avec la scène.

— C’est pour ça que tu paies une fortune une actrice comme Taylor. Pour qu’elle en dégage toute la subtilité…

La voix d’Ella s’éteignit. Après avoir remis la bouteille dans son seau, Santo avait pris un glaçon et l’approchait de son sein.

— Le script indique qu’il remarque la transformation de ses seins…

Elle se mordit la lèvre tandis qu’il traçait le contour de son mamelon avec le glaçon. Retenant son souffle, elle supporta le froid et fut bientôt récompensée par la chaleur de sa bouche, qui prenait le relais. Il suça et lécha la pointe durcie, d’abord avec douceur puis avec de plus en plus d’avidité, lui arrachant des gémissements. Sans cesser de la soumettre à cette torture délicieuse, il replongea la main dans le seau.

— Et se rendant compte qu’elle est peut-être enceinte, il fait glisser la main sur son ventre, reprit-il dans un murmure entre deux baisers.

Ella ferma les yeux.

— Mais il continue à l’embrasser.

Santo mit le glaçon dans sa bouche et couvrit le ventre d’Ella de baisers glacés.

— Pourquoi continue-t-il à l’embrasser en sachant qu’elle a été infidèle ?

— Parce qu’il sait… que lorsqu’il arrêtera de l’embrasser… ils devront parler… Et il ne veut pas connaître la vérité, répondit-elle d’une voix hachée.

— Est-ce qu’il lui pardonne ?

— Je ne sais pas…

La voix d’Ella s’étrangla alors que Santo glissait un nouveau glaçon entre ses cuisses. Puis un soupir d’aise lui échappa quand le froid laissa place à la chaleur de sa bouche. Enfonçant les doigts dans ses cheveux, elle se mit à onduler des hanches sous les caresses diaboliques de sa langue.

Santo était ébloui. Il aimait le sexe mais jamais il

n'avait été aussi fasciné par le corps d'une femme… par ses réactions… Chaque soupir, chaque gémissement d'Ella, chaque crispation de ses doigts dans ses cheveux le rendait fou…

— D'habitude, j'utilise toujours des…

— Je sais, murmura Ella, le souffle court.

— Je voudrais essayer…

— Oui, s'il te plaît…

Il se redressa, prit place entre ses cuisses et entra lentement en elle avec délectation.

— Oh mon Dieu, Ella…

C'était la première fois de sa vie qu'il faisait l'amour sans préservatif et c'était divin. Tout à l'heure il lui avait promis de prendre tout son temps et il avait bien l'intention de tenir sa promesse.

— Ce matin la journée a commencé dans un cauchemar, mais maintenant…

Il poursuivit en italien mais Ella ne chercha pas à comprendre ce qu'il disait. Elle était la proie de sensations si intenses que son esprit fonctionnait au ralenti. La nonchalance avec laquelle Santo allait et venait en elle attisait le feu qui la consumait tout en retardant l'embrasement final. Et c'était à la fois si bon et si frustrant qu'elle se sentait au bord de la folie…

— Santo…

Il accéléra peu à peu le rythme tout en mordillant et aspirant tour à tour les pointes hérissées de ses seins. Emportée dans une spirale de feu tourbillonnante, elle crut voir des flashes crépiter autour d'elle. L'espace d'une seconde elle se demanda si les journalistes avaient réussi à pénétrer dans la chambre. Mais non, bien sûr… L'explosion qui la secoua lui arracha un cri rauque.

Santo s'immobilisa un instant pour mieux savourer les ondes de volupté qui la parcouraient, puis il mêla son plaisir au sien avant de s'abattre sur elle, le visage dans ses cheveux.

C'était parce qu'il n'avait pas mis de préservatif que ça avait été aussi fantastique, se dit-il un moment plus tard.

Ou peut-être parce qu'il avait dû attendre des mois avant de coucher avec elle ?

En tout cas, il n'avait jamais vécu une expérience aussi intense.

6

Ils ne se levèrent qu'à 4 heures, en pleine nuit.

Les journalistes étant persuadés qu'Alessandro était toujours à l'hôtel, Ella prit le temps de se sécher les cheveux et de se maquiller. Elle n'était pas censée avoir passé tout ce temps dans le lit de Santo, mais en réunion de crise avec les deux frères. Pas question donc d'avoir l'air de sortir de la douche. Il fallait se transformer de nouveau en assistante modèle.

Santo la regardait, tandis qu'elle mettait du fard à joues, en culotte et soutien-gorge.

— Tu aimes te maquiller, dit-il en s'approchant d'elle.

Il prit son anticerne dans sa trousse et se mit derrière elle pour tenter de masquer les marques qu'il avait laissées sur son cou. En jean noir et chemise noire, il était superbe malgré son œil qui virait au violet… Ella déglutit péniblement. Comme elle comprenait à présent les larmes versées par ses ex-maîtresses ! Elle s'était juré de ne rien attendre d'autre qu'une parenthèse de quelques heures, mais malheureusement elle en voulait déjà plus…

Il la fit pivoter sur elle-même et se pencha vers elle pour l'embrasser.

— Non !

Elle avait parlé d'un ton plus vif qu'elle ne l'aurait voulu et le regretta aussitôt.

— Je viens juste de me maquiller, se justifia-t-elle d'une voix plus douce.

Compréhensif, il murmura :

— Dans ce cas, il suffit que tu te retournes.

La faisant de nouveau pivoter sur elle-même, il embrassa son épaule nue tout en faisant glisser ses mains sur son ventre. Aux frissons qui la parcouraient se mêla une bouffée de panique. Jamais elle ne parviendrait à l'oublier… Mais il ne fallait surtout pas qu'il puisse deviner à quel point il la troublait. Elle s'écarta de lui.

— Tu as un tournage qui commence dans quelques heures et moi je voudrais rentrer chez moi, déclara-t-elle d'un ton qu'elle espérait désinvolte.

Il ne sembla pas remarquer son changement d'attitude. Lui en revanche semblait un autre homme, constata-t-elle un peu plus tard dans l'ascenseur. Il était cent fois plus détendu que la veille dans ce même ascenseur, lorsqu'ils étaient montés dans sa chambre après avoir déposé Alessandro au port…

Il la raccompagna chez elle, où il l'avait déjà déposée à une ou deux reprises auparavant. Comme les fois précédentes elle ne lui proposa pas d'entrer. Ce fut lui qui s'invita.

— J'ai encore un long trajet en voiture avant d'arriver sur le lieu du tournage. Si tu m'offres un café, je te donne ta journée, dit-il avec un sourire malicieux.

— J'ai bien l'intention de la prendre de toute façon ! s'exclama-t-elle en ouvrant la porte de la minuscule villa de deux pièces qu'elle louait.

Tandis qu'elle gagnait la cuisine pour faire le café, Santo resta dans le salon et regarda les livres rangés sur les étagères. Tous concernaient la réalisation. Mais à part ça, il n'y avait aucun objet dans la pièce.

Il avait l'habitude d'inspecter les lieux où vivaient les femmes. C'était un petit jeu qui l'amusait. Mais ici, il n'y avait rien qui puisse lui en apprendre un peu plus sur Ella. Sans doute n'était-ce pas surprenant. Après tout, elle n'était ici que temporairement. Cependant, il n'y avait même pas une photo de famille sur la cheminée.

Pas grand-chose non plus dans la salle de bains, constata-t-il après avoir demandé à utiliser les toilettes. Il nota le nom de son parfum en réprimant un sourire. Cette fois, Ella ne pourrait pas se charger de commander des fleurs et des cadeaux pour sa nouvelle maîtresse…

— Le café est prêt ! cria-t-elle depuis la cuisine.

Il jeta un coup d'œil dans sa chambre. A la vue du lit défait et d'un soutien-gorge qui traînait par terre, il fut assailli par une bouffée de désir. Bon sang ! Comme il était tentant d'envoyer le tournage au diable et de répondre qu'il voulait son café au lit…

Résistant à la tentation, il rejoignit Ella dans la cuisine. Après avoir bu une gorgée de café, il poussa un soupir d'aise.

— Pour ça, tu peux éteindre ton téléphone jusqu'à demain.

— Pour que tu piques une crise si je ne réponds pas ?

— Je suis sérieux. Aujourd'hui je réglerai moi-même tous les problèmes éventuels. Ne rallume ton téléphone que demain en arrivant sur le plateau. Tu peux même venir seulement en fin d'après-midi. Les deux premiers jours, il n'y aura pas beaucoup d'action. Les comédiens vont prendre leurs marques.

— Tu es sûr ?

— Absolument.

Scrutant le visage d'Ella, Santo ajouta :

— A moins que tu aies besoin de laisser ton téléphone allumé au cas où ta famille t'appellerait…

— Non.

Il but une gorgée de café. Décidément, elle ne révélait rien du tout…

— Ta mère est italienne, mais d'où exactement ?

En réalité, il connaissait déjà la réponse. L'italien qu'elle parlait trahissait ses origines siciliennes. Mais ce qu'il voulait savoir c'était si elle allait répondre à sa question…

— De Sicile.

— Et ton père ?

— Il est australien.

— Ils vivent toujours ensemble ?

— Pourquoi cette question ?

— Simple curiosité… J'ai juste envie d'en savoir un peu plus sur ta famille, comme tu as eu toi-même envie d'en savoir plus sur la mienne.

Ella frissonna. Après tout c'était vrai, elle lui avait posé des questions sur sa famille, reconnut-elle intérieurement. Elle n'avait aucune raison d'être à ce point sur la défensive.

— Oui, répondit-elle avec un sourire crispé. Ils vivent toujours ensemble.

— Il y a autre chose dont nous devons parler. Ce poste auquel tu as postulé…

— Non, coupa Ella d'un ton ferme. Nous venons tout juste de sortir du même lit.

— C'est donc le moment idéal pour discuter.

— Pour toi peut-être. Pas pour moi. Je discuterai de ça avec toi au travail.

— Ella, je ne veux pas que tu prennes ce travail.

Elle se hérissa. Combien de fois avait-elle entendu son père dire exactement la même chose à sa mère ?

— C'est moi qui choisis où je travaille.

— Si tu pouvais juste écouter…

— Je suis sérieuse, Santo. Nous en discuterons au bureau. Tu as ton mot à dire sur ce sujet quand nous sommes dans le cadre professionnel, et uniquement dans ce cadre.

— Tu es ridicule.

Ella serra les dents. Sa mère avait travaillé dans une usine jusqu'à sa naissance, puis elle avait démissionné pour travailler dans le magasin de son père. Elle se souvenait avoir entendu régulièrement sa mère demander à son père si elle pouvait retourner travailler à l'extérieur. Ils auraient eu bien besoin d'un salaire supplémentaire, mais son père préférait que sa femme reste sous ses yeux, qu'elle ne parle pas très bien anglais et qu'elle n'ait pas beaucoup d'amis.

— Ça m'est égal que tu me trouves ridicule. Je te parlerai de ça mardi.

— Est-ce que tu peux réserver ta réponse jusqu'à ce que nous en ayons discuté ?

— Santo !

— D'accord.

Mieux valait ne pas insister, décida Santo. Il déposa un baiser sur les lèvres d'Ella.

— Merci… Je n'aurais jamais cru ça possible, mais grâce à toi j'ai passé une très bonne journée hier.

— Moi aussi, répondit Ella en souriant.

Jamais elle n'avait été en proie à des sentiments aussi contradictoires… Elle voulait qu'il s'en aille mais elle n'avait aucune envie de le laisser partir sur le tournage sans elle. Elle s'était juré de tourner la page dès que la parenthèse de ce dimanche magique serait refermée, mais elle s'en sentait incapable. Et déjà elle pressentait la souffrance qui la rongerait bientôt.

Très bientôt peut-être.

Tel qu'elle connaissait Santo, ce soir il pourrait très bien être dans les bras de Taylor.

— Bonne chance pour le premier jour de tournage.

— Je vais en avoir besoin, répliqua-t-il en roulant les yeux.

— Que vas-tu dire à Taylor au sujet des photos ?

Il haussa les épaules.

— A quoi bon lui dire quoi que ce soit ? Je lui ai demandé de se comporter convenablement. Je lui ai expliqué à quel point c'était important pour le film. On a vu le résultat… Le plus simple serait de lui coudre les genoux.

Ella prit congé de Santo en riant mais le cœur n'y était pas. Même avec les genoux soudés l'un à l'autre, Taylor resterait une femme splendide. Et elle ne serait pas étonnée que Santo l'appelle au milieu de la nuit pour lui demander de lui apporter en urgence une paire de ciseaux !

Sauf qu'elle allait éteindre son téléphone…

Quel délice de se glisser entre les draps avec la certitude de ne pas être dérangée ! Mais c'était sans compter avec les pensées qui tourbillonnaient dans son esprit… A peine couchée, Ella fut assaillie par une bouffée de panique, comme un peu plus tôt dans la salle de bains de l'hôtel. Jamais elle ne parviendrait à oublier Santo…

Les yeux fixés au plafond, elle s'efforça de se persuader qu'elle en était capable. Elle n'allait tout de même pas se bercer d'illusions. Elle connaissait trop bien Santo pour s'imaginer qu'il était possible d'envisager autre chose qu'une aventure sans lendemain avec lui.

Elle finit quand même par s'endormir et ne se réveilla qu'en fin d'après-midi. Mais à peine eut-elle ouvert les yeux qu'elle ralluma son téléphone pour consulter sa messagerie, certaine que Santo avait eu des problèmes sur le tournage et qu'il lui avait laissé des dizaines de messages pour l'appeler à la rescousse.

Rien.

Elle vérifia et revérifia. Non, aucun message. Mais après tout, elle n'avait aucune raison d'être déçue. Au contraire. Elle devrait se réjouir qu'il respecte la journée de repos qu'il lui avait accordée. Franchement, à quoi s'attendait-elle ? Elle ne risquait pas de recevoir des fleurs puisque d'ordinaire c'était elle qui se chargeait de les envoyer et même de rédiger les cartes qui les accompagnaient…

Ella ne put s'empêcher de sourire au souvenir d'une conversation récente.

— Quel message voulez-vous joindre ? avait-elle demandé avant de commander un bouquet.

— Mettez ce que vous voulez.

Mais quelques minutes plus tard, il l'avait appelée par l'Interphone.

— Qu'avez-vous mis ?

Réprimant un soupir, elle avait lu :

Merci pour ce merveilleux week-end. Tu as été fantastique. Santo

— Non, ça c'est elle qui devrait me l'écrire.

Après avoir réfléchi un instant, il avait dit :

— Laissez tomber les fleurs. Juste un bijou. Des saphirs.

— Ce qui veut dire qu'elle a les yeux bleus…

Oui, elle le connaissait trop bien.

Stop ! Pas question de se morfondre à cause de lui. Elle l'avait rejoint dans son lit en toute connaissance de cause. A présent, il fallait assumer. Et pour commencer, elle n'allait pas le laisser se mêler de sa carrière. Elle alluma son ordinateur pour répondre à Luigi qu'elle acceptait le poste, puis elle écrivit sa lettre de démission.

Quoi qu'il arrive désormais entre eux, elle ne travaillerait plus très longtemps pour lui.

Après avoir préparé son sac de voyage pour le lendemain, elle dîna puis se recoucha.

Le lendemain, elle fit toutes les courses qu'elle n'avait pas eu le temps de faire pendant le week-end, puis elle prit la route et n'arriva qu'en fin de soirée à l'hôtel où logeait l'équipe du film. Le trajet aurait dû être agréable. Après tout, elle avait traversé des paysages superbes et il n'y avait pas eu beaucoup de circulation. Cependant, le lieu du tournage n'était pas très éloigné du village de sa mère et elle avait vu plusieurs panneaux indiquant ce dernier. Quand elle descendit de voiture, elle avait l'estomac noué. Dans quelques jours c'était l'anniversaire de sa mère et elle serait obligée de l'appeler. Il serait difficile de ne pas lui dire où elle se trouvait. Et très embarrassant de ne pas pouvoir lui donner de nouvelles de ses sœurs… Le savoir-vivre le plus élémentaire lui imposait donc de rendre visite à celles-ci. Dans toutes les familles il fallait respecter certaines règles. A fortiori dans les familles siciliennes…

L'hôtel avait un charme désuet et l'accueil était agréable. Après avoir rempli sa fiche, Ella se dirigea vers l'ascenseur et croisa Taylor Carmichael qui en sortait. Elle lui adressa un sourire timide, mais ne sachant pas qu'elle travaillait pour Santo l'actrice l'ignora.

Malgré tout, elle fut parcourue d'un frisson. Dire que

demain elle aurait la chance de voir cette star en action sur le plateau !

Elle trouva sa chambre, ouvrit la porte et se figea sur le seuil, éblouie. De toute évidence c'était une suite, et elle était somptueuse. Une grande baie vitrée ouvrait sur une terrasse surplombant la mer et la vue était à couper le souffle. Quant au décor de la pièce il était d'un raffinement impressionnant. Meubles anciens, miroirs dorés… et de gros bouquets de fleurs un peu partout. Il y avait même une bouteille de champagne qui attendait dans son seau !

Un sourire étira les lèvres d'Ella. Quelle attention charmante de la part de Santo… Mais soudain elle entendit sa voix provenant de la pièce voisine. L'hôtel s'était trompé… Elle se dirigea vers le téléphone pour signaler l'erreur à la réception mais au même instant, Santo sortit de la chambre.

— Ella… tu es enfin là.

— Oui, répondit-elle, embarrassée.

Dire qu'elle avait cru qu'il avait fait porter des fleurs et du champagne dans sa chambre…

— Il y a eu un malentendu à la réception. Apparemment, ils ont compris que je partageais ta chambre.

Elle roula les yeux.

— C'est sans doute parce que j'ai fait la réservation en italien. A l'avenir je m'en tiendrai à l'anglais.

— Non, ce n'est pas une erreur, objecta Santo en souriant. C'est moi qui leur ai dit de t'envoyer ici. Je pensais que nous pourrions dîner et discuter. Il s'est passé tellement de choses…

— Tu ne peux pas m'installer d'office dans ta chambre !

— Ce n'est pas mon intention.

— Alors où est ma chambre ?

— Ella, nous allons travailler quinze heures par jour… du moins je l'espère.

— Pardon ?

— Le réalisateur a démissionné.

Abasourdie, Ella en oublia momentanément le problème de la chambre.

— Il a démissionné ?

— Il m'a lancé un ultimatum. Je ne supporte pas ça.

Ella arqua les sourcils. Certes, il était déjà arrivé une ou deux fois à Santo d'entrer en conflit avec des réalisateurs, mais en perdre un le premier jour du tournage… L'accrochage avait dû être spectaculaire. Elle demanda ce qui s'était passé.

— C'est déjà de l'histoire ancienne.

Il haussa les épaules, toujours prompt à tourner la page sans s'appesantir sur le passé.

— J'ai cherché un peu partout pour trouver quelqu'un qui soit à la fois capable de diriger le film et disponible, et je crois que le problème est enfin réglé, dit-il en servant le champagne.

Le cœur battant, Ella retint son souffle, tandis qu'il lui tendait une flûte. Est-ce que… ?

— J'ai trouvé quelqu'un qui, je pense, partage ma vision et qui est déterminé à faire en sorte que Taylor donne toute la mesure de son talent.

Il sourit et le cœur d'Ella s'affola de plus belle.

— Demain, nous commençons le tournage avec Rafaele Beninato.

— Rafaele Beninato ?

Ella se maudit aussitôt. Non seulement elle avait été assez stupide pour s'imaginer que Santo avait décidé de lui confier la réalisation du film, mais elle n'avait pas réussi à masquer sa déception. Sa voix l'avait trahie…

La réaction de Santo lui prouva qu'elle ne se trompait pas.

— Ella, tu n'as pas cru que… ?

— Non, coupa-t-elle précipitamment.

Impossible de reconnaître qu'elle s'était fait des illusions. Après tout, c'était un film très important. Pourquoi le confierait-il à quelqu'un qui n'avait aucune expérience ? Mais soudain assaillie par une bouffée de colère, elle s'écria :

— Si ! Je t'en veux de ne pas y avoir pensé ! De ne pas avoir pensé à moi un seul instant !

— Voyons, Ella, tu n'as aucune expérience.

— Santo, j'adore ce script. Je l'ai étudié en profondeur. Je le connais par cœur. Je sais exactement comment il faut le filmer.

Ella posa sa flûte. Bien sûr, la démarche de Santo était parfaitement logique. C'était elle qui réagissait de manière irrationnelle. Mais elle n'y pouvait rien. Elle était profondément blessée et il valait mieux qu'elle s'en aille avant d'éclater en sanglots. Elle qui ne pleurait jamais, elle était au bord des larmes… Il fallait absolument qu'elle se ressaisisse et la présence de Santo ne risquait pas de l'y aider…

— Je vais changer la réservation, dit-elle en se levant.

Elle décrocha le téléphone et demanda à la réception qu'on lui donne la chambre qu'elle avait réservée.

— Tu t'en vas parce que je ne t'ai pas confié la réalisation du film ?

— Non ! J'avais l'intention de partir de toute façon. C'est tout l'intérêt d'avoir deux chambres. On sait où aller en cas de dispute !

Elle descendit chercher sa clé, puis remonta dans sa chambre. Mais elle n'eut pas le temps de retrouver son calme. A peine avait-elle fermé la porte qu'elle entendit frapper. C'était Santo, qui insista jusqu'à ce qu'elle lui ouvre.

— Tu veux tout et son contraire ! s'exclama-t-il, visiblement furieux à son tour. Tu insistes pour séparer travail et plaisir, mais quand ça t'arrange il faudrait que je te fasse une fleur parce que tu es ma maîtresse.

— Ce n'est pas vrai !

— Si. Alors que moi je ne mélange pas tout. Quand je travaille je n'ai qu'une seule préoccupation. Que mes films soient réussis. Et par conséquent, je prends les décisions qui s'imposent pour qu'ils soient tournés dans les meilleures conditions. Alors si tu t'imagines que je vais te confier la réalisation d'un film parce que je m'éclate au lit avec toi, c'est toi qui as un problème. Pas moi.

— Il y a longtemps que je veux faire de la réalisation et je t'en ai déjà parlé. Ça ne date pas de dimanche après-midi.

— Si je ne t'ai jamais confié cette responsabilité, c'est parce que tu n'as pas d'expérience.

— Parce que tu ne me laisses pas en acquérir.

— Quand il y aura un poste d'assistante à la réalisation à pourvoir, il sera à toi. Mais pour réaliser un film, il faut d'abord que tu fasses tes preuves sur le plateau. Pas au lit.

Mortifiée, Ella dut se retenir pour ne pas gifler Santo. Mais comment nier qu'il avait raison ? Elle serra les dents pendant qu'il poursuivait :

— Comme je te l'ai déjà dit, j'ai passé des moments fantastiques avec toi. J'espérais aller plus loin aujourd'hui. Je me réjouissais à l'idée de dîner avec toi, de discuter avec toi, de faire l'amour avec toi. Mais nous allons dormir chacun de notre côté, parce que contrairement à ce que tu prétends tu mélanges travail et plaisir.

— De toute façon, j'ai rédigé ma lettre de démission.

— Eh bien, va travailler pour Luigi ! Il t'appâte par de belles promesses mais tu découvriras vite que je ne suis pas un si mauvais patron. Et au moins, je ne t'ai pas forcée à coucher avec moi.

— Luigi n'est pas comme ça ! C'est un réalisateur très brillant et il est impatient d'avoir une assistante qui…

— Tu sais, il est d'usage que les employeurs vérifient les références d'un candidat à un poste. Eh bien, je me suis souvent demandé pourquoi l'inverse n'était pas vrai. Pourquoi les candidats ne prenaient pas la peine de vérifier où ils s'apprêtaient à mettre les pieds.

— Je regrette amèrement de ne pas l'avoir fait avant de venir travailler pour toi.

— Tu savais exactement à quoi t'attendre. Quand je recrute quelqu'un je suis toujours très clair quant à mes exigences en ce qui concerne le poste à pourvoir. Et s'il m'arrive de coucher avec une collaboratrice, ça n'a jamais aucune influence sur nos relations professionnelles. Tu sembles avoir une bien piètre opinion de moi, mais tu n'as jamais eu besoin de coucher avec moi pour garder ton poste et c'est toujours valable.

Ella resta silencieuse. Que répondre à cela ? Il avait raison.

— Dans combien de temps comptes-tu partir ? demanda-t-il.

— Dans quatre semaines.

— Très bien. Appelle l'agence demain pour lancer le recrutement d'une nouvelle assistante. Qui soit libre rapidement de préférence, afin que tu puisses la mettre au courant. Et cette fois, précise que je veux quelqu'un qui parle couramment italien, d'accord ?

Piquée au vif, elle serra les dents. Pas question de réagir. Il serait trop content…

— Autre chose ?

— Oui, il faut qu'elle ait une grande expérience.

— Et un physique agréable ? railla Ella.

— De préférence, oui, acquiesça-t-il le plus naturellement du monde. Et si possible pas trop coincée…

— Tu n'as qu'à la choisir toi-même sur un de tes sites de rencontre.

— Je ne vais jamais sur les sites de rencontre. Je n'ai pas le temps, et surtout je n'en ai pas besoin. Je veux une assistante efficace, agréable à regarder et capable de respecter la frontière entre la chambre et le bureau. Oh ! et qui ne trimbale pas trop de problèmes…

Sur ces mots, Santo s'en alla en claquant la porte.

Les jambes tremblantes, Ella s'assit sur le lit. Malheureusement, il avait raison sur toute la ligne…

Elle avait insisté pour séparer vie professionnelle et vie privée mais elle en était incapable. Et ce depuis qu'elle travaillait pour lui… A quoi bon se mentir plus longtemps ? Chaque fois qu'il l'avait chargée d'envoyer des fleurs à une de ses maîtresses, chaque fois qu'elle l'avait entendu flirter au téléphone, elle en avait été malade… Chaque fois, elle avait ressenti ça comme un affront personnel.

Dès qu'elle l'avait vu le jour de l'entretien, elle avait su ce qui l'attendait. Mais elle avait choisi de l'ignorer pour pouvoir se réfugier dans le travail et avoir un bon prétexte pour ne pas affronter ses problèmes. Au lieu de s'accorder une pause pour prendre le temps de se remettre de ce qui s'était passé avec son père, elle avait préféré se jeter sur le premier emploi qui se présentait.

Santo avait vu juste. Elle trimbalait de gros problèmes. Des problèmes qu'elle avait refoulés et qui étaient en train de remonter à la surface… Prise de panique, Ella se leva. Sa chambre ne disposant pas d'une terrasse comme celle de Santo, elle dut se contenter d'ouvrir les fenêtres pour aspirer à grandes bouffées l'air de la nuit. Son cœur battait à tout rompre et elle devait se retenir pour ne pas crier. Elle devait faire appel à toute sa volonté pour ne pas aller tambouriner à la porte de Santo.

Comment supporter de rester seule avec les souvenirs terribles qui l'assaillaient ? Les coups de son père, les cris de sa mère… le sentiment désespérant d'être une gamine de six ans alors qu'elle en avait vingt-sept…

Pour la première fois depuis ce jour horrible, elle pleura. Secouée de sanglots, elle revécut le cauchemar qu'elle avait tenté en vain d'effacer de sa mémoire pendant des mois.

7

Pour la première fois depuis qu'elle travaillait pour Santo, Ella appréhendait de se retrouver en face de lui. Ils commençaient toujours la semaine par un petit déjeuner de travail au cours duquel ils planifiaient son emploi du temps. Sans doute était-il prévu qu'ils se retrouvent au restaurant de l'hôtel à 6 heures, heure habituelle de début de journée sur un tournage.

Elle se regarda dans le miroir après une nuit sans sommeil et poussa un soupir. La douche froide qu'elle venait de prendre n'avait pas suffi à faire dégonfler ses paupières et son nez était toujours rouge vif…

Elle avait la tête d'une femme qui avait passé la nuit à pleurer.

Sauf que, contrairement à ce que Santo allait sans aucun doute penser, ce n'était pas à cause de lui qu'elle avait versé toutes les larmes de son corps. C'étaient les problèmes qu'elle avait refusé d'affronter jusque-là qui avaient fini par la faire craquer…

Six mois sans une larme.

Six mois à se répéter qu'elle était forte, qu'elle n'était pas affectée par ce que son père avait fait, que ses coups ne l'avaient blessée que physiquement.

Quels mensonges…

Ce n'étaient pas seulement les coups qui l'avaient atteinte, mais toutes les années passées à regarder sa mère souffrir, à marcher sur des œufs pour ne pas irriter son père, à économiser sur tout pour pouvoir prendre sa mère en charge et l'éloigner de lui.

De nouveau au bord des larmes, Ella s'efforça de faire le vide dans son esprit. Elle entreprit de se maquiller mais elle renonça vite à accomplir des miracles, et ce fut donc avec des lunettes noires qu'elle prit l'ascenseur. Pourvu que Santo fasse semblant de ne pas remarquer sa mine épouvantable…

— Mon Dieu ! s'exclama-t-il en la voyant arriver.

Il se leva, lui enleva ses lunettes et la serra dans ses bras.

— Excuse-moi, ma chérie…

— Arrête.

— Je suis allé trop loin, murmura-t-il à son oreille. Engage une fille affreuse, ou même un homme, ça m'est égal.

La gorge nouée, elle s'écarta de lui et s'assit.

— Ce n'est pas pour ça que j'ai pleuré.

Il lui servit un café et le sucra. Elle but une gorgée en s'efforçant de masquer son émotion. S'il continuait à être aussi attentionné, elle allait de nouveau s'effondrer. Elle prit une profonde inspiration.

— Tu avais raison. J'ai des problèmes.

Il déplaça sa chaise pour se mettre à côté d'elle et passa un bras autour de ses épaules.

— Dis-moi.

— Non !

Elle ne voulait pas de son réconfort. Elle ne voulait pas se confier…

— Je te parlerai des miens.

— Non.

Elle ne voulait pas qu'il la fasse sourire.

— J'en ai des centaines. Mais pour l'instant, mon principal problème, c'est toi.

Elle ne put s'empêcher de sourire.

— Santo, il faut y aller.

— Parle-moi d'abord.

— Je ne peux pas.

— Mais si.

Ella secoua la tête.

— Non. Toi aussi il y a des choses dont tu ne parles pas. Ta famille, par exemple.

— Tu sais bien que l'histoire de ma famille est très mouvementée. Mon *nonno,* Salvatore, est parti de rien et à sa mort c'était l'un des hommes les plus puissants de Sicile. Alors oui, il y a des choses dont je ne peux pas parler. Mais toi, si tu veux me parler tu peux. Et si tu ne veux pas, ce n'est pas grave. En revanche, tu ne passeras plus jamais une nuit à pleurer toute seule dans ta chambre quand je serai à proximité.

Quelqu'un appela Santo et lui dit qu'il était l'heure d'aller sur le plateau, mais il se contenta de faire signe par-dessus son épaule qu'il arrivait.

— Tu as compris ? demanda-t-il à Ella d'une voix douce.

— Il y a des moments où il vaut mieux rester seul.

— Tu préfères revivre ce que tu as vécu cette nuit plutôt que de faire l'amour avec moi ?

Il déposa un baiser sur sa tempe.

— Alors tu es folle.

— Le sexe n'est pas la réponse à tout.

— C'est quand même efficace. Pour moi en tout cas. Mais même si tu veux continuer ta grève du sexe, ça ne nous empêche pas de parler.

Il se leva et tendit la main.

— Viens, allons-y à pied.

— Ça va prendre trop de temps.

— Ils m'attendront.

Dehors il rendit ses lunettes à Ella, puis il lui désigna les villages environnants tandis qu'ils descendaient le chemin à flanc de colline.

— Ma mère est née là, dit-elle quand il cita le village en question.

Etait-ce cette proximité qui l'avait perturbée au point de la faire craquer ? se demanda-t-elle avant d'ajouter :

— J'ai des tantes qui y vivent.

— Tu vas aller les voir ?

— Peut-être après le tournage.

— Ne leur dis pas que tu travailles pour moi.

Avec un sourire malicieux, Santo donna un petit coup de coude à Ella.

— Elles vont te mettre en garde.

— Je connais déjà ta réputation.

— C'est celle de ma famille, pas la mienne.

Il indiqua un autre village, plus lointain.

— Ma *nonna* habite là-bas. Ma famille s'est fait beaucoup d'ennemis dans la région.

Santo esquissa un nouveau sourire malicieux. Pour effacer la détresse qu'il lisait sur le visage de la jeune femme, il était prêt à toutes les pitreries !

— Ça fait partie de ma centaine de problèmes.

Mais Ella ne lui rendit pas son sourire. Il songea à ses yeux gonflés derrière ses lunettes noires et son cœur se serra. S'il voulait la réconforter, ce n'était pas avec des plaisanteries qu'il y parviendrait, comprit-il. Pour la convaincre qu'elle pouvait se confier à lui, peut-être fallait-il commencer par lui faire lui-même quelques confidences.

— Mon père et son frère sont morts dans l'incendie d'un entrepôt.

Ce n'était pas un secret. L'événement avait fait beaucoup de bruit en Sicile à l'époque, reconnut-il intérieurement avant de poursuivre :

— C'est à la suite de cela que mon grand-père a partagé tous ses biens.

— C'est ça qui a déclenché des luttes intestines ?

— Oh non, elles remontent à bien plus loin. Mon père et Benito avaient toujours été rivaux. Salvatore y avait veillé.

— Tu l'appelles Salvatore.

— Ça dépend. Pendant les réunions d'affaires on dit rarement « *papà* » et « *nonno* ».

— Oui, je comprends.

— Les conflits se sont aggravés après le partage des biens, mais une fois par an nous jouons la comédie et nous nous montrons civilisés.

Devant la mine perplexe d'Ella, Santo expliqua :

— Chaque année, la famille se réunit pour l'anniversaire de ma *nonna*. C'est le seul point sur lequel tout le monde parvient à s'entendre. Nous l'adorons tous et nous respectons une trêve d'une journée. Mais dès le lendemain les hostilités reprennent. Au cours des semaines qui viennent…

Santo secoua la tête. Il n'abordait jamais ce sujet, même en pensée. Et de toute façon, il n'avait pas le temps de développer. Il avait un film à tourner… Oui, mais dimanche ,quand il était complètement déprimé. Ella avait été là pour lui. Aujourd'hui, il avait envie de la réconforter à son tour et le meilleur moyen de l'inciter à lui confier ses problèmes était de lui parler des siens.

— Mon grand-père montait ses fils l'un contre l'autre. Dès le début il leur a appris que pour réussir il fallait être impitoyable. Et ils ont bien retenu la leçon. Quand sa santé a commencé à décliner, il a partagé son empire entre eux. A Benito il a confié le secteur de l'hôtellerie et à mon père celui des médias. Aujourd'hui, si nous voulons mener à bien le projet de réhabilitation des docks, nous devons réunir les deux. Or je doute que ce soit possible. Angelo est…

— Angelo ?

— Mon demi-frère.

— J'ignorais que tu avais un demi-frère.

— Je n'en parle jamais.

Santo contempla le littoral, au pied de la colline.

— Il a beaucoup investi dans l'immobilier par ici. Ce projet est le nôtre mais à présent c'est lui que Battaglia appuie.

— Parce que le mariage a été annulé ?

— Pour des tas de raisons.

— Est-ce vraiment très important ? Après tout, ce n'est qu'un projet parmi d'autres.

— Oui c'est important.

Santo réprima un soupir. Impossible d'entrer dans les détails. Impossible de reconnaître que l'empire des Corretti était en train de s'écrouler. Pas parce qu'il ne faisait pas confiance à Ella, mais parce qu'il ne supportait pas de se l'avouer à lui-même.

— Pour l'instant, il faut que je me concentre sur ce film, mais d'abord…

Il prit Ella dans ses bras, lui enleva ses lunettes et l'embrassa avec une tendresse infinie. Elle sentit sa gorge se nouer. Décidément, elle comprenait de mieux en mieux les larmes de toutes celles qui l'avaient précédée dans les bras de cet homme. Santo n'était pas seulement un amant exceptionnel, c'était un homme très attachant. Le monde sans lui devait sembler horriblement froid et triste.

Le portable de Santo sonna. L'équipe du film s'impatientait. Il ne fallait pas s'attarder plus longtemps. Lorsqu'ils arrivèrent dans le quartier des docks, Ella fut impressionnée par l'état de vétusté et d'abandon dans lequel il se trouvait.

— En investissant les fonds nécessaires on peut le métamorphoser, déclara Santo. Aujourd'hui la ville est en train de mourir à petit feu, mais il suffirait d'y développer des activités pour qu'elle devienne une destination touristique très prisée.

Beaucoup de gens du coin s'étaient déplacés pour assister au tournage.

— Tu vois, ce café est fermé depuis des années, mais aujourd'hui il est ouvert. Ce qui prouve que ce tournage peut avoir un impact positif sur la région. Ça donnera peut-être aux gens une meilleure image des Corretti.

Santo fit une pause avant de demander :

— Tu veux bien faire quelque chose pour moi ? Renseigne-toi sur Luigi avant d'accepter le poste.

— Je l'ai déjà accepté.

Santo ne dit rien. Sollicité de toutes parts, il n'en eut pas le temps. Ella prit un siège et commença à travailler. Du moins elle essaya. A plusieurs reprises, elle se surprit à lever les yeux de son ordinateur parce que certaines suggestions de Rafaele ne lui semblaient pas judicieuses. Mais c'était lui le professionnel, se rappela-t-elle fermement.

— Ça va ?

La voix de Santo la fit tressaillir.

— Mieux, répliqua-t-elle en prenant le café qu'il lui tendait.

— Parce que si tu as besoin de souffler un peu, je n'ai pas besoin de toi.

Il se mordit la lèvre.

— Non, ce n'est pas ce que je voulais dire…

— J'ai compris ce que tu voulais dire, assura-t-elle, touchée. Comment ça se passe ?

Santo eut une moue dépitée.

— Vince est à cran. C'est peut-être le stress du début de tournage, je ne sais pas.

Ella but une gorgée de café. Pourquoi ne pas accepter la proposition de Santo, après tout ?

— Si tu es sûr de ne pas avoir besoin de moi, je vais peut-être rentrer à l'hôtel. Je travaillerai là-bas.

— Bien sûr. Si j'ai besoin de quoi que ce soit, je t'appellerai.

Il était plus prudent de prendre un peu de distance, décida-t-elle. Elle ne s'attendait pas à ce qu'il lui fasse autant de confidences sur sa famille. Et il était si attentionné… C'était trop perturbant. Il ne fallait surtout pas qu'elle s'attache à lui.

De retour dans sa chambre, elle prit contact avec l'agence romaine où elle avait appris que Santo recherchait une assistante, puis elle confirma la location du paquebot sur lequel devait être tournée une scène clé du film. Ensuite, après avoir étudié plusieurs CV, elle eut quelques entretiens téléphoniques ou en ligne et finit par retenir deux candidatures.

En consultant sa messagerie, elle fut un peu surprise par la réponse de Luigi. Il se disait enchanté de lui offrir cette chance et impatient de l'inviter à dîner dès son arrivée à

Rome. Après tout c'était normal qu'il veuille la rencontrer pour lui donner tous les détails nécessaires sur le film avant le début du tournage, se dit-elle en descendant au restaurant de l'hôtel pour dîner avec Santo.

— Ça va mieux ? demanda-t-il lorsqu'elle le rejoignit à table.

— Beaucoup mieux.

Pendant le dîner ils passèrent en revue les différents problèmes à régler après cette première journée de tournage, puis Ella présenta à Santo les deux candidatures qu'elle avait retenues.

— Marianna Tonito a travaillé pour deux producteurs et une grande actrice. J'ai d'abord discuté avec l'agence, puis je l'ai appelée. Elle semble…

Ella hésita. Expérimentée, compétente, sûre d'elle. Tous ces qualificatifs convenaient. Et grâce à la magie de Skype elle savait que Marianna était aussi terriblement sexy…

— … tout à fait apte à occuper le poste, dit-elle en tendant le CV de la jeune femme à Santo.

Elle se condamnait elle-même à avoir le cœur brisé, mais Marianna était la candidate idéale.

— Quand peut-elle commencer ?

— Immédiatement.

Santo arqua les sourcils.

— Si elle est aussi compétente, comment se fait-il qu'elle soit aussi disponible ?

— Je me suis posé la même question et j'ai la réponse. Elle est toujours en poste mais pour former sa remplaçante, à la demande de l'épouse de son patron.

Arquant de nouveau les sourcils, Santo demanda :

— Y a-t-il d'autres candidates ?

Ella lui tendit le second CV.

Il ne parvint pas tout à fait à masquer sa surprise et elle réprima un sourire.

— Il a beaucoup d'expérience.

— En effet, répliqua Santo d'un ton circonspect. Et peut-être que les choses seraient un peu moins compliquées.

Il jeta un coup d'œil à Ella comme pour l'inviter à donner son avis, mais elle resta silencieuse.

— Quand peut-il commencer ?

— Paulo a déjà donné sa démission. En ce moment il est à Singapour avec son patron actuel mais il devrait rentrer en Italie dans quelques jours. Cependant, il veut prendre deux semaines de congé avant de reprendre un nouveau travail.

— Réserve-leur une place d'avion à chacun pour qu'ils viennent passer un entretien.

Santo se sentait soudain d'humeur maussade. Il n'avait aucune envie qu'Ella s'en aille. Ça ne rimait à rien. Et il avait encore moins envie qu'elle travaille pour Luigi.

— Tu ne m'as pas donné ta lettre de démission.

Ella fouilla dans son sac et sortit la lettre.

— J'avais prévu de te la donner hier soir.

Il ne la prit pas.

— Classe-la.

— D'accord.

— Dans la déchiqueteuse.

Elle roula les yeux.

— Je t'enverrai une copie par mail. Autre chose ?

— Il faut décaler de deux jours la location du bateau.

Ella ne masqua pas sa consternation. C'était le genre de requête dont il était coutumier. Il lui demandait l'impossible le plus naturellement du monde, certain qu'elle se débrouillerait pour lui donner satisfaction… Elle prit une profonde inspiration.

— Entre l'équipage et les figurants, il y a trois cents personnes prêtes à travailler demain dès l'aube.

— Tu crois que je ne le sais pas ? Mais hier nous avons perdu une journée de tournage et aujourd'hui ça ne s'est pas très bien passé.

Ella resta silencieuse. C'était sans doute un euphémisme… L'enthousiasme manifesté par l'équipe au début de la journée était peu à peu retombé au cours de la matinée, et d'après certaines réflexions qu'elle avait surprises dans les couloirs en descendant de sa chambre, ça n'avait fait qu'empirer après son départ.

— Je crois que j'ai commis une erreur.

Il parlait de Taylor, comprit-elle. Elle n'avait pas été très brillante ce matin. Cependant, à son avis ce n'était pas le jeu de l'actrice le problème mais les indications du réalisateur. Sauf qu'elle pouvait difficilement formuler cette opinion sans que ça passe pour du dépit.

— Ça va peut-être s'arranger, dit-elle d'un ton apaisant. Le premier jour de tournage il est rare que tout soit parfait.

— Je sais. En tout cas, arrange-toi pour régler le problème du bateau.

— Je vais voir ce que je peux faire.

Le portable de Santo émit un signal indiquant l'arrivée d'un texto. Ella vit le soulagement se peindre sur son visage quand il consulta le nom de l'expéditeur.

— Alessandro ? demanda-t-elle.

— Oui, enfin !

Il lut le message sans faire de commentaire. A son grand dam, elle ne put s'empêcher d'être déçue qu'il ne lui dise pas ce que son frère lui avait écrit.

— Tu veux boire autre chose ? demanda-t-il en remettant son portable dans sa poche.

— Non, merci.

— Tu as envie de discuter ?

— Nous nous levons à 5 heures demain.

— Très bien.

Santo réprima un soupir. La journée avait été désastreuse et la nuit précédente pas particulièrement agréable. Il évacuerait volontiers son stress entre les draps, mais il n'avait pas l'intention de la supplier.

Il ne la comprenait pas.

Mais il pouvait toujours essayer.

— Tu préfères vraiment dormir seule plutôt qu'avec moi.

Oui, décida Ella. Cette nuit c'était plus prudent. Si elle partageait le lit de Santo, elle risquait de lui dire qu'elle l'aimait ou une autre stupidité du même genre. Ce qui ne lui poserait aucun problème. Il avait l'habitude…

C'était à elle que ça poserait un problème. Elle ne voulait aimer personne. Elle n'avait aucune envie de mettre son cœur en danger.

— Bonne nuit, Santo.

— Bonne nuit, Ella.

8

Il fallut quelques jours à Ella pour réussir à joindre Paulo, mais il sembla ravi de son coup de téléphone.

Cependant, fixer la date de l'entretien s'avéra compliqué.

— Pourquoi pas dimanche prochain ? suggéra Ella.

Non, ce n'était pas une bonne idée, songea-t-elle après avoir consulté son planning. S'ils décalaient le tournage de la scène sur le paquebot, le plateau grouillerait de figurants et ce serait la folie.

— Non, il vaut mieux que je vous rappelle plus tard, déclara-t-elle.

— Pas de problème.

Paulo était drôle, sympathique et enthousiaste à l'idée de travailler pour Santo. Il était d'ailleurs prêt à ne prendre qu'une semaine de congé au lieu de deux pour être disponible plus tôt.

— Je peux même me passer complètement de congés, précisa-t-il. Mais ne le lui dites pas pour l'instant. Oh ! j'aimerais tellement travailler pour lui ! J'ai tellement entendu parler de lui.

Il pouffa avant d'ajouter :

— En bien et en mal… Quelle famille ! Je suppose que vous avez vu les journaux de ce matin ?

— Vous ne croyez tout de même pas que je vais faire le moindre commentaire ! s'exclama Ella en souriant.

Cette fois c'était la mère de Santo, Carmela, qui était à la une. L'article la décrivait comme une femme particulièrement égoïste, qui s'était toujours beaucoup plus intéressée à sa garde-robe qu'à ses enfants. Même si Santo était bien placé pour savoir ça, la révélation dans toute la presse de la liaison la plus clandestine de sa mère devait le perturber…

Ella reporta son attention sur Paulo. En réalité, il n'était pas du genre à colporter des ragots. Elle avait eu l'occasion de le constater quand elle lui avait posé des questions sur son employeur. Il avait beau être bavard, il ne commettait pas d'indiscrétions. Malgré tout, autant mettre les points sur les *i*.

— Ce poste d'assistant implique une discrétion absolue.

— Bien sûr.

— Y compris avec Santo lui-même. Ce n'est pas parce qu'on travaille en étroite collaboration avec lui qu'on est mieux informé pour autant. Il ne parle jamais de sa famille.

— Il ne me viendrait jamais à l'idée qu'un Corretti puisse se le permettre. Je suis sicilien, vous savez.

Marianna était loin d'être aussi agréable que Paulo.

Pour commencer elle s'obstina à parler anglais, au grand agacement d'Ella. Et convenir d'un rendez-vous pour un entretien s'avéra encore plus difficile qu'avec Paulo.

— Je m'occuperai du transport mais il faudrait que vous puissiez m'indiquer une date, déclara Ella en s'exhortant au calme. Santo souhaiterait vous rencontrer le plus tôt possible.

— Je prendrai moi-même mon billet, décréta Marianna. Vous me rembourserez.

Ella serra les dents. Elle avait presque l'impression d'être l'assistante de Marianna ! Mais bon, l'aplomb de celle-ci faisait partie des qualités requises pour le poste. Par ailleurs, elle ne perdait pas de temps en papotages. En fait, elle ne voulait parler qu'au patron.

— Je vais vérifier dans mon agenda quand je suis disponible. Peut-être que si je pouvais voir ça directement avec Santo…

— Il est occupé sur le plateau. C'est moi qui gère son planning.

Consciente de la note possessive dans sa voix, Ella s'efforça de poursuivre sur un ton neutre.

— Ce serait bien que nous puissions nous mettre d'accord sur une date. Il y a plusieurs candidats et il est très occupé.

— Je rappellerai, répliqua Marianna.

Puis elle raccrocha.

Charmant caractère… Mais c'était un problème insignifiant en comparaison de ceux qui s'accumulaient sur le tournage. Plus les jours passaient, plus la situation s'aggravait, plus l'humeur de Santo s'en ressentait. L'équipe ne ménageait pas ses efforts et les journées de travail étaient interminables, mais tout marchait de travers.

Cependant, Ella avait encore une autre préoccupation. Le jour qu'elle appréhendait depuis des semaines était arrivé. C'était l'anniversaire de sa mère et d'ici ce soir il faudrait l'appeler.

Pour lui dire quoi ?

S'efforçant de ne pas y penser, elle répondit à des textos de Santo, qui se trouvait déjà sur le plateau, puis elle tria les mails qu'il avait reçu pendant la nuit.

Dès 9 heures, elle commença à donner les nombreux coups de téléphone nécessaires pour régler le problème du bateau, puis ce fut l'heure de partir pour le plateau.

Dès son arrivée, elle ressentit la tension qui y régnait.

Ella regarda Rafaele donner des indications de placement aux acteurs, puis elle jeta un coup d'œil à Santo. La mâchoire crispée, ce dernier observait lui aussi le réalisateur. Il marmonna :

— Mais qu'est-ce qu'il fabrique, bon sang ?

Ella resta silencieuse. Pas question d'intervenir, bien sûr. Pourtant, ce n'était pas l'envie qui lui manquait… Rafaele s'apprêtait à tourner la scène où Taylor et Vince se rencontraient sur les docks et où leur chagrin finissait par les jeter dans les bras l'un de l'autre. Rafaele demandait à Vince de regarder longuement Taylor de loin, puis de marcher vers elle d'un pas décidé. Ce qui donnait l'impression qu'il préméditait dès le départ de la séduire. Un véritable contresens.

— Bon sang !

Santo se tourna vers Ella.

— Rafaele a-t-il lu le même script que toi et moi ?

Ella ne dit rien.

Ils regardèrent en silence Rafaele faire rejouer la scène encore et encore aux deux acteurs.

— C'est un désastre, commenta Santo, visiblement à cran. Caméra sur Taylor, puis sur Vince, puis retour sur Taylor… Les spectateurs vont avoir l'impression d'assister à un match de tennis !

Santo avait raison, songea Ella. Dans cette scène — qui serait combinée avec un flash-back montrant Taylor au moment où elle recevait la lettre lui annonçant que son mari était porté disparu — la caméra devait d'abord insister sur l'héroïne en proie au désespoir face à la mer. Telle que la tournait Rafaele, le personnage joué par Vince intervenait trop tôt, ce qui nuisait à la tension dramatique.

Ella soupira. Elle voyait cette scène telle qu'il fallait la filmer. Elle la voyait littéralement. Un long plan italien sur Taylor — qui jouait d'ailleurs admirablement — puis un gros plan sur ses yeux dans lesquels se reflétait la mer. Et on ne découvrait Vince qu'au moment où il arrivait près d'elle et la regardait, avant qu'elle prenne conscience de sa présence et se tourne vers lui.

Oui, cette scène elle la voyait !

Quand Rafaele finit par annoncer la pause déjeuner, Taylor quitta le plateau avec une exaspération non dissimulée.

— Qu'en penses-tu ? demanda Santo en se tournant vers Ella.

Elle eut un sourire sarcastique. Comment osait-il lui poser cette question ?

— Allons, Ella, dis-moi ce que tu penses.

— Que j'ai besoin de ta signature pour le transfert de fonds qui servira à payer les figurants…

— Je parlais de cette scène.

— Je te rappelle que je ne suis que ton assistante. Tu as refusé que je participe de près ou de loin à la réalisation.

— Tu fais encore la tête à cause de ça ? s'exclama Santo d'un ton incrédule.

— Je ne fais pas la tête.

— Ben voyons…

— Tu sais quoi, Santo ? Tout ne tourne pas autour de toi.

— Bien sûr que si !

Santo eut un sourire malicieux mais Ella ne le lui rendit pas. Il redevint aussitôt sérieux.

— Je plaisantais, bien sûr. Qu'est-ce qui ne va pas ?

— Ça n'a pas d'importance.

— Pour moi si.

Il était si attentionné, par moments… Mais c'était aussi pour ça qu'il brisait autant de cœurs, se rappela Ella.

— Tu regrettes d'avoir accepté de travailler pour Luigi ? demanda Santo en signant le document qu'elle lui avait présenté.

— Non.

Elle déglutit péniblement. Quel mensonge… Depuis qu'elle avait accepté le poste elle avait reçu cinq mails de son futur patron, chacun un peu plus familier que les précédents.

— Il faut que tu trouves un peu de temps pour les entretiens avec les candidats.

— Et quand tu ne travailleras plus pour moi, pourrons-nous fêter ça au lit ?

Elle ferma brièvement les yeux sans répondre et il ajouta :

— Si tu penses que je suis un séducteur, attends d'avoir commencé ton nouveau travail.

— Je n'ai jamais dit que tu étais un séducteur.

— Quel est le problème, alors ?

— Pour l'instant, concentrons-nous sur le travail, d'accord ? Paulo ne peut pas venir avant dimanche.

— Ce sera le dernier jour de tournage.

— Si le bateau est disponible pour la nouvelle date. J'attends la réponse.

— Débrouille-toi pour qu'il le soit. C'est vital.

Ella soupira.

— Je fais de mon mieux. Je ferai en sorte que Paulo arrive vers 16 heures. Tu pourras le recevoir dans ta caravane pour un bref entretien. Ensuite je l'emmènerai dîner pendant que vous ferez tous la fête, ajouta-t-elle avec un sourire crispé.

Les fêtes de fin de tournage organisées par Santo étaient légendaires, mais vu les problèmes rencontrés sur ce film, celle-ci risquait fort de se transformer en veillée mortuaire…

— Et l'autre candidate ?

— Apparemment, Marianna veut fixer la date directement avec toi.

Santo haussa les épaules.

— Je suis un peu trop occupé en ce moment pour perdre mon temps avec ce genre de choses.

— Je sais. Je te dis juste ce qu'il en est. Maintenant, si tu n'as plus besoin de moi, je vais rentrer à l'hôtel.

— Reste. Rafaele va filmer le baiser final.

— J'ai le problème du bateau à régler.

— Ella…

Au comble de la frustration, Santo poussa un soupir exaspéré. C'était insupportable ! Il n'avait jamais désiré une femme à ce point et elle le fuyait. Pourquoi ? Elle ne semblait même pas avoir envie de discuter avec lui… Il n'avait pourtant jamais été désagréable et il l'avait laissée respirer quand elle en avait exprimé le besoin. Quel était donc le problème ? C'était la première fois de sa vie qu'il ne savait pas comment s'y prendre avec une femme et c'était extrêmement désagréable…

— Je voudrais te parler, insista-t-il. Mais pas ici. Ce soir je finis à 19 heures et ensuite je t'emmène dîner. Pas un dîner de travail. Un vrai dîner.

— Je ne pense pas que ce soit nécessaire.

— Au contraire, c'est…

Santo fut interrompu par un membre de l'équipe qui venait l'avertir que Taylor était à bout de nerfs.

— Il ne manquait plus que ça !

Santo se tourna vers Ella.

— Pourrais-tu aller la voir ? Déjeuner avec elle, peut-être. Tu sais parler aux gens. Ça la calmera peut-être.

— Ce n'est pas mon rôle, Santo.

Sur ce, il fallait partir sans rien ajouter, se dit fermement Ella. Mais ce fut plus fort qu'elle.

— Et je comprends qu'elle soit excédée. Elle a fait un travail extraordinaire, ce matin. Si Rafaele n'est pas satisfait, ça n'a rien à voir avec elle. Si c'était moi qui réalisais, nous ne perdrions pas autant de temps sur cette scène. Je ferais un long plan italien de Taylor en train de pleurer, puis un gros plan sur ses yeux. Vince n'apparaîtrait qu'au moment où il arrive près d'elle. Il la regarderait un instant, puis elle prendrait conscience de sa présence et se tournerait vers lui.

Sur ces mots, elle tourna les talons et s'éloigna. Oui, elle faisait la tête ! Et le mot était faible. Parce que ce film, c'était elle qui devrait le réaliser !

Interdit, Santo resta cloué sur place alors qu'il n'avait qu'une envie. La rattraper, la prendre dans ses bras et l'embrasser à perdre haleine. Décidément, Ella lui faisait un effet redoutable… Jamais aucune femme ne l'avait mis dans cet état. Depuis la journée qu'ils avaient passée au lit, il ne pensait plus qu'à elle. Et pour quoi ? Pour rien !

Il leva les yeux et croisa le regard d'une jeune actrice ravissante qui lui adressa un sourire charmeur. S'il l'emmenait dans sa caravane, il se calmerait en quelques minutes… Ne serait-ce pas le meilleur moyen d'oublier Ella ? Mais il fut soudain assailli par la même lassitude que le soir du mariage. Non, ça ne lui disait rien du tout… Que lui arrivait-il ? Etait-il possible qu'il soit fatigué de ce genre d'expérience ? Y aurait-il trop longtemps qu'il menait la même vie ? Mais il n'était pas sûr d'avoir envie d'en changer…

Surtout pour une femme qui ne voulait même pas discuter avec lui.

Pour une femme qui partait à Rome travailler pour ce minable de Luigi !

Une femme lunatique, coincée, qui ne parlait pas assez bien l'italien pour être une assistante digne de ce nom !

Pourquoi l'avait-il engagée ?

« Tu le sais parfaitement », lui souffla une petite voix intérieure.

Mais à cet instant, la crise qui couvait sur le plateau depuis le début du tournage éclata et il n'eut plus le temps de penser à Ella.

9

Ella arriva à l'hôtel l'estomac noué. Il y avait des semaines qu'elle redoutait cet instant et il était arrivé…

Il fallait qu'elle appelle sa mère pour son anniversaire. Téléphoner chez ses parents lui avait toujours demandé un effort, mais depuis six mois c'était devenu une épreuve presque insurmontable.

Pour gagner du temps elle effectua quelques opérations bancaires sur le compte de la société, téléphona à Paulo pour lui confirmer la date de l'entretien et laissa un message à Marianna en lui demandant de la rappeler.

Puis, ne pouvant plus reculer le moment plus longtemps, elle composa le numéro de ses parents. Pourvu qu'elle tombe sur le répondeur !

Elle n'eut pas cette chance.

— Bonjour, maman, dit-elle en s'efforçant de prendre un ton enjoué. Joyeux anniversaire.

— Ella !

La voix tendue de sa mère lui serra le cœur. Nul doute qu'elle redoutait elle aussi ce coup de téléphone. Elles avaient si peu de choses à se dire…

— Quel plaisir d'avoir de tes nouvelles, poursuivit sa mère. Où es-tu ?

— Sur un tournage, en extérieur, répliqua Ella en restant délibérément vague.

Mais quand sa mère lui demanda des détails, elle se résigna à lui dire où elle se trouvait exactement.

— Oh !

Il y eut un silence.

— C'est tout près du village où j'ai grandi.

— Je sais.

— Tu y es allée ?

— Pas encore. J'ai énormément de travail et le tournage est en train de prendre du retard.

— Tes tantes vont être très heureuses de faire enfin ta connaissance, commenta Gabriella. Je leur ai tellement parlé de toi. Je leur ai dit que tu travaillais dans le cinéma.

— Je ne travaille pas dans le cinéma, rectifia Ella avec un pincement au cœur. Je suis assistante.

— Pour l'instant. Mais tu n'as pas besoin de le préciser. Dis-leur que ça marche très bien pour toi, que tu es ravie de ton travail…

Ella réprima un soupir. En fait, sa mère lui demandait à demi-mot de ne surtout rien raconter de ce qui s'était passé à ses tantes, de ne pas leur dire que leur sœur vivait un enfer en Australie et de faire comme si tout allait pour le mieux dans le meilleur des mondes…

— Mais il vaut peut-être mieux que tu ne leur parles pas de ton travail, se reprit Gabriella. Je pense qu'il est préférable qu'elles ne sachent pas que tu travailles pour un Corretti.

— Je ne mentirai pas.

— Je ne te demande pas de mentir. Je pense simplement qu'il vaut mieux qu'elles ne sachent pas tout. Le nom des Corretti n'est pas toujours très apprécié. Tu sais à quel point j'ai été choquée quand j'ai appris pour qui tu travaillais. Ce nom fait peur à des tas de gens, surtout dans mon village.

Enfin, sa mère et elle avaient un sujet de conversation… Rien que pour ça, elle avait bien fait de venir en Italie, songea Ella.

— Cette famille est dangereuse, ajouta Gabriella.

— Je pense que les choses ont beaucoup changé.

— Rien ne change. J'ai vu à la télévision que le mariage

entre les Corretti et les Battaglia avait été annulé au dernier moment.

Ella sourit. Du plus loin que remontaient ses souvenirs, sa mère avait toujours écouté la radio italienne. Et il y avait au moins une chose qu'elle avait réussi à faire pour lui rendre la vie plus agréable. Lui offrir l'équipement nécessaire pour recevoir les programmes diffusés par satellite afin qu'elle puisse regarder les journaux télévisés italiens, ce qu'elle faisait tous les jours.

— Je me souviens très bien des fils de Salvatore…

— Carlo et Benito ?

— *Morto !* Je me souviens encore de la nuit où ils sont morts. Ma sœur m'a téléphoné et j'ai allumé la télé. Tu ne te rappelles pas ?

Un souvenir remonta à la mémoire d'Ella. Elle devait avoir vingt ans. Elle revoyait sa mère en train de crier devant les images d'un immense entrepôt en flammes. A l'époque, ça ne représentait rien pour elle. Alors qu'aujourd'hui…

— Quoi qu'on dise, ce n'était pas un accident, déclara sa mère d'un ton catégorique.

Ella déglutit péniblement.

— Ils ont été tués ?

— Qui sait ? Cette famille a des tas d'ennemis. Le bruit a couru que c'était une arnaque aux assurances qui a mal tourné. Voilà le genre de gens pour qui tu travailles. Tu ne dois jamais l'oublier.

— Santo n'est pas comme ça.

— Je t'en prie ! C'est le fils de Carlo. Il ne peut pas être différent. Carlo était obsédé par le pouvoir, l'argent et les femmes. Il était incapable de rester fidèle à sa femme plus de cinq minutes. Oh ! mais c'était aussi un grand charmeur. Le pire c'était Salvatore.

— Il trompait sa femme, lui aussi ?

— Qui sait ? En tout cas, il était cruel. Et la famille Battaglia aussi. Je ne sais pas comment ils pouvaient dormir avec tout ce qu'ils avaient sur la conscience. Et leurs femmes n'étaient pas mieux. Elles traitaient tout le monde de haut et elles étaient très fières de leurs grands dîners. Ta tante a travaillé une fois en cuisine pour un dîner chez Teresa, la femme de Salvatore. Leur argent était sale… demande à tes tantes. Elles te raconteront… Oh ! les histoires que tu vas entendre…

La voix de Gabriella se brisa. Elle était visiblement submergée par la nostalgie. Ses sœurs lui manquaient terriblement mais ce n'était pas tout, comprit Ella. Son village et sa culture lui manquaient aussi beaucoup.

— J'aimerais tellement pouvoir discuter avec elles. On se parle au téléphone, bien sûr, mais j'aimerais être là quand tu iras les voir. Je te montrerais mon village…

— Maman…

La gorge nouée, Ella déglutit péniblement.

— Pourquoi ne viendrais-tu pas ?

— S'il te plaît, Ella, tu sais que c'est impossible.

— Juste pour des vacances. Je t'offrirai le voyage…

Ella s'interrompit. A quoi bon se répéter ? Il était inutile d'insister. Ça ne servirait qu'à perturber davantage sa mère. Or elle avait d'autant moins envie de la contrarier que c'était son anniversaire.

— J'irai les voir bientôt et j'embrasserai tout le monde pour toi.

— Préviens-moi quand tu iras. Je les appellerai pour les prévenir.

— D'accord.

Impossible de continuer à parler d'un ton enjoué une seconde de plus, décida Ella.

— Il faut que je retourne travailler. Je t'aime, maman.

— Je t'aime aussi, Ella. Tu veux parler à ton… ?

Ella raccrocha, tremblante de colère. Comment sa mère pouvait-elle lui suggérer de parler à son père après ce qui s'était passé ? S'imaginait-elle vraiment qu'elle pouvait faire comme si ce jour horrible n'avait jamais existé ?

Ella se mit devant le miroir, releva ses cheveux et

regarda son visage. Dieu merci, il ne restait plus aucune trace des coups portés par son père. Mais elle n'oublierait jamais. Comment oublier l'instant où elle s'était évanouie de douleur ?

Mais surtout, comment accepter que sa mère ait pu pardonner à son père et rester avec lui ? Qu'elle ait pu le regarder rouer de coups sa propre fille en se contentant de pleurer ? Et dire qu'ensuite, au lieu d'appeler une ambulance, elle lui avait donné des poches de glace en lui disant ce qu'il faudrait raconter au médecin… Pour que son mari ne lui rende pas la vie encore plus impossible, elle lui avait demandé à elle, sa fille, de dire à tout le monde qu'elle était tombée…

Ella ferma les yeux. Il fallait qu'elle prenne l'air. Elle avait besoin de marcher, de courir… Toujours tremblante de colère, réprimant à grand-peine un hurlement qui ne demandait qu'à sortir, Ella ouvrit la porte. Et se retrouva nez à nez avec Santo.

— Ella ?

Elle voulut le contourner mais il la saisit par le poignet.

— S'il te plaît, Santo.

Elle devait faire des efforts démesurés pour ne pas crier.

— Je vais faire un tour.

— Plus tard, rétorqua Santo.

Inquiet, il dévisagea la jeune femme avec insistance. Impossible de la laisser s'en aller dans cet état… Que lui arrivait-il ? Pourquoi semblait-elle aussi bouleversée ?

— J'ai besoin de sortir un peu, insista-t-elle.

— Bien sûr, c'est normal. On devient tous claustrophobes au bout de quelques jours à l'hôtel. Je t'emmène faire un tour en voiture. J'en ai bien besoin moi aussi.

En fait, il était venu la voir en raison de problèmes urgents, mais pour une fois, le travail attendrait.

Ils roulèrent d'abord un moment en silence. Santo conduisait en douceur et Ella finit par se détendre.

— C'est beau, dit-elle en admirant le paysage parsemé de maisons bâties à flanc de colline.

Quelques instants plus tard, ils entrèrent dans un village pratiquement à l'abandon. Un village de plus auquel la réhabilitation des docks pourrait redonner vie.

— Il ne reste qu'un café, commenta-t-il en ralentissant. Tu veux t'arrêter pour boire quelque chose ?

Ella secoua la tête.

— Il n'y a presque plus de magasins…

Ella commençait à comprendre ce que le film et le projet de réhabilitation des docks pouvaient apporter à ces villages endormis. Cette région était magnifique, et pourtant beaucoup de gens, comme sa mère, étaient partis. Une maison lui parut vaguement familière, puis elle en reconnut une autre qu'elle avait vue sur les photos de sa mère.

— C'est le village de ma mère.

— Je sais.

Santo lui sourit.

— Tu pourrais rendre visite à tes tantes.

— Je ne préfère pas.

— Tu as sans doute raison. Ta mère n'aurait pas fini d'en entendre parler si tu arrivais en compagnie d'un Corretti.

— Ralentis, s'il te plaît. Je crois que c'est la boulangerie où travaillait ma mère avant de partir pour l'Australie.

— Et aujourd'hui, elle travaille ?

— Non. Elle a travaillé dans une usine jusqu'à ma naissance et ensuite elle a arrêté pour aider mon père dans son magasin. Je suis contente de voir ce village.

Il y avait quelques personnes dans la rue et des femmes qui discutaient assises devant leur maison. Oui, c'était bien de voir ce village pour la première fois avec Santo au lieu d'y venir seule…

— Je prendrais bien un café, finalement.

— Bien sûr.

Santo se gara et ils partirent à pied dans les ruelles

pavées. C'était comme une promenade dans le temps. Ils s'arrêtèrent devant une petite église.

— Ma mère adore les mariages, commenta Ella. Elle m'a parlé de cette église. Elle dit que la fête qui suit la cérémonie est toujours fantastique.

— Ça se passe dans la rue. On installe des tables pour le repas et tout le quartier est invité.

— Comme c'est différent de tout ce que je connais… Pas seulement ce village, mais toute l'Italie. En Australie tout est beaucoup plus récent. Même les bâtiments anciens ne le sont pas vraiment.

Ella promena son regard autour d'elle. Le village était resté tel qu'elle l'avait vu sur les photos de sa mère.

— Rien n'a changé.

— Bien sûr que si, objecta Santo. C'est juste que les changements ne se voient pas.

Ils entrèrent dans un café et tous les regards se tournèrent vers eux. Sans doute pas à cause de la beauté saisissante de Santo, mais parce que c'était un Corretti, songea Ella.

Ils s'installèrent à une table dans un silence de mort.

— Ont-ils peur de toi ? chuchota Ella. Ou bien t'en veulent-ils ?

— Les deux. Mais j'espère que bientôt ça va changer.

Santo commanda du café et des crêpes fourrées à la crème glacée. Ella poussa un petit soupir d'aise. Les gens avaient repris leurs discussions et la glace était vraiment aussi bonne que le lui avait dit sa mère.

— Merci pour cette sortie, Santo.

— Ce n'est rien.

— Comment se fait-il que tu ne sois pas sur le plateau ?

Santo haussa les épaules. Les problèmes du tournage pouvaient attendre. Pour l'instant, il voulait qu'Ella lui parle d'elle.

— Ta mère n'est jamais revenue ?

— Non.

— Un jour, peut-être ?

Eludant cette question, Ella déclara :

— J'ai confirmé la date de l'entretien à Paulo et j'ai laissé un message à Marianna. Paulo semble très bien, mais il n'est pas libre immédiatement.

— C'est un problème. Il me faut quelqu'un qui peut commencer le plus tôt possible. Et Marianna ?

Il ne tentait plus de la convaincre de rester, constata Ella.

— Tu veux la vérité ?

— Oui.

— Elle est odieuse. D'une arrogance incroyable. Elle me traite comme si j'étais sa secrétaire et elle ne veut parler qu'avec toi. Elle n'a pas cédé d'un pouce quand j'ai tenté de fixer une date avec elle… En résumé, je pense qu'elle est parfaite pour le poste.

— Je croyais que j'avais déjà une assistante parfaite.

— Non, tu sais aussi bien que moi que ce n'est pas vrai, répliqua-t-elle avec un sourire contraint.

La douceur de Santo poussa Ella à être honnête.

— Je suis trop sensible.

— Ce n'est pas forcément un défaut.

Ils regagnèrent la voiture. Au lieu de démarrer, Santo se tourna vers Ella et prit son visage entre ses mains.

— Avant-hier, tout allait très mal. Mon réalisateur m'avait planté, les problèmes continuaient dans ma famille, je n'avais aucune nouvelle de mon frère…

— Je sais.

— Mais pour ton arrivée, j'avais fait monter des fleurs dans ma chambre. Et j'avais prévu un dîner en tête à tête. Je voulais te dire que j'avais passé des moments fantastiques avec toi et que j'étais impatient de te revoir, que j'avais failli t'appeler cent fois…

Santo s'interrompit et scruta le visage d'Ella.

— Qui t'a fait souffrir ?

Il la vit ciller.

— Y a-t-il un ex-mari ?

— Bien sûr que non.

— Comment ça « bien sûr » ? Je ne sais rien de toi, Ella. Ou plutôt, ce que je sais de toi tient sur un Post-it. Je sais que tes parents sont toujours ensemble, que tu es fille unique, que ta mère est née ici.

Il vit des larmes perler à ses paupières.

— Je sais que je n'ai jamais éprouvé un plaisir aussi extraordinaire avec aucune femme. Mais je ne te connais pas.

— Tu es mon patron, tu n'as pas besoin de…

— Je suis ton amant ! Mets-toi ça dans la tête !

— Mais pour combien de temps ?

Ella se maudit pour cette question. Si seulement elle n'était pas terrifiée à l'idée de le perdre ! Il lui demandait de se confier à lui, mais plus les liens se resserreraient entre eux, plus elle risquerait de souffrir…

— Comment savoir ? répondit Santo avec honnêteté. Mais si nous ne pouvons pas discuter, pas pour très longtemps.

— Toi non plus tu ne parles pas de tes problèmes.

— J'ai fait plus d'efforts que toi.

— Santo, je ne parle de moi à personne et je ne vais pas m'épancher auprès de toi.

— Si.

Sous le regard étincelant de passion de Santo, Ella sentait la panique la gagner. Non, elle n'avait pas seulement peur de le perdre… Elle se sentait incapable de se livrer à quelqu'un en toute confiance. Cette perspective était terrifiante.

Santo démarra.

— Quel effet ça t'a fait dans le café ? demanda Ella au bout d'un moment. De voir que ta seule présence rendait les gens nerveux ?

— Oh ! ils ont réagi comme ça parce que ce n'est pas un endroit où je vais souvent. En revanche, ici les gens ont plus l'habitude de nous voir, dit-il alors qu'ils arrivaient dans un autre village.

— Mais quel effet ça t'a fait ?

Santo ne répondit pas. Il apercevait la maison de ses grands-parents, imposante, gardienne de tant de secrets.

— Tu as vu les journaux, aujourd'hui ?

Il n'attendit pas la réponse d'Ella. Elle les avait lus, il le savait.

— Ça ne va pas s'arrêter là. Toujours des problèmes de pouvoir… C'est comme ça qu'on nous élève… Mais parfois on a juste envie d'entrer dans un bar pour boire un café. C'est pour ça que j'aime tant mon métier. Sur les plateaux de tournage, je suis juste Santo. Bien sûr, depuis quelques jours il y a parfois des regards gênés à cause des articles au sujet de ma mère. C'est comme ça. Il faut que je fasse avec. Battaglia est déterminé à nous écraser et il ne reculera devant rien. Tout ce qu'il peut découvrir de compromettant pour nous, il s'arrange pour que la presse en parle.

Santo jeta un coup d'œil à Ella.

— Et il y a beaucoup d'affaires compromettantes à découvrir.

Mais il n'y avait pas que ça, songea-t-il. Il y avait aussi beaucoup de bon. Et il avait envie de le montrer à Ella. Cependant, il y avait aussi une démarche délicate qu'il remettait sans cesse depuis un certain temps, et qui serait peut-être plus facile avec Ella à son côté.

— Je t'emmène là où je n'ai jamais emmené aucune femme, annonça-t-il. Chez ma *nonna*.

— Tu crois que c'est une bonne idée ?

— Sans doute pas.

Il haussa les épaules.

— Dès que nous allons franchir le seuil elle va nous imaginer mariés, mais il faut absolument que je lui rende visite. Elle doit être très perturbée par tout ce qui se passe dans la famille, et très inquiète pour Alessandro. Sans compter qu'elle pleure son mari. Et qu'elle ne s'est jamais remise d'avoir perdu ses fils…

Santo resta songeur un instant, puis il déclara :

— Tu sais, malgré toutes les rivalités entre les cousins, il y a une chose qui nous unit. C'est notre amour pour elle. C'est une femme bien.

Ella ne fit aucun commentaire. Aussitôt sur la défensive, il se tourna vers elle.

— Je t'assure.

— Bien sûr, dit-elle avec circonspection.

La réputation de Salvatore Corretti était légendaire. Si elle-même avait une petite idée des moyens qu'il avait employés pour devenir l'un des hommes les plus puissants de Sicile, sa femme devait en savoir bien davantage.

— La famille de ma grand-mère ne voulait surtout pas qu'elle épouse mon grand-père. Mais elle l'aimait et elle a fermé les yeux sur tout ce qu'il a fait.

Ella se mordit la lèvre. Mieux valait éviter de dire ce qu'elle en pensait…

— Parfois c'est plus facile, sans doute, poursuivit Santo.

Non, impossible de garder le silence plus longtemps, décida Ella.

— Ou tout simplement plus confortable. Je suis désolée, Santo. J'essaie de ne pas juger ta grand-mère. Après tout, je ne la connais pas. Mais fermer les yeux ne veut pas dire qu'on ne voit pas.

— Je sais. Je voulais juste t'expliquer que ces dernières années ont été très dures pour elle et que c'est très difficile aussi aujourd'hui, alors…

Il secoua la tête.

— Peu importe.

Alors qu'ils approchaient de la maison, Ella sentit son pouls s'accélérer. Il fallait reconnaître que la perspective de rencontrer une telle légende était très excitante. Elle avait un peu l'impression d'être invitée dans les coulisses pour rencontrer un artiste. Mais Santo semblait nerveux, constata-t-elle quand il se gara.

— Je ne dirai rien qui risque de l'offenser.

— Je sais bien, répliqua-t-il.

Sinon, il ne l'aurait pas amenée ici.

10

Une domestique les fit entrer, mais au lieu d'attendre dans le hall, Santo prit Ella par la main et l'entraîna vers le salon en appelant sa grand-mère pour annoncer leur arrivée.

— Santo !

Santo embrassa sa grand-mère, puis il fit les présentations. Teresa était entièrement vêtue de noir et une bougie était allumée à côté d'une bible sur une table. Mais malgré son deuil, la joie avait illuminé son visage à la vue de son petit-fils.

— Je suis très heureuse de vous rencontrer, dit-elle à Ella. C'est une bonne surprise. Excusez-moi pour mon anglais. Je ne le parle pas très bien.

Elle eut un sourire chaleureux.

— Et toi, rappelle-moi à l'ordre si j'oublie et si je me mets à parler italien. Je perds un peu la tête en ce moment.

— Ne t'inquiète pas. Ella parle un peu italien. Sa mère est d'ici.

Il adressa à Ella un sourire malicieux qu'elle lui rendit.

— Il vous taquine, n'est-ce pas ? demanda Teresa.

Puis elle répondit elle-même à sa question :

— Oui, bien sûr.

Chaque fois qu'elle regardait Santo, son visage s'éclairait. Il se montrait très attentionné avec elle et ne sembla pas gêné de la voir pleurer quand ils parlèrent de Salvatore.

— La maison est trop calme, expliqua-t-elle. Mais je

me dis qu'au moins il ne voit pas tout ce qui se passe. Au moins il est mort avec l'idée que les familles allaient s'unir.

— Ça va s'arranger, assura Santo d'un ton apaisant.

La vieille femme secoua la tête.

— Je n'en suis pas si sûre. Tu as des nouvelles d'Alessandro ?

— Ça va. Je l'ai vu le lendemain du mariage et depuis il m'a envoyé quelques textos. Il a juste besoin d'un peu de temps.

— Et le reste de la famille ? As-tu vu Luca ?

— Pour l'instant, j'essaie de rester en dehors de tout ça.

Ella sourit. Santo n'avait manifestement pas l'intention de discuter des scandales en cours avec sa *nonna*…

— Plus ce film sera réussi, mieux ce sera pour la famille et pour tout le monde. Les gens du coin viennent assister au tournage. Il y a de l'animation sur les docks pour la première fois depuis très longtemps. C'est là-dessus que je dois me concentrer en ce moment.

— Mais même avec le film il y a des problèmes ! s'exclama Teresa.

De toute évidence, rien ne lui échappait, songea Ella.

— Cette actrice…, poursuivit Teresa avec une moue dégoûtée. J'ai vu les photos. Elle devrait avoir honte ! Elle joue bien, au moins ?

— Taylor est une très bonne actrice, intervint Ella. Encore faut-il qu'elle soit dirigée par le bon réalisateur.

— Ella estime que c'est elle qui devrait réaliser le film, commenta Santo avec un sourire malicieux.

— Une femme réalisatrice, ça te pose un problème ? demanda sa grand-mère avec un sourire.

— Oh ! le fait qu'Ella soit une femme ne me pose aucun problème, répliqua-t-il sur le même ton.

Mais au même instant, son portable sonna.

— Excusez-moi, il faut que je réponde.

Il quitta la pièce et Teresa servit deux verres de limoncello.

Il était délicieusement acidulé et avait le même goût que celui que faisait sa mère, constata Ella. Elle le dit à Teresa.

— Il y a beaucoup de recettes différentes. Celle-ci est celle de la région. Votre mère doit suivre la même. Etes-vous allée voir l'endroit où elle vivait ?

— Santo m'a montré le village en venant ici. J'irai rendre visite à mes tantes quand le tournage sera terminé.

— Et votre mère, elle se plaît en Australie ? J'ai entendu dire que c'était un pays fantastique.

Ella but une gorgée de limoncello avant de répondre :

— C'est un beau pays, mais ma mère a la nostalgie de son village.

— C'est normal. Mais elle est contente de son choix ?

— Très contente, affirma Ella en rendant son sourire à Teresa.

A son grand soulagement, Santo revint au même instant.

— Emmène Ella faire un tour au chai, dit Teresa. Et choisis un bon vin pour le dîner.

— Il faut que tu rentres à l'hôtel, non ? demanda Santo en se tournant vers Ella.

Il lui laissait le choix afin qu'elle ne se sente pas obligée de rester, ce qui était une attention touchante. Mais partir aussi vite serait impoli, songea Ella. C'était ce que sa mère lui dirait, elle en était certaine.

Elle sourit.

— Non, j'ai terminé tout ce que j'avais à faire. Je serais ravie de rester pour dîner.

— Elle semble t'apprécier, commenta Santo alors qu'ils traversaient les vignes en direction du chai.

Ella admira la propriété. Ce serait fantastique de prendre une photo pour l'envoyer à sa mère… Mais il y avait des chances pour que cette initiative ne soit pas appréciée.

— Tu es bien silencieux, dit-elle à Santo.

— Ça fait bizarre d'être ici alors qu'il n'y est plus.

— Oh ! je suis désolée…

Comment pouvait-elle être aussi insensible ? se morigéna Ella. Elle mériterait des claques.

— Non, je ne suis pas triste, assura Santo.

— Quoi qu'il ait fait, c'était ton grand-père et je le comprends, bien sûr.

— Ce ne sont pas de bons souvenirs que j'ai.

Santo n'en dit pas plus. Ils entrèrent dans le chai et il examina longuement les bouteilles de vin avant d'en choisir une.

— Celle-ci. Elle date de ton année de naissance.

— Je ne savais pas que tu connaissais ma date de naissance.

— J'ai lu ton CV.

Santo rejoignit Ella en souriant et enroula une mèche de cheveux autour de son doigt.

— J'ai toujours eu envie de faire l'amour ici.

Toujours aussi direct…

— Avec ta grand-mère qui attend dans la maison ?

— C'est sans incidences sur mon fantasme.

— Eh bien moi, ça me bloque.

— Tu me manques, dit Santo d'une voix douce.

— Tu ne me connais pas.

— C'est ça qui me manque.

Il ne tenta pas de l'embrasser. Il se contenta de lui prendre la main pour repartir en direction de la maison.

Le repas fut succulent. Salade de fenouil assaisonnée avec la meilleure huile d'olive qu'Ella ait jamais goûtée, suivie de lasagnes à la sicilienne, farcies aux saucisses et fromages italiens.

Souriant, Santo discutait avec animation, visiblement très détendu. Ella l'observait avec perplexité. Surprenant son regard, il pressa furtivement son pied contre sa jambe avec un large sourire. C'était lui et ce n'était pas lui. Elle avait l'impression de regarder un acteur jouer son rôle…

— Tu te souviens de mon anniversaire ? demanda Teresa.

Elle raconta des anecdotes remontant à une époque

manifestement plus heureuse, mais la mâchoire de Santo se crispa lorsque sa grand-mère évoqua les enfants de Benito et demanda des nouvelles de Luca et de Gio. Sans toutefois mentionner Matteo.

— Et la fois où Lia s'est cachée et où nous l'avons cherchée pendant des heures ? Tu étais tout petit. Et Grace était encore vivante.

— Grace ?

— La mère de Lia, expliqua Santo. Benito a été marié avant Simona.

— A la mort de Grace, Lia est venue vivre avec nous, expliqua Teresa.

Elle sourit à Santo, qui lui rendit son sourire avec un temps de retard.

Teresa se tourna vers Ella.

— Allez-vous dire à votre mère que vous avez dîné avec moi ? demanda-t-elle, les yeux pétillants de malice.

— J'ai hâte de le lui raconter, répondit Ella en riant.

Pour la première fois depuis très longtemps, sa mère lui manquait vraiment… Et elle aurait réellement aimé partager cette journée avec elle.

— Elle va être choquée et elle va vous mettre en garde contre moi, mais elle aura quand même envie de tout savoir sur la soirée !

C'était incroyable. Teresa parlait comme si elle connaissait sa mère. Elle devinait chacune de ses réactions.

— Elle voudra connaître tous les détails, poursuivit la vieille dame alors qu'une domestique apportait un immense plateau de cannellonis sucrés. Mais quand vous les lui donnerez, elle vous dira que vous n'auriez jamais dû venir.

— Et ensuite, elle me demandera de lui décrire la maison.

Teresa et Ella pouffèrent en chœur. Santo considéra Ella avec reconnaissance. Heureusement qu'il était venu avec elle ! Seul, il aurait eu beaucoup plus de mal à faire bonne figure… Les anniversaires dont sa *nonna* parlait avec tant d'enthousiasme n'avaient pas été aussi joyeux qu'elle le disait, si ses souvenirs étaient exacts.

Et ils l'étaient. Il en avait la certitude.

Santo refusa le café que leur proposait sa grand-mère.

Il n'avait qu'une hâte. S'en aller.

Alors qu'ils prenaient congé, Teresa mit dans les bras d'Ella des bouteilles d'huile d'olive et de limoncello. Et au moment où ils montaient en voiture, elle leur proposa de nouveau de prendre un café.

— Il faut vraiment que nous rentrions, dit Santo.

Il roula un instant en silence, puis demanda :

— Peux-tu me parler, maintenant ? Peux-tu me dire pourquoi tu étais aussi bouleversée quand j'ai frappé à ta porte, cet après-midi ?

Ella hésita. Il avait partagé tellement de choses avec elle, aujourd'hui… Oui, peut-être pouvait-elle lui parler à son tour.

— C'est l'anniversaire de ma mère, aujourd'hui. Je venais de l'appeler quand tu es arrivé.

Santo resta silencieux.

— J'ai beaucoup de mal à lui parler, ajouta-t-elle.

— Vous ne vous entendez pas ?

— Je désapprouve quelques-uns de ses choix. Non, beaucoup de ses choix.

Ella se tut et Santo resta silencieux. Il attendait qu'elle lui parle. Il fallait faire un effort… Elle ouvrit la bouche plusieurs fois et la referma. Rompre un silence de vingt-sept ans, ce n'était pas si simple. Surtout devant un homme.

Sauf que Santo n'était vraiment pas un homme comme les autres… Peut-être commençait-elle à lui faire confiance, finalement. Peut-être était-il temps qu'elle se confie…

Il s'arrêta devant l'hôtel. Au moment où le voiturier ouvrait sa portière, Ella déclara :

— Mon père est alcoolique.

Elle voulut descendre mais Santo la saisit par le poignet.

— Pour ça, tu as droit à un baiser.

Ignorant les portières ouvertes et le voiturier qui attendait ses clés, il s'empara de sa bouche dans un baiser d'une tendresse infinie, puis il lécha du bout de la langue les larmes qui inondaient ses joues.

Lorsqu'ils descendirent de voiture, il lui prit la main pour l'entraîner vers l'hôtel et ne la lâcha pas pour y entrer. Ils n'étaient pas censés afficher leur relation, mais elle ne pouvait se résoudre à rompre le contact.

— Il la bat.

Ella fit ce deuxième aveu au moment où ils franchissaient la porte à tambour. Sans se soucier de bloquer le passage, Santo la prit dans ses bras et l'embrassa de nouveau. Ils étaient seuls au monde et plus rien n'existait que ce baiser bouleversant. A cet instant, Ella se sentit capable de parler à Santo à cœur ouvert et de tout lui dire. Pour la première fois de sa vie, elle avait une confiance aveugle en quelqu'un.

— Maintenant, je t'emmène dans mon lit, murmura Santo en l'entraînant dans le hall. Et après, si tu en as envie, nous pourrons parler.

Ella hocha la tête avec soulagement. Elle était prête à se confier à Santo mais ce répit était le bienvenu. Pour l'instant elle n'avait qu'une envie. Retrouver la chaleur de son corps contre le sien et savourer ce plaisir dont elle se privait depuis trop longtemps.

— Santo Corretti…

La bulle enchantée qui enveloppait Ella éclata brusquement. Une femme splendide s'avançait vers eux.

— Je suis Marianna, annonça-t-elle avec un sourire étincelant à l'adresse de Santo.

Puis elle darda sur Ella un regard froid et ajouta :

— Votre remplaçante.

— Ce n'est pas le moment, rétorqua Santo d'un ton glacial. Vous verrez demain avec Ella pour fixer un rendez-vous.

— Non, intervint Ella.

Il valait mieux en finir au plus vite. Comment reprocher à Marianna d'avoir sauté dans un avion pour rencontrer personnellement le patron ? N'était-ce pas ce qu'elle avait fait elle-même, quatre mois plus tôt ?

— Allez-y tous les deux. Moi il faut que…

Elle n'essaya même pas de trouver une excuse.

— Demain tu vas être très occupé par le tournage. Il vaut mieux régler ça ce soir.

Ignorant Santo qui tentait de la retenir, elle se précipita vers l'ascenseur et monta dans sa chambre, à la fois très déstabilisée et soulagée.

Elle avait bien failli tout raconter à Santo, lui confier tous ses secrets.

Mais à quoi bon ?

Elle partait pour Rome dans quelques semaines. Quel avenir pouvait avoir leur relation ? Santo était incapable de s'engager à long terme dans des circonstances normales, alors à distance…

De toute façon, il fallait qu'elle se ressaisisse. Elle s'était juré de ne jamais verser une seule larme à cause de lui. De ne jamais offrir son cœur à ce séducteur impénitent.

La première chose qu'elle vit en ouvrant la porte de sa chambre, ce fut un énorme bouquet de fleurs. Elle ne put s'empêcher d'avoir un sourire ému. Malgré tous les problèmes que lui posait le tournage, il avait pensé à elle… Mais pas question pour autant d'oublier que c'était un séducteur, se dit-elle fermement en sortant de l'enveloppe la carte jointe au bouquet.

Tu vas être fantastique.

Tu comprends pourquoi je voulais faire l'amour avec toi avant de te le dire ?

Je t'embrasse.

Santo.

P.-S. Tu es renvoyée.

Que signifiait ce message ? se demanda-t-elle avec perplexité. En tout cas, une chose était claire. Il n'avait jamais douté un seul instant qu'elle finirait la journée dans son lit…

Et sans l'arrivée de Marianna, c'est ce qui se serait passé.

Elle ouvrit la bouteille de limoncello que Teresa lui avait donnée et se servit un verre en s'exhortant au calme. De toute évidence, il avait décidé qu'après avoir réussi à l'attirer de nouveau dans son lit, il pourrait se passer d'elle comme assistante. Et en ce moment même, il devait engager Marianna…

On frappa à la porte. Bien sûr… Il fallait s'attendre à ce qu'il vienne lui donner des explications à propos de son message. Elle ouvrit la porte, le visage fermé.

— Tu as eu les fleurs…

— Tu avais prévu de me licencier après avoir couché avec moi, c'est ça ?

— Mais non, ce n'est pas ça du tout.

— Tu étais sûr de toi, n'est-ce pas ?

— Oui, répondit Santo avec franchise. J'étais certain que cette nuit je te ferai, l'amour.

— Comment est Marianna ?

— Exactement comme tu l'as décrite. Ella, s'il te plaît, tu veux bien m'écouter ?

— Tu ne veux plus que je reste pour la former ?

— Ella…

— Parce que ça devrait être assez rapide. J'ai organisé le travail de manière rationnelle et…

— Vraiment ?

Santo arqua délibérément les sourcils. Il adorait la voir en colère…

— Comment ça ?

— Eh bien, travailler pour toi est prenant mais pas très compliqué. En gros, il suffit que je lui donne le « sac Santo ».

— Le sac Santo ?

— Il contient tous les accessoires indispensables.

Ella prit le gros sac qui ne la quittait pas depuis quatre mois et le vida sur le lit.

— Chemise blanche, cravate grise, cravate noire…

Elle jeta un coup d'œil à Santo. Il souriait, visiblement très amusé.

— Tu assistes à un nombre incroyable d'enterrements.

— C'est à cause du milieu que je fréquente, commenta Santo en faisant allusion aux nombreux acteurs portés aux excès. Et aussi de ma famille, bien sûr.

— Aspirine. Lunettes noires.

Santo ne dit rien.

— Préservatifs. Tu en fais une consommation impressionnante.

A sa grande irritation, Ella sentit des larmes lui brûler les yeux au souvenir d'un appel urgent de son patron en pleine nuit parce qu'il était en panne de préservatifs. Comment pouvait-elle être tombée amoureuse de cet homme ?

Santo ne souriait plus. De toute évidence, elle lui en voulait depuis longtemps. Mais comment aurait-il pu le deviner ? Jusqu'à la semaine dernière, elle ne semblait même pas éprouver de la sympathie pour lui…

— Sparadraps spéciaux. Très efficaces contre les brûlures consécutives aux parties de jambes en l'air sur moquette…

— J'ai compris le message, Ella.

— Oh ! je n'ai pas fini. Désinfectant. Indispensable en cas de griffures.

— Tu étais jalouse.

Comment avait-il pu être aussi aveugle ? Santo était furieux contre lui-même mais aussi contre elle pour avoir souffert en silence.

— Pendant tout ce temps…

— Jalouse ?

Ella émit un petit rire méprisant.

— Je ne suis pas jalouse, Santo. Je suis fatiguée. J'en ai plein le dos ! Ce n'est pas une assistante personnelle dont tu as besoin, mais une nurse !

Agacée, elle vit un large sourire apparaître sur le visage de Santo. De toute évidence, il ne la croyait pas. Oui, elle était jalouse. Depuis qu'elle travaillait pour lui, elle était férocement jalouse et même pire que ça ! Maintenant, il le savait.

— Tu sais ce dont toi tu as besoin ?

Il prit un préservatif sur le lit, puis le jeta.

— Non, c'est vrai. Nous n'en utilisons pas.

— Espèce de… !

Il la réduisit au silence par un baiser enflammé tout en la plaquant contre le mur. Elle tenta de le repousser.

— Non, tu en as vraiment besoin, murmura-t-il contre ses lèvres.

La maintenant fermement contre le mur, il releva sa jupe.

— Tu as besoin que je te rappelle qu'entre nous c'est l'entente parfaite. Ensuite nous discuterons.

— De mon licenciement ? lança-t-elle avec hargne.

— Non, de ton embauche.

Il s'empara de nouveau de sa bouche en même temps qu'il déchirait sa culotte. Sans plus savoir si elle l'aimait ou si elle le haïssait, elle répondit à son baiser avec ardeur.

— J'avais l'intention de te proposer un nouveau poste.

— De quoi ? De poule personnelle du producteur ? rétorqua-t-elle tout en ouvrant sa braguette avec des doigts fiévreux. Je te hais, Santo. Je te hais d'avoir planifié ça.

— Tu aimes ça.

Il la souleva de terre et elle noua ses jambes sur ses reins, à la fois furieuse contre elle-même et au comble de l'excitation.

— Tu adores ça, murmura-t-il en s'enfonçant en elle. Tu es la femme la plus coincée que je connaisse. Sauf au lit.

Elle sentait déjà des ondes de plaisir la parcourir.

— Et tu sais quoi ? poursuivit-il entre deux coups de reins puissants. J'accepte…

La voix de Santo s'éteignit, puis il se mit à parler en italien tout en redoublant d'ardeur. Ella entendit vaguement les coups frappés contre le mur par les voisins se mêler à ses propres gémissements, qui se muèrent bientôt en cris éperdus. Oui, il avait raison. Elle aimait ça. Elle l'aimait. Et ça la terrifiait.

— Il faut que je change de chambre, marmonna-t-elle un moment plus tard, alanguie contre Santo, les jambes tremblantes et le souffle court.

Elle n'oserait plus jamais regarder ses voisins en face…

Il lui prit le menton.

— Cet après-midi quand je suis venu te voir, c'était pour t'annoncer que j'ai renvoyé Rafaele.

Tel un parfait gentleman, il ramassa sa culotte par terre pour la mettre dans la corbeille, récupéra une chaussure qui traînait, et lissa même sa jupe à sa place, le temps qu'elle digère l'information.

Il avait renvoyé le réalisateur en plein tournage ? Elle s'efforça de réprimer l'espoir qui gonflait soudain son cœur.

— Ella, j'ai beaucoup réfléchi et je pense que tu ferais une réalisatrice fantastique.

— Santo…

Elle s'humecta les lèvres.

— Je ne sais pas quoi dire. Tu ne trouves personne d'autre, c'est ça ?

— J'ai trois candidats prêts à prendre l'avion ce soir.

— Alors est-ce parce que…

Elle s'interrompit, incapable d'aller au bout de sa phrase.

— Santo, tu as raison. Je n'aurais jamais dû envisager que tu pourrais me faire une faveur parce que nous avions couché ensemble.

— Ça n'a rien à voir. Je n'engagerais jamais personne pour cette raison. Jamais. Le rôle du réalisateur est trop important. Si j'ai décidé de t'engager, c'est uniquement parce que je suis désormais convaincu que tu as tous les atouts pour faire de l'excellent travail. Tu connais le script par cœur et tu le comprends parfaitement. Tu as repéré toutes les erreurs que Rafaele a commises…

Ella hocha la tête.

— Et tu sais ce qu'il faut faire pour que le film soit réussi.

— Taylor ne sera jamais d'accord.

— Elle l'est déjà. Ça a été la catastrophe sur le plateau aujourd'hui. Les choses ont très mal tourné. Et tu as raison, ce n'est pas son jeu le problème. Je lui ai longuement parlé. Je lui ai dit que tu étais enthousiasmée par le scénario et je lui ai répété tes suggestions. Elle est ravie à l'idée de travailler avec toi.

— Vraiment ?

— Un nouveau point de vue est toujours bénéfique. A toi de saisir ta chance.

Elle déglutit péniblement. Comment ne pas avoir soudain très peur ? Elle n'avait aucune expérience. Lorsqu'il lui avait dit qu'avant de réaliser un film elle devait faire ses preuves sur le plateau, il avait raison… Elle le lui rappela.

— J'ai entièrement confiance en tes capacités, Ella. Mais ne te fais pas d'illusions. Dès demain, nous risquons de nous affronter sur le plateau. Je ne serai pas plus indulgent avec toi qu'avec les autres. Et si je ne suis pas satisfait de ton travail…

Santo laissa sa phrase en suspens. Inutile de donner des précisions. Elle savait parfaitement comment il fonctionnait.

— Mais en dehors du plateau…

Il s'interrompit de nouveau, alors qu'elle secouait la tête.

— Ella, je te promets que quoi qu'il arrive entre nous sur le plan personnel, ça n'aura aucune conséquence sur nos relations professionnelles.

— Je ne peux pas.

La moindre des choses c'était de lui expliquer pourquoi, décida-t-elle. Il méritait qu'elle soit honnête avec lui.

— Je n'ai décidé de coucher avec toi qu'après avoir appris que j'avais obtenu un autre emploi.

— Je sais, répliqua Santo avec sa franchise habituelle. Tu avais laissé ta messagerie ouverte sur mon ordinateur.

— Ma mère a travaillé avec mon père.

— Tu n'es pas ta mère.

— Je sais.

— Et la situation est très différente…

— Je sais aussi. Mais je me suis promis il y a très longtemps de toujours donner la priorité à ma carrière. De ne jamais la mettre en péril pour un homme. Dernièrement j'ai enfreint un grand nombre des règles que je m'étais imposées, mais cette fois c'est différent. Ce qui est en jeu, ce n'est pas un poste d'assistante dont je me moque éperdument. C'est le métier dont je rêve depuis toujours. Je ne peux pas renier la promesse que je me suis faite juste parce que c'est toi.

Ella s'attendait à ce que Santo proteste et tente de la faire changer d'avis, mais il n'en fut rien.

— Je comprends.

— C'est juste pour deux semaines, plaida-t-elle. J'ai besoin de me concentrer uniquement sur le tournage.

— Pas de problème. Mais qu'une chose soit claire. Si tu veux que nos relations restent strictement professionnelles jusqu'à la fin du film, il faudra t'y tenir. Pas question de refuser de partager mon lit un jour pour changer d'avis le lendemain. Alors, tu es certaine de ta décision ?

— Certaine, répondit Ella sans hésitation.

— D'accord.

Santo se dirigea vers la porte.

— Bonne chance. Comme je te le dis dans mon mot, tu vas être fantastique.

11

Le lendemain matin en arrivant sur le plateau, Santo fut surpris. Pas de voir Ella. Il était certain qu'elle arriverait très tôt. De la voir telle qu'il ne l'avait jamais vue.

Elle portait une jupe en jean délavé, un T-shirt dos nu et des espadrilles. Ses cheveux d'ordinaire relevés en chignon ruisselaient sur ses épaules, comme lorsqu'ils étaient au lit. Et elle n'était pas du tout maquillée, constata-t-il lorsqu'elle le rejoignit en souriant.

— C'est Ella la réalisatrice ?

— Non, c'est Ella.

Ce qui confirmait qu'il ne la connaissait pas du tout, songea-t-il avec un pincement au cœur.

— Tout est organisé pour la scène du bateau, annonça Marianna, qui venait d'arriver.

Ella l'écouta parler en italien avec Santo. C'était une assistante bien plus efficace qu'elle. En quelques heures, elle avait réussi à régler le problème sur lequel elle s'acharnait depuis des jours.

— Tout le monde sera en place pour 5 heures et il repartira à 15 heures le lendemain.

— *Eccellente,* commenta Santo avant de se tourner vers Ella. Nous devrons avoir terminé d'ici là.

— Pas de problème.

Santo demanda ensuite à Marianna d'organiser la fête de fin de tournage. C'était la seule chose qu'Ella avait vraiment appréciée dans le travail d'assistante. Santo savait comment réussir les fêtes et elle avait toujours pris beaucoup de plaisir à les organiser. Elle proposa à Marianna de lui donner des adresses utiles.

— Je peux aussi m'en occuper moi-même ce soir, proposa-t-elle. Je suis désolée, je n'ai pas eu le temps de vous mettre au courant.

— C'est inutile, répliqua la jeune femme. J'ai mes propres adresses. Et si j'ai besoin d'un renseignement, je le demanderai directement à Santo.

Marianna s'éloigna, puis sembla se raviser.

— J'ai besoin du double de ses clés de voiture, de son agenda, ce genre de choses…

Ella s'efforça d'ignorer le petit sourire narquois de Santo, tandis qu'elle fouillait dans son sac.

— Tu as oublié les lunettes noires, commenta-t-il.

— Oui, en effet.

Les joues en feu, elle fouilla de nouveau dans son sac et tendit les lunettes à Marianna.

— Aspirine, ajouta-t-il.

— Inutile, j'en ai sur moi, intervint Marianna.

Quand Ella eut donné à celle-ci la chemise et les cravates, son sac fut pratiquement vide.

— Je crois que c'est tout, dit-elle d'un ton crispé.

— Tu es sûre ? insista Santo, visiblement très amusé de la voir rougir de plus belle.

— Je suis certaine que Marianna est prête à toute éventualité, répondit-elle avec un sourire mielleux.

A présent, elle pouvait se concentrer sur l'essentiel. Son travail.

Pour commencer, il fallait absolument qu'elle surmonte son trac. Donner des indications à une actrice aussi talentueuse et chevronnée que Taylor semblait très osé… Mais peu à peu, les réactions de l'actrice la rassurèrent. Taylor approuvait visiblement son point de vue.

— Dans cette scène, tu es encore relativement insouciante. Tu sais qu'il s'en va le lendemain, mais tu n'envisages pas le pire.

Ella regarda dans le viseur, tandis que Taylor se promenait sur la plage en compagnie de son mari qui serait bientôt porté disparu. En quelques secondes, toutes ses craintes s'évanouirent. Oui, elle était capable de diriger ce film. Toutes ces heures qu'elle avait passées enfant à tourner des films imaginaires dans sa chambre portaient leurs fruits aujourd'hui. Elle ne jouait plus. Elle réalisait vraiment un film. Pour la première fois, enfin, une scène qu'elle avait étudiée, imaginée, composée, prenait vie sous ses yeux… Ella était si émue que des larmes de joie perlèrent à ses paupières.

Rapidement, elle se reprit.

— Vince, on va changer la scène de la rencontre, annonça-t-elle.

Elle l'avait encore lue et relue. Il n'y avait aucun doute. L'approche de Rafaele n'était pas la bonne. Elle allait suivre sa propre idée, mais avec une légère modification.

— On laisse tomber le plan où tu regardes longuement Taylor avant de la rejoindre. Tu es là le premier en train de penser à ton ami et tu la vois arriver. Souviens-toi que jusque-là tu ne l'appréciais pas particulièrement. Tu la prenais pour une femme intéressée. Mais en la voyant pleurer tu comprends qu'elle aime sincèrement son mari. C'est ça qui te touche.

Pour la première fois depuis le début du tournage, Vince eut un sourire approbateur. Jusque-là, l'interprétation de Rafaele faisait passer son personnage pour un homme sans scrupules qui profitait d'une femme vulnérable.

— C'est pour ça que tu la rejoins. Tu as compris que vous partagiez la même souffrance. Et toi, Taylor… tu prends conscience de sa présence au dernier moment et tu es d'abord sur la défensive, parce que tu as l'habitude de subir ses sarcasmes. Mais tu comprends à ton tour que vous souffrez autant l'un que l'autre et c'est ce qui vous rapproche.

— Très bien.

— Quant au plan où tu pleures en regardant la mer avant qu'il arrive près de toi, on le tournera plus tard. Pour l'instant, juste quelques larmes. Ce que je veux filmer c'est ton expression quand il arrive à côté de toi.

Taylor ne cacha pas son soulagement et donna toute la mesure de son talent avec un plaisir évident. Pour la première fois depuis le début du tournage il respirait, constata Santo. Le fait que Vince soit sur place avant Taylor donnait un tout autre rythme à la scène. C'était une idée brillante, qu'il n'aurait pas eue lui-même. Il le dit à Ella lorsqu'ils regagnèrent l'hôtel.

— Nous avons plus avancé en une journée que depuis le début de la semaine.

Le cœur d'Ella se gonfla de joie. Elle exerçait enfin le métier dont elle rêvait et elle s'en sortait très bien !

— Je meurs de faim, déclara Santo.

Il était 22 heures et ils avaient été trop occupés toute la journée pour déjeuner. Elle n'avait qu'une envie, se faire servir quelque chose dans sa chambre. Ou bien…

Elle jeta un coup d'œil à Santo, tandis qu'ils traversaient le hall. Peut-être pourraient-ils dîner ensemble et discuter des scènes qu'ils tourneraient demain. Ou peut-être… discuter tout simplement.

— Moi aussi, dit-elle.

Avait-elle fait le bon choix hier ? Ce film était trop important pour Santo pour qu'il laisse leur vie personnelle entraver le tournage. Par ailleurs, il avait raison sur un point essentiel. Elle n'était pas sa mère. Elle était beaucoup plus forte que celle-ci.

— Peut-être pourrions-nous…

Le portable de Santo sonna et elle attendit qu'il ait terminé sa conversation.

— Excuse-moi, dit-il en raccrochant, la mine sombre. Je te verrai demain matin. Nous commençons à 6 heures.

— D'accord.

Elle prit une profonde inspiration.

— Je vais peut-être manger quelque chose au restaurant, s'ils servent encore.

— Bien sûr qu'ils servent. Je les ai prévenus que nous terminerions tard. Ils sont très souples sur les horaires.

Le portable de Santo sonna de nouveau et il crispa la mâchoire.

— Bon appétit, dit-il avant de prendre l'appel.

Ella gagna le restaurant. Comment faire autrement après avoir annoncé qu'elle avait l'intention d'y dîner ? Il n'y avait aucune raison d'être embarrassée de demander une table pour une personne, se dit-elle fermement. Sauf qu'elle ne pouvait pas s'empêcher d'être embarrassée…

Vince était là, mais il dînait avec l'une des actrices et de toute évidence ce n'était pas le moment de les déranger. Ella passa la commande, et juste au moment où elle commençait à se dire que dîner seule n'était pas si désagréable, Santo entra dans la salle, toujours au téléphone. Le voyant venir dans sa direction, elle lui sourit. Il lui rendit son sourire mais il s'installa à une autre table.

Elle resta interdite. Jamais elle n'aurait imaginé qu'il la prendrait au mot à ce point ! Même s'ils ne partageaient pas le même lit, ils pouvaient partager un repas… Dîner seuls chacun de leur côté était ridicule. Mais il n'avait pas l'intention de dîner seul, comprit-elle en voyant arriver Marianna.

Ce n'était qu'un dîner de travail, se dit-elle en enroulant des spaghettis autour de sa fourchette et en s'efforçant de ne prêter attention ni à leur conversation ni à leurs rires. Comme elle-même en avait eu souvent avec lui dans d'autres hôtels sur d'autres tournages.

Certes. Mais une bouteille de vin était-elle vraiment indispensable pour mettre à jour son agenda ?

Elle s'était mise toute seule dans cette situation et elle n'avait plus qu'à assumer, se répéta-t-elle inlassablement au cours des jours suivants.

Un plateau de tournage avait beau être un petit univers clos, les rumeurs concernant les Corretti s'y répandaient malgré tout. Un matin, Ella vit Santo lire un journal qui annonçait que les cousins étaient plus divisés que jamais, que les enfants de Carlo ne voulaient rien avoir à faire avec ceux de Benito, et qu'ils allaient opposer une contreproposition à celle d'Angelo, le demi-frère de Santo, qui avait l'appui de Battaglia. Elle sentit son cœur se serrer. Il devait être très affecté par cette situation. Et Teresa également.

Cependant, sauf quand ça avait un rapport avec le tournage, Santo ne lui disait rien de sa vie. Visiblement tendu en permanence, il ne quittait pratiquement plus ses lunettes noires et il passait des heures au téléphone.

Un jour, alors qu'Ella discutait d'une scène avec lui, Marianna vint lui demander si elle pouvait lui parler.

— En privé, précisa-t-elle.

Puis elle ajouta en italien :

— *Familia.*

Au comble de la frustration, Ella les regarda se mettre à l'écart. Santo pâlit et tira sur le col de sa chemise comme chaque fois qu'il était angoissé. Puis il sortit son portable de sa poche.

— Ça va ? demanda-t-elle à la première occasion.

Ils étaient de retour à l'hôtel, dans l'ascenseur.

— Bien sûr, répondit Santo. Tout s'est bien passé aujourd'hui encore. L'équipe est beaucoup plus détendue.

— Non, je voulais dire… Pour toi ? Tu as des nouvelles d'Alessandro ?

— Ella, je croyais que nous ne devions parler que du tournage.

— Je vois bien que quelque chose ne va pas.

— Et alors ?

Santo foudroya Ella du regard.

— C'est toi qui as voulu que nos relations restent strictement professionnelles. Tu as quelque chose à me dire au sujet du film ?

— Non.

— Alors si tu veux bien m'excuser, je vais me préparer pour aller dîner.

Santo sortit de l'ascenseur, qui venait de s'arrêter à son étage. Elle le suivit.

— Santo, s'il te plaît. J'ai commis une erreur. Je pensais que si nous nous consacrions exclusivement à notre travail jusqu'à la fin du tournage ce serait mieux pour le film

— Et aujourd'hui tu as changé d'avis ?

— Oui.

— Et en changeras-tu encore demain ? Recommenceras-tu la grève du sexe ? C'est un petit jeu très déplaisant, Ella.

— Ce n'est pas un jeu.

— J'ai fait tout ce que tu m'as demandé. Je ne t'ai jamais poussée à faire quelque chose dont tu n'avais pas envie. C'est toi qui as choisi de t'exclure de ma vie, Ella. Je sais que tu as eu des moments difficiles, mais aujourd'hui c'est mon tour. Je m'en sortirai. J'ai l'habitude de faire face. Ça aurait pu être beaucoup moins pénible avec ton soutien, mais c'est toi qui as choisi de t'installer dans une autre chambre et de ne pas rester à mon côté. Maintenant excuse-moi, mais j'aimerais aller dîner.

— Je peux me joindre à toi ?

— J'ai déjà prévu de dîner avec quelqu'un.

— Marianna ?

— Bien sûr. J'ai des tas de problèmes à régler en plus du film.

Ella s'exhorta au calme. Surtout pas un mot. Il fallait rester imperturbable, faire demi-tour et reprendre l'ascenseur. Sans un mot. Mais ses yeux parlèrent pour elle et Santo réagit immédiatement.

— Qu'y a-t-il ? Elle est trop séduisante à ton goût ? Si

je n'engage que des gens moches, finiras-tu par me faire confiance.

Il la regarda longuement et secoua la tête.

— Je ne crois pas que tu y arriveras un jour.

— Ça t'étonne ? Je t'ai vu à l'œuvre. Je suis mieux placée que quiconque pour…

— Non.

Il avança vers elle et approcha son visage tout près du sien.

— N'essaie pas de rejeter la responsabilité sur moi. Ton manque de confiance en moi n'a rien à voir avec moi ni avec ma réputation. Parce que tu ne nous as même pas donné une chance. Pas une seule. La vérité, c'est que tu refuses d'accorder ta confiance. Même si nous étions seuls tous les deux sur une île déserte, tu ne me ferais toujours pas confiance.

Les joues d'Ella s'enflammèrent et ses yeux se remplirent de larmes. Il avait vu juste, comprit-il.

— Tu refuses de nous accorder une seule chance.

— Non.

— Si. Tu m'as fait comprendre très clairement dès le début que tu ne voulais pas d'une relation. C'est toi qui as fixé les règles, alors ne me reproche pas de les respecter. Ne me reproche pas de prendre mes distances alors que c'est toi qui me l'as imposé, conclut Santo avec un grand geste de la main, comme l'aurait fait n'importe quel Italien excédé.

Ella eut un mouvement de recul et il la regarda avec incrédulité.

— A présent tu t'imagines que je suis capable de te frapper ?

— Non.

— Si.

Il secoua la tête avec écœurement.

— Je n'ai rien à voir avec lui. Je refuse de payer pour lui. En fait, tu es aussi dépendante de lui que ta mère. Tu vis peut-être à l'autre bout de la planète, mais en réalité tu n'es jamais partie de chez toi.

Frustré et furieux, Santo secoua de nouveau la tête. Jamais il n'avait subi une telle offense…

— Maintenant je vais aller dîner avec une adulte.

12

Santo avait raison.

Plus ou moins.

Allongée sur son lit, Ella revoyait la peine et la colère dans le regard de Santo. Il avait été offensé et elle le comprenait. Cependant, si elle n'avait pas confiance en lui ce n'était pas parce qu'elle ne le voulait pas mais parce qu'elle en était incapable. Privilégier sa carrière et se réfugier dans le travail était beaucoup moins risqué que de s'engager dans une relation.

Sauf qu'au lieu de se sentir en sécurité, elle se sentait seule et surtout très égoïste. Elle n'était pas restée au côté de Santo pour le soutenir dans cette période difficile. Et à cause de ça elle avait peut-être tout gâché…

La sonnerie de son portable la fit tressaillir. Depuis qu'elle n'était plus l'assistante de Santo, celui-ci était devenu très silencieux.

— Maman ? s'exclama-t-elle, stupéfaite.

C'était la première fois que sa mère l'appelait depuis qu'elle avait quitté l'Australie.

— Tout va bien ?

— Oui, tout va bien. Enfin, comme d'habitude, se reprit Gabriella. Mais j'ai attendu que ton père dorme pour pouvoir te parler.

— Il s'est passé quelque chose ?

— Tu me manques. Ça me fait drôle de te savoir là-bas. Qu'as-tu fait depuis la dernière fois ?

Sachant que c'était la nouvelle qui l'impressionnerait le plus, Ella parla à sa mère de sa soirée chez Teresa.

— Tu as dîné chez Teresa Corretti ? Ella, sois prudente ! Ne le dis surtout pas à tes tantes, en tout cas.

— Maman, Teresa est charmante. Et je ne pense pas que toute la famille Corretti mérite cette mauvaise…

— Qu'avez-vous mangé ? coupa Gabriella.

La conversation qui suivit fut très agréable. Ella énuméra les plats qu'elle avait mangés et faillit pouffer quand sa mère lui demanda de lui décrire la maison.

— Teresa m'a donné une bouteille d'huile d'olive pour toi.

— Pour moi ?

— Elle a dit que ça devait te manquer.

— C'est vrai.

Il y eut un long silence, puis Gabriella déclara :

— Ella, je suis vraiment désolée.

— Maman…

Ella faillit dire à sa mère de se taire, puis elle se ravisa. Ne lui reprochait-elle pas justement de ne jamais dire les choses ?

— Je n'aurais jamais dû te demander de le couvrir mais j'avais très peur. Si nous avions appelé la police, que se serait-il passé ? Tu as eu raison de t'en aller et tu as raison de ne pas vouloir lui parler. Je ne te le demanderai jamais plus.

— Merci, maman.

Elle avait tellement besoin d'entendre sa mère exprimer des regrets ! Elles discutèrent encore un moment et versèrent quelques larmes ensemble.

A présent, c'était son tour de présenter des excuses, songea Ella lorsqu'elle raccrocha.

Cependant, elle pouvait difficilement se permettre de déranger Santo en plein dîner. Elle lui envoya un texto pour lui dire qu'il fallait qu'elle lui parle, à n'importe quelle heure.

Elle ne reçut pas de réponse.

Pas étonnant. Elle l'avait offensé et il était extrêmement fier.

13

Le lendemain matin sur le plateau, Santo était visiblement d'une humeur exécrable et il n'était pas question de l'approcher. Il discutait avec Luca, un de ses cousins, et la conversation semblait pour le moins tendue.

Ella s'efforça de se concentrer sur son travail.

— Nous allons zoomer sur ton visage, expliqua-t-elle à Taylor. S'il faut faire d'autres prises, nous le ferons en studio. Je ne vais pas te demander de pleurer sur commande des dizaines de fois.

Tandis que Taylor s'éloignait pour des retouches de coiffure et de maquillage, Ella jeta un coup d'œil à Santo. Son humeur ne s'était visiblement pas améliorée. Quant à Luca, il avait disparu.

Les caméras étaient toutes en place, prêtes à tourner. Elle avait quelques minutes devant elle, il fallait en profiter. Elle se dirigea vers Santo. Appuyé contre une caravane, les bras croisés, il resta silencieux, mais derrière ses lunettes noires elle devina son regard hostile.

— Je suis désolée. Vraiment désolée, Santo. Je t'ai offensé hier et je le regrette sincèrement. Je sais que tu es incapable de lever la main sur moi.

Il resta immobile et silencieux. Comment faire pour retrouver le Santo chaleureux qui lui manquait tant ?

— J'ai eu ma mère au téléphone hier soir et j'ai pris conscience que tu avais raison. J'ai gardé mes distances.

Elle prit une profonde inspiration.

— J'éprouve des sentiments pour toi depuis très longtemps. Et oui, c'est vrai, j'étais jalouse, même si je ne voulais pas le reconnaître. Mais comme tu n'avais que des relations éphémères, je savais que si je couchais avec toi je serais obligée de démissionner peu de temps après. Je savais que je ne supporterais pas de continuer à travailler pour toi quand tu serais avec quelqu'un d'autre.

— Tu fais beaucoup de suppositions, dit-il en l'observant, à l'abri de ses lunettes noires.

Seigneur, cette femme allait le rendre fou ! Il mourait d'envie de la prendre dans ses bras, mais il ne la comprenait pas. Pas une seule fois elle n'avait suggéré que la vie qu'il menait la perturbait. Il était vrai qu'il l'avait chargée de dicter au fleuriste les cartes à joindre aux bouquets qu'il envoyait à ses maîtresses. Mais dernièrement, il n'y en avait pas eu beaucoup. Il n'avait plus d'inspiration. Alors il avait pris l'habitude de recourir à la solution de facilité. Envoyer des bijoux avec des mots soulignant qu'ils étaient assortis aux yeux des destinataires…

Et ces mots c'était Ella qui les écrivait…

La voix de la jeune femme interrompit le cours de ses pensées.

— C'était bien plus qu'une simple aventure pour moi, et je ne voulais pas que tu le saches. Maintenant tu es au courant.

— Taylor est en place.

— Santo…

— Va travailler, Ella.

Elle s'éloigna d'une démarche mal assurée. Elle lui avait tout dit et il ne lui avait rien donné en retour.

Non, pas tout.

Elle ne lui avait pas tout dit. Mais comment le faire maintenant ? Elle n'allait tout de même pas jouer la carte de la compassion. Elle avait trop souvent refusé de se confier à lui. Il ne serait pas correct de lui imposer ses confidences maintenant.

— Prête ? demanda-t-elle à la vedette de son film.

— Tu veux prendre ma place ? demanda Taylor en voyant les larmes dans ses yeux.

— Je pourrais sans doute. Sauf que ça ne serait pas du cinéma.

— Si je réussis cette scène, tu m'offriras un verre ce soir et je te prêterai une oreille attentive.

Taylor réussit la scène.

Elle était la souffrance incarnée et la regarder jouer était un immense privilège. Le personnage de Vince ne pouvait qu'être irrésistiblement attiré par elle. Et les spectateurs ne pourraient pas ne pas comprendre pourquoi ils feraient l'amour sur la plage quelques minutes plus tard.

Taylor semblait si désespérée qu'Ella avait presque envie de lui dire de s'arrêter, de souffler un peu. Les lèvres pincées et les paupières fermées sur des larmes qu'elles ne parvenaient pas à retenir, elle semblait en proie à une détresse accablante.

Comme Santo le jour où elle l'avait trouvé en train de pleurer dans son bain.

Le souvenir de tout ce qu'ils avaient partagé ce jour-là s'imposa à Ella. Comment n'avait-elle pas compris plus tôt que pour lui aussi c'était bien plus qu'une simple aventure ? Comment avait-elle pu prendre ses distances après les moments exceptionnels qu'ils avaient passés ensemble ?

Pour une fois que Santo avait eu besoin de quelqu'un, pour une fois qu'il avait été lui-même avec quelqu'un, elle l'avait rejeté.

Affolée, elle détacha son regard de Taylor une seconde, le temps de jeter un coup d'œil à Santo. Toujours à la même place, toujours les bras croisés, il regardait Taylor. Comme elle était censée le faire elle-même… Ella reporta son attention sur son actrice.

Les yeux bleus de Taylor étaient ouverts et ils ruisselaient de larmes. Ils avaient déjà les prises mais elle rejoua la scène au cas où. Elle tourna la tête vers Vince, pâlit légèrement comme si elle s'attendait à une réaction hostile de sa part, puis son expression changea et elle pencha la tête dans l'attente de son baiser.

Et quel baiser ce serait ! songea Ella. Cette fois elle en était sûre. Ce film serait réussi.

— Coupez.

A l'instant même où Ella prononça ce mot, Taylor éclata de rire, consciente d'avoir joué une grande scène.

— C'était fantastique ! s'exclama Ella avec enthousiasme. Absolument parfait.

Elle le répéta encore à Taylor un peu plus tard lorsqu'elle lui offrit le verre promis, très impressionnée de discuter avec une star aussi immense que Taylor Carmichael.

— Tu ferais bien de t'y habituer, commenta Taylor lorsqu'elle lui avoua qu'elle était très intimidée. Si ce film marche, tu vas devenir célèbre. Et tu recevras des tas de scripts.

— Je n'ai pas encore pensé à la suite. Pour l'instant, je me concentre sur ce tournage. Je sais que ce tournage est pour moi une chance inespérée qui ne se représentera pas.

Après une pause, Ella ajouta :

— Je suis tellement obsédée par le travail que j'ai oublié ce qui était important.

— Ça nous arrive à tous. Santo le comprendra.

Ella devint écarlate. La nature de leurs relations était-elle donc évidente pour tout le monde ? Mais sa gêne fut balayée par le remords quand Taylor ajouta :

— Mais en ce moment ça va très mal pour les Corretti. C'est peut-être le moment d'oublier un peu le travail.

Oui, c'était le moment. Ella termina son verre et remercia encore Taylor pour le travail fantastique qu'elle avait accompli. Puis elle se dirigea vers l'ascenseur. Il fallait qu'elle présente de nouveau ses excuses à Santo. Qu'elle lui explique pourquoi elle avait eu ce mouvement de recul lorsqu'il avait levé la main. Et cette fois il fallait entrer dans les détails. Pas pour jouer la carte de la compassion. Juste pour lui dire toute la vérité.

Arrivée devant la porte de Santo, Ella prit une profonde inspiration, puis elle frappa deux coups.

Silence.

Elle frappa de nouveau à la porte et celle-ci s'ouvrit sur son cauchemar. La superbe Marianna, enveloppée dans un peignoir de l'hôtel, dont l'encolure bâillait largement sur son soutien-gorge en dentelle.

— *Scusi,* dit la jeune femme en souriant. J'ai cru que c'était le garçon d'étage. Santo est sous la douche.

Ella garda le silence.

— Ah, le voilà…, ajouta Marianna à l'arrivée du garçon d'étage avec une bouteille de champagne dans son seau et un chariot chargé de plats.

— A côté du lit, s'il vous plaît, indiqua Marianna.

Puis elle se tourna de nouveau vers Ella.

— Vous aviez besoin de lui pour quelque chose de précis ?

— Rien d'urgent.

Ella regagna sa chambre, hébétée.

Nul doute que la souffrance n'allait pas tarder à la terrasser.

Il y avait si longtemps qu'elle craignait que Santo lui brise le cœur…

14

Le lendemain matin, Ella arriva sur le plateau à 6 heures, toujours hébétée, toujours dans l'attente d'être terrassée par la souffrance. Bientôt elle se retrouverait en face de Santo et il faudrait qu'elle reste professionnelle, se répétait-elle. Qu'elle évite de faire la moindre allusion à ce qui avait pu se passer entre ses draps.

Comme l'exigeait la règle qu'elle avait imposée.

— *Dove Santo ?*

Cette question étant sur toutes les lèvres, elle finit par lui téléphoner mais elle tomba sur sa messagerie. Elle appela l'hôtel et demanda qu'on lui passe sa chambre, déterminée à garder un ton neutre si c'était Marianna qui répondait.

Personne ne répondit.

Signor Corretti avait quitté l'hôtel, apparemment.

— Et Marianna Tonito ? demanda-t-elle.

Elle avait quitté l'hôtel également.

Au même instant, elle reçut un texto de lui.

Il s'est passé quelque chose d'important. Je sais que le film est en de bonnes mains. Marianna t'a laissé mon agenda. Je sais que tu as des tas de choses à faire, mais peux-tu t'assurer qu'il y ait du champagne pour la fête de fin de tournage ?

A sa grande surprise, Ella ne fut pas terrassée. Oui, elle avait le cœur brisé. Mais non, le ciel ne lui tombait pas sur la tête. Elle était toujours hébétée mais elle se sentait incroyablement forte.

— Il s'est passé quelque chose, répéta-t-elle à l'équipe rassemblée sur le plateau. Je ne sais pas quand il sera de retour et d'ici là nous allons nous débrouiller sans lui. Tout va bien se passer.

Parce qu'il ne leur laissait pas le choix.

Ella consulta sa montre.

— On y va.

Ils avaient déjà perdu assez de temps ce matin. Elle n'avait pas l'intention de gâcher sa carrière et celle des autres pour un homme, même aussi irrésistible que Santo Corretti.

Oui, contre toute attente elle était capable de mettre son cœur brisé en veille, découvrit-elle au cours des jours suivants. Il y eut beaucoup de drames, de larmes et de crises de nerfs, mais elle fit face. De toute façon, elle n'avait pas le choix. Un paquebot devait arriver avec trois cents figurants à bord. Elle fit face également. Et elle commanda même le champagne.

— Dernier jour de tournage demain, annonça-t-elle. Je veux tout le monde sur le plateau à 4 heures.

La ville était en ébullition. Tous les restaurants avaient ouvert pour accueillir les figurants et il régnait partout une atmosphère de fête. Ella fit de son mieux pour se mettre au diapason. Elle ne pouvait pas se permettre de craquer maintenant.

Elle prit des photos du bateau et des rues noires de monde. Elle les enverrait à sa mère. Peut-être pourrait-elle l'appeler ce soir, d'ailleurs. Elle avait tellement envie d'en savoir plus au sujet des Corretti et de leur histoire mouvementée... Non, mieux valait s'abstenir. Entendre parler de cette famille risquait d'être trop pénible. Il fallait absolument qu'elle retienne ses larmes jusqu'à la fin du tournage.

Elle y serait parvenue — elle en avait la certitude — si elle n'avait pas été attendue à l'hôtel par une certaine personne.

15

— Teresa Corretti vous attend, annonça le réceptionniste, visiblement troublé qu'une personnalité aussi importante soit arrivée sans être annoncée. Je lui ai expliqué que Santo n'était pas là, mais elle a voulu attendre pour vous parler.

— Merci.

Ella se dirigea vers Teresa avec un sourire contraint.

— Je suis désolée, Santo n'est pas là…

— Je le savais.

Teresa l'embrassa sur les deux joues.

— C'est vous que je suis venue voir.

— Oh.

— Venez… Je crois qu'il y a un bar agréable.

Ella avait du mal à masquer sa surprise, mais le personnel du bar était aussi déconcerté qu'elle, constata-t-elle.

Teresa commanda à boire, puis bavarda poliment en attendant qu'elles soient servies. Elle demanda à Ella comment allait sa mère et si elle lui avait parlé du dîner.

Ella sourit.

— Oui, je lui en ai parlé. Elle n'a même pas fait semblant de ne pas être fascinée.

— Comment se passe le tournage ?

— Très bien, répondit Ella en s'efforçant de garder un ton neutre.

Ce n'était pas la faute de Teresa si son petit-fils était parti en plein tournage, songea-t-elle tandis qu'on leur apportait leurs verres.

— Vous êtes la première femme que Santo amène chez moi.

Ella sentit ses joues s'enflammer. Comment dire à cette vieille dame qu'elle avait déjà été plaquée ?

— En fait… Ce n'est pas si sérieux que ça entre Santo et moi.

— Vraiment ?

Teresa plissa le front.

— Il m'avait semblé qu'il y avait une grande affection entre vous.

Ella crispa les doigts sur son verre. Impossible d'expliquer à Teresa que son petit-fils était très affectueux avec des tas de femmes.

— Mon petit-fils est très compliqué. De tous mes petits-enfants, c'est celui qui…

Elle soupira.

— Même enfant, il souriait, il riait, il semblait toujours joyeux, mais son cœur était fermé.

— Santo ?

— Santo. Il n'a pas changé. Il rit, il plaisante, il fait la fête, mais il tient les gens à distance. Il y a beaucoup de femmes, mais vous êtes la seule qu'il m'a présentée.

— *Signora* Corretti. Je ne pense pas que Santo voulait me présenter à vous au sens traditionnel du terme.

Il fallait qu'elle mette les points sur les i, décida Ella.

— Je crois que c'est fini entre Santo et moi.

— Vous croyez ?

Ella pensa à Marianna. Même si c'était elle qui lui avait pour ainsi dire présenté cette tentation sur un plateau, l'empressement avec lequel elle avait mordu à l'hameçon était insupportable.

— Non, c'est une certitude. Certaines choses sont impardonnables.

Pas question de discuter de sa vie sexuelle avec la grand-mère de Santo, bien sûr. Mais quand on était amoureuse d'un homme comme lui, ce n'étaient pas les griefs qui manquaient.

— Ce film était soi-disant très important pour lui. Pour ce village, pour la réputation de la famille. Mais il est parti du jour au lendemain…

Ella s'interrompit. Il ne fallait pas flancher. Pas poser de questions. Mais ce fut plus fort qu'elle.

— Savez-vous où il est ? Savez-vous ce qui s'est passé et qui l'a poussé à partir.

A son grand dam, elle se mit à pleurer.

— Savez-vous avec qui il est ?

— On ne pose pas ce genre de questions dans ma famille.

Non, bien sûr ! Ils étaient si corrompus et si puissants qu'ils vivaient selon leurs propres règles, sans se soucier de savoir qui ils piétinaient au passage.

— C'est un film…

Teresa haussa les épaules.

— Vous pouvez lui pardonner si vous le décidez.

— Vous, vous pourriez peut-être.

Elle adorait cette vieille dame, songea Ella. C'était pour cette raison qu'elle pouvait être honnête avec elle. Parce qu'elles savaient toutes les deux que ce n'était pas du film qu'elles étaient en train de parler.

— Moi non. Jamais.

Et c'était réconfortant de savoir qu'elle avait des limites. Que même si elle aimait éperdument Santo, elle refusait de fermer les yeux. Et que la vie continuerait. Sa vie. Apaisée par cette pensée, Ella cessa de pleurer et reprit sa conversation avec Teresa en souriant.

— Il faut que je rentre, dit Teresa un long moment plus tard, alors qu'Ella tombait de sommeil et s'efforçait de ne pas le montrer. A moins que nous prenions un café…

Ella faillit refuser, puis elle se ravisa. Elle n'était peut-être pas comme sa mère, mais celle-ci lui avait inculqué certaines règles de savoir-vivre.

— Avec plaisir.

— Peut-être ferions-nous mieux de prendre un Amaro… C'est bon pour la digestion.

Ella devait se lever bien avant l'aube, mais elle accepta de boire une tisane en écoutant Teresa évoquer Salvatore.

— Je parle trop, finit par dire la vieille dame.

— J'ai été ravie de bavarder avec vous.

— Vous êtes gentille, répliqua Teresa alors qu'Ella la raccompagnait à sa voiture, dans laquelle le chauffeur attendait patiemment. Vous avez été charmante avec moi. J'ai passé une très bonne soirée.

— Moi aussi.

C'était vrai, songea Ella. Même si elle était morte de fatigue…

Elle eut tout juste la force de régler la sonnerie de son réveil avant de s'affaler dans son lit, trop épuisée pour penser à Santo ou au tournage qui se terminait le lendemain.

16

Au réveil, cependant, Santo manqua à Ella.

Elle se leva et regarda par la fenêtre. La mer miroitait sous le clair de lune et le bateau était arrivé. Le bateau auquel Santo tenait tant mais pas au point de rester pour le voir…

Oui, elle avait le cœur brisé. La souffrance commençait à se faire sentir, mais elle était accompagnée d'une colère sourde. Comment ne pas s'en vouloir pour toutes les erreurs qu'elle avait commises ?

Mais ce n'était pas le moment de se lamenter sur son sort. Ella enfila sa tenue favorite — jupe en jean et T-shirt dos nu. Puis délibérément, elle appliqua du mascara sur ses cils. Il n'était pas waterproof. Pas question donc de verser une seule larme de la journée.

Elle aurait tout le temps de pleurer cette nuit quand le tournage serait terminé. Elle emporterait dans sa chambre une de ces maudites bouteilles de champagne qu'elle avait commandées et elle la boirait tout entière.

Ce fut cette perspective qui l'aida à tenir pendant le tournage de la scène finale. La vue des mains du mari se promenant sur le corps de Taylor lui rappela cruellement celles de Santo sur le sien. Vivement que cette scène soit terminée ! Que cette journée soit terminée et qu'elle puisse dire qu'elle avait mené le film à terme !

Il y aurait bien quelques prises à filmer en studio, mais l'essentiel était fait ou presque. Ce n'était plus qu'une question de secondes.

Le mari et la femme s'embrassaient, les mains du mari exploraient le corps de la femme et il prenait conscience de son infidélité. Tout le plateau était en larmes, y compris Ella. Derrière le couple, le bateau illuminé scintillait sur la mer, et les figurants à bord exécutaient leur ballet avec une précision d'horlogerie. Ella regarda dans le viseur pour le zoom sur le couple. C'était parfait. Absolument parfait.

Elle sentit une présence à côté d'elle. Sans tourner la tête, elle sut qui c'était. Santo était revenu. A son grand dam, son cœur se mit à battre la chamade. Pourquoi ? Pourquoi était-elle toujours aussi troublée par sa présence ? Mais pas question de le regarder.

— Dis « coupez ».

— Pas encore.

— S'il te plaît, insista Santo. Comme ça je pourrai t'emmener dans la caravane.

Dans la caravane ? Il plaisantait !

— Il faut que je te parle.

— Je suis occupée…

Mais elle cria « coupez », parce que c'était terminé, et toute l'équipe applaudit. Elle s'essuya les yeux avec un Kleenex et ne put s'empêcher de pouffer à la vue des traînées noires. Après tous les efforts qu'elle avait faits pour ne pas pleurer à cause de lui, voilà qu'elle était obligée de se montrer à lui avec une tête de panda !

— Ces larmes ne sont pas pour toi, dit-elle sans le regarder.

— Je sais, répliqua-t-il. Je t'observais.

Toujours incapable de le regarder, elle s'efforça de rester concentrée sur le film.

— Tout s'est bien passé. Il faut que j'aille féliciter…

— Pas maintenant. J'ai besoin que tu viennes avec moi.

Elle se tourna vers lui et crut être revenue au premier jour où elle avait couché avec lui. Il avait l'œil gauche au beurre noir et la lèvre fendue. Sauf que cettc fois, elle ne voulait absolument pas savoir pourquoi. Elle voulait rester le plus possible en dehors de la vie personnelle de Santo.

— J'ai quelque chose à te dire. Tu risques de…

Pour une fois Santo, qui d'ordinaire parlait anglais couramment, cherchait ses mots.

— Tu risques de trouver que j'ai dépassé les bornes.

Ella ferma les yeux. Ça lui apprendrait à jouer avec le feu. Au moment même où elle lui avait trouvé l'assistante de ses rêves, elle avait pris ses distances avec lui. Comment le blâmer d'avoir succombé à la tentation ? Elle se disait incapable de lui pardonner, mais n'était-elle pas aussi coupable que lui ?

Mais ce n'était pas une conversation qu'ils pouvaient avoir sur le plateau. On leur tendait des flûtes de champagne et la fête démarrait. Ella suivit Santo dans sa caravane, l'estomac noué.

— Ce n'était pas prémédité. J'ai cédé à une impulsion.

Ella tenta de jouer la désinvolture, de dire qu'elle comprenait, mais des larmes lui brouillaient la vue. Non, elle ne pouvait pas.

— « Si un homme me trompe une fois, honte à lui. S'il me trompe deux fois, honte à moi », murmura-t-elle.

Ce vieux proverbe italien, celui qu'avait crié son assistante précédente le jour de son départ. Santo avait dû l'entendre des centaines de fois, songea-t-elle avant de poursuivre :

— Tu sais, tout ce que j'aime chez toi, c'est aussi tout ce que je déteste, poursuivit-elle.

Il plissa le front.

— Je ne te pardonnerai pas. Je sais que ça peut paraître puéril mais je n'y peux rien. Je suis comme ça. Incapable de pardonner.

Elle ferma brièvement les yeux.

— Je suis au courant pour Marianna.

— Marianna ? Elle est partie.

— Bien sûr. Parce qu'elle a couché avec toi. C'est pour ça que je ne peux pas mélanger travail et plaisir.

— Ella, je trouve aberrant que nous ne couchions pas ensemble. Ça me rend fou mais je respecte ta décision. Mais Marianna…

Il secoua la tête.

— Tu me crois vraiment désinvolte à ce point ? J'ai été obligé de la renvoyer parce qu'elle s'est jetée à ma tête.

Stupéfaite, elle le dévisagea sans un mot.

— Je suis sorti de la douche et… Tu n'as pas besoin de détails. Il y avait du champagne, des dessous en dentelle…

Il eut le sourire charmeur qui la faisait fondre.

— Il ne s'est rien passé. Même pas un baiser.

— Tu n'as pas couché avec Marianna…

— Je viens de te le dire.

Santo ne mentait jamais, se rappela Ella. Et il reconnaissait toujours ses erreurs.

— Elle a essayé, mais ça ne m'a fait ni chaud ni froid. Rien du tout.

Il réfléchit un instant.

— Peut-être un petit frisson. Tout petit.

Ella ne put s'empêcher de sourire. Oui, il était d'une honnêteté scrupuleuse…

— Tu m'as tellement manqué.

Il la prit dans ses bras et enfouit son visage dans ses cheveux.

— J'ai tellement envie de toi…

— Santo…

Elle tenta de se dégager.

— Tu ne peux pas disparaître puis revenir comme si de rien n'était.

— Si je peux…

Il dénoua les liens du T-shirt dos nu avec des doigts fébriles.

— Tu me pardonneras bientôt, mais d'abord il faut que je te fasse l'amour.

— Non.

— Il le faut…

Il lui enleva son T-shirt.

— Ella, s'il te plaît, ça fait trop longtemps…

— Que t'est-il arrivé ? demanda-t-elle en regardant son visage tuméfié. Santo ?

— Tu n'as pas besoin de le savoir tout de suite.

— Si. Je veux savoir ce qui se passe. Je regrette mon attitude. Je regrette de ne pas avoir été là pour toi alors que tu avais des problèmes. J'étais tellement repliée sur moi-même, tellement méfiante, que j'ai oublié tout ce que tu endures.

— Et…, dit-il en dégrafant son soutien-gorge et en enfouissant son visage entre ses seins.

— Et j'ai eu tort, reconnut-elle.

— Pourquoi ?

Il aspira un bourgeon hérissé entre ses lèvres.

— Pourquoi ?

— Parce que…

La voix d'Ella s'étrangla sur un gémissement.

— Parce que j'ai besoin que tu sois auprès de moi pour me soutenir, dit Santo.

Il lui enleva sa jupe, la renversa sur le lit puis se déshabilla avec fébrilité.

— Comme j'ai besoin d'être auprès de toi pour te soutenir.

— Où étais-tu, Santo ?

Il couvrit son corps de baisers, puis fit une pause.

— Tu as vraiment besoin de le savoir maintenant ?

Parcourue de longs frissons, elle lut dans ses yeux une passion qui acheva de l'enflammer.

— Non.

— Répète-le.

— Non.

— Non quoi ?

— Non, pour l'instant je n'ai pas besoin de savoir où tu étais.

— Parce que ?

Il prit place entre ses cuisses.

— Parce que ? insista-t-il.

— Parce que je te fais confiance.

Elle était impatiente de l'accueillir en elle, mais il la fit encore attendre.

— Ce qui signifie ?

— Que je t'aime.

— Bonne réponse.

Il s'enfonça en elle d'un coup de reins puissant et elle s'abandonna au bonheur de le retrouver. Oui, elle l'aimait. Depuis des mois elle refusait de l'admettre mais aujourd'hui elle ne pouvait plus se voiler la face. Et que de son côté il l'aime ou non, ça ne changerait rien à son amour pour lui. Renonçant enfin à lutter contre ses sentiments, Ella s'abandonna sans réserve au plaisir que seul Santo pouvait lui donner.

Plus tard, elle se couvrit avec le drap. Comme chaque fois, nota Santo avant de demander avec un large sourire :

— Tu m'aimes ?

— Inconscience ou stupidité ?

— Je suis adorable.

— C'est ce que m'a dit ta *nonna*.

Santo pouffa mais au même instant la porte de la caravane s'ouvrit et Ella plongea sous les draps.

— Je n'ai rien vu, dit une voix vaguement familière, qui ne semblait pas le moins du monde embarrassée. Je reviendrai. On m'avait dit que l'entretien…

— Paulo ? coupa Santo.

Brûlante de honte sous les draps, Ella réprima un gémissement. Comment Santo osait-il prolonger son supplice en retenant Paulo.

— Quand pouvez-vous commencer ? poursuivit Santo.

— Est-ce que « Tout de suite » est la bonne réponse ?

Apparemment, oui, mais si la conversation se prolongeait une minute de plus, elle allait mourir de honte, songea Ella.

— Paulo, j'aimerais que vous sélectionniez un choix de bagues, dit Santo. Des bagues de fiançailles.

Ella crut que son cœur s'arrêtait de battre.

— Vous avez des préférences ? demanda Paulo.

— Elle a les yeux ambre, mais elle me trouverait superficiel…

— Et radin, dit Paulo.

— Non, je sais.

Ella roula les yeux sous les draps. Voilà que Santo faisait semblant d'avoir une illumination… Comme s'il n'avait pas tout prévu à l'avance.

— Un diamant, poursuivit Santo. Aussi gros qu'un glaçon et de la même forme.

— Taille princesse. Je m'en occupe.

Ella entendit Paulo se diriger vers la porte.

— Et ne vous inquiétez pas, Ella, lança-t-il avant de partir. Vous n'êtes pas obligée de m'emmener dîner.

— Il me paraît très bien, commenta Santo en découvrant Ella. Et je n'imagine pas qu'il puisse m'attirer un jour. Quoique…

Il eut un sourire malicieux.

— Tu connais le proverbe. Il ne faut pas dire « Fontaine… ».

Ella pouffa.

— Tu es incorrigible !

— Seulement en paroles.

Elle le considéra avec perplexité.

— Oui, j'arrête tout, assura-t-il. Je vais demander à Paulo de rayer les préservatifs de ma liste de shopping. Et si tu veux bien de moi, à partir de maintenant je serai exclusivement à toi.

Ce n'était pas la demande en mariage la plus romantique qu'on pouvait imaginer, mais c'étaient les paroles les plus touchantes qu'elle ait jamais entendues, reconnut Ella intérieurement.

— Je ne te ferai jamais souffrir, promit Santo.

— Je sais.

— Je suis sérieux, Ella. Je veux t'épouser dès que possible et je vais demander à Paulo de s'en occuper.

— Nous ferons ça discrètement…

Ella flottait sur un petit nuage. C'était incroyable… Ils étaient en train de parler de leur mariage !

— Non, nous allons faire ça dans les règles, objecta Santo. Un vrai mariage sicilien.

— Comment ? Nous ignorons où est ton frère, et mes parents ne viendront jamais.

— Hé, je croyais que tu me faisais confiance.

— Oui, c'est vrai. Teresa est venue me voir. Elle m'a un peu parlé de ce qui se passe dans votre famille. Je regrette sincèrement de ne pas avoir été auprès de toi.

— Tu es là maintenant. Et tu vas avoir l'occasion de rattraper le temps perdu. Crois-moi, c'est loin d'être terminé.

— Je suis désolée pour toi qu'il y ait autant de problèmes dans ta famille, murmura-t-elle en effleurant ses ecchymoses.

— La tienne n'est pas mal non plus. Ton père aime se servir de ses poings…

Ella voulut dire à Santo qu'elle préférait en parler une autre fois, mais il ajouta :

— Mais je t'assure que je ne lui ai pas rendu ses coups.

Ella le regarda avec effarement. Elle avait dû mal comprendre !

— Je suis allé trouver ton père pour lui demander ta main et j'ai vu ce que ça donnait.

— Santo ! s'écria-t-elle, affolée.

Et sa mère ? Elle n'osait pas imaginer ce qu'elle était en train de subir en ce moment même. Elle voulut se lever, mais Santo la retint et s'allongea sur elle.

— Ta mère est ici. Elle passe d'abord quelques jours chez ma *nonna,* et ensuite nous la conduirons chez ses sœurs.

Abasourdie, Ella resta un instant sans voix.

— Elle est partie…

— Elle avait peur, mais oui, elle a pris l'avion avec moi. Il faut que tu comprennes comment nous fonctionnons en Sicile. Ma grand-mère est comme elle. Elles sont loyales. Leur engagement est plus important qu'elles-mêmes.

— Mais comment as-tu réussi à la convaincre ? Avec moi elle n'a pas voulu partir.

— J'ai parlé avec ma *nonna*. Je voulais comprendre. Je voulais savoir ce qu'il fallait dire à ta mère pour avoir une chance d'être écouté.

— Mais comment ta grand-mère pouvait-elle savoir ?

Ella était au comble de la perplexité. D'accord, les deux femmes avaient des points communs. Mais elles menaient des vies complètement différentes… Elle regarda Santo. Pour une fois, il semblait avoir du mal à s'exprimer.

— Salvatore la battait.

Il eut une moue de dégoût.

— Elle te l'a dit ?

— Jamais. C'est une des raisons pour lesquelle elle t'apprécie. Tu respectes les mêmes règles que ma famille. Tu prétends que tout va bien, tu acceptes de rester dîner, tu fais tout ce que doit faire une bonne Sicilienne. Mais je lui ai dit qu'à partir de maintenant c'était terminé. Il n'est plus question de garder le silence sur certains problèmes. Elle est d'accord. Elle a gardé son secret trop longtemps.

— Comment l'as-tu découvert ?

— Cet anniversaire dont elle a parlé l'autre soir. J'écoutais à la porte. Je faisais souvent ça. Et j'ai entendu mon père parler à mon grand-père. Lui dire ce qu'il avait vu des années plus tôt.

— Et qu'à répondu Salvatore ?

— Que ça n'était arrivé qu'une seule fois. Ça ne change rien au problème. Personne d'autre n'est au courant, même pas Benito. Et j'ai promis à ma grand-mère de ne pas le répéter. Sauf à toi. C'est son histoire et c'est à elle d'en parler si elle en éprouve le besoin.

— Pourquoi ton père ne l'a-t-il pas dit à Benito ?

Santo haussa les épaules.

— Pour l'épargner, peut-être. Ils étaient rivaux, mais ils n'en restaient pas moins frères.

Ella avait encore du mal à croire qu'il avait eu le courage

d'aborder un sujet aussi douloureux avec sa grand-mère uniquement pour l'aider. Elle le lui dit.

— C'est normal, répliqua-t-il le plus naturellement du monde. Je te soutiendrai toujours, comme tu me soutiendras dans les prochains mois pendant que ma famille continuera à se déchirer.

— Ça va peut-être se calmer. Les liens familiaux sont quand même étroits.

— Et très compliqués. C'est au sein de la famille qu'on trouve ses pires ennemis mais aussi ses meilleurs alliés. Ma *nonna* dit que malgré tout ce qu'il a fait ta mère ne pourra pas s'empêcher d'avoir peur pour ton père.

— Moi aussi j'ai peur pour lui, reconnut Ella.

Contrairement à ce qu'elle pensait, le savoir seul et malheureux ne lui apportait aucun réconfort.

— Tu n'as aucune raison, assura Santo. J'ai engagé une infirmière qui s'occupera de lui. Je l'avais promis à ta mère pour la convaincre de partir avec moi. Et je n'ai pas frappé ton père. Cependant, si j'avais su ce que je sais aujourd'hui, je ne suis pas certain que j'aurais pu me contenir. J'ai eu une longue discussion avec ta mère dans l'avion. Entre Sydney et la Sicile, on a largement le temps.

Ella sentit ses joues s'enflammer et des larmes noyèrent ses yeux.

— Il t'a battue.

— Une fois.

Comme il l'avait au sujet de son grand-père, ça ne changeait rien au problème, songea Santo. Mais il s'abstint de tout commentaire.

— Je suis partie de chez mes parents dès que j'ai eu assez d'argent pour me loger ailleurs, poursuivit Ella. Il y a quelques mois, j'y suis retournée pour demander à ma mère de venir vivre avec moi…

— Que t'a-t-il fait, exactement ?

Santo n'avait pas cru la version de sa mère et il insista

pour avoir des détails. Tandis qu'elle lui expliquait ce qu'elle avait vécu, il resta impassible.

— J'aurais dû porter plainte, reconnut-elle. Mais je savais que ce serait encore pire pour ma mère. Et je n'arrivais pas à comprendre qu'elle puisse rester après ce qu'il m'avait fait.

— Elle pense que tu ne pourras jamais lui pardonner.

— J'essaie.

— Alors j'essaierai aussi, dit Santo. Je ne lui montrerai jamais ma colère.

Il déglutit péniblement avant de poursuivre.

— Maintenant elle est ici. Je lui ai dit que nous ne pouvions pas nous libérer ce soir mais que nous irions la voir demain.

— Ce n'est pas très sicilien, plaisanta Ella.

— Je sais.

Santo lui rendit son sourire puis redevint sérieux.

— Je suis sûr que tes relations vont s'améliorer avec ta mère.

— C'est déjà le cas. J'ai failli l'appeler hier soir…

— Pourquoi crois-tu que tu as eu la visite de ma *nonna ?*

— C'est toi qui l'as envoyée !

— Bien sûr. Tu dois être au courant que les Corretti sont très doués pour les manigances. Nous voulions éviter que tu téléphones chez toi et que tu tombes sur ton père. C'est Teresa qui a eu l'idée de te faire veiller tard pour qu'en arrivant dans ta chambre tu n'aies qu'une idée en tête. Dormir.

Santo se leva.

— Maintenant, il faut aller à la fête de fin de tournage. Je suis dans le circuit depuis assez longtemps pour pouvoir disparaître sans qu'on m'en veuille. Mais toi, il faut que tu penses à ta carrière toute neuve.

Il était décidément plein d'attentions… Ella enveloppa d'un regard ému l'homme qu'elle aimait et qu'elle était impatiente d'épouser. Ils prirent le temps d'un dernier baiser avant de rejoindre la fête, mais Santo se rendit compte soudain qu'il avait oublié quelque chose.

— Je ne t'ai pas dit que je t'aimais.

— Je pense au contraire que tu n'as pas arrêté de le faire.

Épilogue

Comme le voulait la tradition sicilienne, l'église du village de la mère d'Ella était ornée d'un énorme nœud blanc signalant qu'on était sur le point d'y célébrer un mariage.

— Même en rêve, je n'ai jamais osé imaginer une journée comme celle-ci, confia Gabriella à Ella, tandis qu'elles marchaient en direction de l'église dans les rues pavées éclairées par des torches.

— Parce que ta fille épouse un Corretti ? plaisanta Ella avec un sourire malicieux.

— Ça, je n'arrive toujours pas à y croire ! s'exclama Gabriella en riant. Mais ce que je voulais dire c'est que je n'ai jamais osé rêver que j'assistais à ton mariage dans mon église en compagnie de mes sœurs.

Ensemble, Santo et Paulo avaient accompli des miracles.

Certes, Santo et Ella avaient voulu un mariage discret. Les Corretti étaient trop divisés pour qu'une grande réunion de famille soit envisageable. Par ailleurs, malgré ses griefs contre son père, Ella ne pouvait s'empêcher d'être attristée par son absence.

Cependant, pour Santo certaines traditions étaient incontournables.

Ella s'attendait à une cérémonie très intime. En dehors de sa mère, il n'y aurait que Teresa, ses tantes et ses deux petites-nièces demoiselles d'honneur. Mais quelle importance ? La seule personne qu'elle avait envie de voir quand les portes de l'église s'ouvriraient, c'était son futur mari.

Les portes s'ouvrirent et elle s'immobilisa sur le seuil, stupéfaite. L'église était bondée et des dizaines de visages souriants étaient tournés vers elle.

— Ton presque mari a invité les villageois. Ils sont tous heureux de me voir de retour et d'accueillir ma fille, expliqua Gabriella en souriant.

Très émue, Ella avança lentement vers Santo. A la vue de sa robe vert pâle, qui avait appartenu à une de ses tantes, il eut un sourire complice.

Dans la tradition sicilienne, une robe de mariée verte favorisait la fertilité. Santo et Ella savaient cependant depuis trois jours qu'ils n'avaient aucun problème dans ce domaine et ils étaient fous de joie.

Après une cérémonie très émouvante, Santo entraîna Ella dans une petite maison voisine de l'église et la fit asseoir sur ses genoux.

— Nous attendons ici pendant qu'ils mettent les tables en place pour la réception. Et nous nous tenons bien.

— Bien sûr…

Ils s'embrassèrent longuement.

Les Siciliens savaient faire la fête, constata Ella un peu plus tard. Comme le voulait la tradition, les tables étaient dressées dans les rues. On mangea, on but, on fit des discours, on mangea de nouveau, on but encore, on discuta avec animation et on rit beaucoup.

Ella jeta un coup d'œil à sa mère, qui bavardait avec Teresa. Elle non plus, même dans ses rêves les plus fous, elle n'aurait jamais imaginé vivre ça…

— Et maintenant on danse, dit Santo.

Elle qui considérait le mariage comme une simple formalité… Elle était apparemment plus romantique qu'elle ne le pensait, songea-t-elle en savourant le plaisir de danser dans les bras de Santo. C'était la soirée la plus merveilleuse de sa vie en compagnie du mari le plus fantastique du monde.

— Je t'aime, murmura-t-elle. Ne change jamais.

— Seulement en bien. Mais pas trop quand même, ajouta-t-il avec un sourire malicieux. J'ai prévu d'emporter trois scénarios à lire pendant notre lune de miel. J'aime tellement travailler avec toi, Ella. Nous ne nous ennuierons jamais.

Non, avec Santo on ne risquait pas de s'ennuyer…

— Quel genre de scénarios ? demanda-t-elle.

— Un policier, une comédie romantique…

Il s'interrompit.

— Et le troisième ?

Il répondit avec le plus grand sérieux.

— Un western.

Ella éclata de rire et les invités firent tinter leurs verres pour réclamer le baiser des mariés.

— C'est la tradition, dit Santo. Tu n'as pas le choix.

Non, elle n'avait pas le choix. Mais lorsqu'elle répondit à son baiser, ce ne fut pas par respect de la tradition.

Ce fut tout simplement par amour.

JENNIFER LEWIS

Sous l'emprise du cheikh

Traduction française de
FRANÇOISE HENRY

GENTLEMEN

HARLEQUIN

Titre original :
THE PRINCE'S PREGNANT BRIDE

Ce roman a déjà été publié en 2012.

1

— Comment ça, je *dois* l'épouser ? demanda AJ Rahia en tentant, malgré son indignation, de contrôler le ton de sa voix.

Des serveurs circulaient parmi les invités, proposant des coupes de champagne, et le brouhaha poli des conversations bourdonnait à ses oreilles. La jeune femme dont il était question se tenait à quelques mètres de là, entourée d'une nuée de pleureuses revêtues de leurs plus beaux atours.

La mère d'AJ lui prit la main.

— C'est ton devoir. Si le roi meurt, un de ses frères doit épouser sa veuve.

Les murs sculptés du vieux palais semblèrent se refermer sur lui.

— C'est ridicule ! Nous sommes au XXIe siècle ! Et je suis sûr qu'elle n'a pas plus que moi envie de ce mariage.

Il résista au désir de se retourner pour examiner la jeune veuve, qu'il n'avait pas revue depuis son mariage avec son frère, cinq ans plus tôt.

— Elle est aussi douce que belle, dit sa mère.

— Maman !

— Et je n'ai pas d'autre fils.

Il se raidit. A sa naissance, un problème avait privé sa mère de tout espoir d'avoir un troisième enfant. La culpabilité qui pesait sur ses épaules lors de ses séjours à Rahiri n'en était que plus lourde.

Il venait à peine d'arriver pour l'enterrement de son frère

— ou pour ce qui en tenait lieu, car on n'avait pas retrouvé son corps — et, déjà, son billet de retour pour Los Angeles lui brûlait les doigts.

— Elle va certainement vouloir porter le deuil au moins un an avant de songer au remariage, dit-il en posant une main sur l'épaule de sa mère.

Elle était si petite, si frêle. Ou alors c'était lui qui était immense. Et il eut envie de serrer dans ses bras cette mère exigeante, certes, mais débordante d'amour.

— Et quand le moment sera venu, ajouta-t-il, tu lui trouveras l'époux idéal.

— On ne choisit pas un roi, dit sa mère en levant vers lui un regard éploré. On naît roi.

— Et je ne suis pas né pour être roi ! Si tu savais le nombre de gens qui sont persuadés que je suis né pour diriger des films d'action !

Sa mère balaya l'objection d'un geste.

— C'est un caprice d'enfant, et tu le sais.

Elle serra sa main dans les siennes.

— Reviens à la maison, mon chéri. Tu es chez toi sur notre île, et nous avons besoin de ta présence.

Un étau lui serra brusquement la poitrine.

— Pour conduire le pays ? Je ferais un piètre dirigeant ! Pourquoi pas prendre cousin Ainu ? Il adore tout régenter. Il serait aux anges.

De sous ses cils lourds de mascara, elle lui jeta un regard de reproche.

— Les Rahia règnent sur Rahiri depuis la nuit des temps ! On ne brise pas une tradition d'un claquement de doigts.

— Le changement peut être bénéfique. Le roi est mort, vive le…

Devant l'expression de sa mère, il s'interrompit, plein de honte à l'idée d'avoir proféré une telle énormité.

— Pardonne-moi, maman, c'est un affreux manque de tact de ma part. Je ne voulais pas dire que la mort de Vanu était… était…

Une bonne chose ?

C'était pourtant la première idée qui lui avait traversé l'esprit en apprenant la nouvelle.

D'un autre côté, s'il devait revêtir le costume trop étroit de son frère, il n'y avait pas de quoi se réjouir.

— Je sais, mon chéri. Tu as toujours été si impulsif, si anticonformiste…

— … et, par conséquent, absolument inapte à grimper sur un trône !

En réalité, il n'était pas aussi rebelle qu'il le prétendait, mais, en l'occurrence, sa mauvaise réputation jouait en sa faveur.

— Viens parler à Lani, dit sa mère.

Son sourire fardé n'adoucissait en rien la détermination de son regard. Il regarda autour de lui, espérant que personne ne se doutait de ses intentions, et surtout pas la veuve de son frère.

Sa mère le poussa à travers la pièce, sa main aux ongles peints de rouge fermement refermée sur son bras.

— Lani, ma chère, vous vous rappelez AJ, le jeune frère de Vanu ?

Une expression inquiète passa dans le regard de la jeune femme.

— O-oui, bien sûr. Ravie de vous revoir, dit-elle avec un sourire contraint.

Elle savait. Et elle n'était pas du tout d'accord.

En lui serrant la main, il sentit ses doigts trembler contre sa paume. Petite et mince, elle disparaissait dans la traditionnelle robe de deuil bleue qui dissimulait en partie ses longs cheveux. Il se rappelait ses yeux, d'un brun doré peu commun, mais pas ce regard anxieux.

— Je vous présente mes condoléances, dit-il en détournant le regard, selon la coutume en usage à Rahiri.

Une coutume pleine de bon sens, car Lani Rahia était une vraie beauté.

Ses traits fins et racés trahissaient sa double ascendance

rahiienne et américaine. Elle avait une peau de lait et de miel, selon la formule consacrée, et ses épais cheveux lustrés, apparemment bruns, resplendissaient comme de l'or dès qu'ils étaient touchés par le soleil.

Il comprenait pourquoi son frère — à moins que ce ne fût sa mère ? — avait choisi Lani pour reine malgré ses origines obscures.

Lani retira vivement sa main et la frotta machinalement sur sa robe. Cette poignée de main présageait une intimité dont la seule idée lui donnait la nausée.

On s'attendait à ce qu'elle épouse AJ Rahia pour l'unique raison qu'il était le frère cadet de son mari.

Point positif, il avait eu le bon goût de ne pas la regarder dans les yeux, à la mode américaine. Il n'était pas américain, bien sûr, mais il vivait à Los Angeles depuis si longtemps qu'il avait dû en prendre les habitudes.

Il était plus grand que son frère, et plus large d'épaules. Et, pour ce qu'elle en avait aperçu, il semblait sympathique.

Mais elle était bien placée pour savoir que les apparences étaient parfois trompeuses.

— La disparition de Vanu a dû vous porter un coup terrible, dit-il.

Sa voix grave flotta dans l'air le temps que Lani émerge de ses pensées.

— Certainement ! répondit-elle avec empressement. Il est sorti un soir, pour réfléchir, a-t-il dit, et il n'est jamais revenu.

Ce soir-là, elle était restée allongée dans le lit, tremblant de terreur en attendant qu'il revienne « finir le travail », comme il le lui avait promis avec un sifflement cruel dans la voix. Et les heures s'étaient écoulées dans l'attente du châtiment.

Puis le soleil s'était levé, et les oiseaux s'étaient mis à chanter.

— Ce doit être pénible de ne pas savoir ce qui est arrivé, dit AJ d'une voix pleine de compassion.

Que signifiaient ces initiales ? Elle ne connaissait même pas son nom rahiien que personne n'utilisait jamais.

— C'est affreux, dit Priia, sa belle-mère, en se tapotant les yeux avec un mouchoir. Mais après quatre-vingt-dix jours…

Elle étouffa un sanglot dans le carré de lin.

— … on doit choisir un successeur.

Lani se crispa. Selon la tradition, le successeur devait la prendre pour épouse. Sans doute dans le but d'offrir une protection aux enfants de la veuve royale et d'éviter les querelles de succession. Mais elle n'avait pas d'enfants.

— Quatre-vingt-dix jours…, murmurait AJ. Il reste un peu plus d'un mois. Qui accède au trône si le roi n'a ni frère ni sœur ?

— Le roi n'est jamais enfant unique, dit Priia en s'essuyant les yeux. Une épouse rahiienne se doit de porter de nombreux enfants.

Elle fut, de nouveau, secouée d'un sanglot.

Lani glissa un regard vers AJ dont le visage exprimait la pitié.

— Voyons, maman, je t'en prie, ne te mets pas dans cet état. Nous allons trouver une solution.

Il glissa un bras rassurant autour des épaules de sa mère et la tendresse du geste réchauffa le cœur de Lani.

Priia sourit à son fils.

— Merci, mon chéri. Si tu emmenais Lani prendre l'air ? La pauvre petite doit avoir besoin de repos après toute cette effervescence.

Sous le regard d'AJ, elle déglutit. Elle aurait de beaucoup préféré rester sur la sellette avec de quasi-inconnus que se retrouver en tête à tête avec… son futur mari.

On n'allait tout de même pas l'obliger à subir cette épreuve ?

— Voulez-vous, euh…

A court de mots, il lui tendit son bras.

Réprimant un geste instinctif de recul, elle obtempéra. Son bras était souplement musclé sous ses doigts, et non pas sec et dur comme celui de son mari. Enfin, de feu son mari. Et le contact la troubla.

Il s'éclaircit la gorge.

— Je te prie de nous excuser, dit-il à sa mère.

— Faites, je vous en prie !

Priia Rahia arborait un sourire ravi. Sans doute supposait-elle ses projets en bonne voie d'accomplissement.

Quand ils quittèrent la pièce, Lani s'efforça de garder l'air impassible. Les gens qui l'entouraient s'attendaient-ils vraiment à ce qu'elle épouse cet homme ? Se pouvait-il qu'ils guettent avec avidité les signes d'un rapprochement alors que Vanu n'était pas encore refroidi dans sa tombe ? Enfin, Vanu n'avait pas à proprement parler de tombe puisqu'on n'avait retrouvé ni son corps ni son bateau.

— Je vous prie d'excuser ma mère, dit AJ à voix basse quand ils se retrouvèrent dans une galerie fraîche et déserte.

Il lui retira son bras et le sien retomba à son côté. Perché dans le treillage, un petit perroquet bleu les observait.

— Elle agit au mieux, de son point de vue, dit-elle.

Elle le regarda, essayant de percer ses sentiments à jour.

— Partagez-vous ce point de vue ? demanda-t-il, rembruni.

Elle croisa son regard d'un brun chaud.

— Je ne sais pas, répondit-elle dans un murmure. J'ignore tout de ce genre de situation.

Elle se sentait surtout incapable de renier des siècles de tradition devant un prince rahiien. S'il ressemblait un tant soit peu à son frère, il lui ferait savoir son désaccord dans les termes les plus crus.

— Enfin, dites-moi : trouvez-vous normal d'épouser un inconnu ?

La question l'embarrassa.

— Je n'avais rencontré Vanu que trois fois avant de l'épouser.

— Si je comprends bien, c'est ma mère qui s'est chargée de tout, dit-il en dardant sur elle un regard inquisiteur.

Elle hocha la tête. Elle sentait sa nuque brûler sous ses longs cheveux et aurait voulu pouvoir courir à sa chambre pour y pleurer à son aise.

Pas sur le disparu, mais sur elle-même et sur la situation sans issue à laquelle elle était confrontée. Elle devait choisir entre subir un second mariage de raison ou, si elle le refusait, connaître la disgrâce et le déshonneur.

Discrètement, elle essuya les larmes qui lui montaient aux yeux.

— Ne pleurez pas, je vous en prie ! dit-il. Asseyons-nous à l'ombre. L'air frais nous fera du bien à tous les deux.

La galerie le long de laquelle ils circulaient ouvrait sur les jardins, comme d'ailleurs presque toutes les pièces du tentaculaire palais. Des treillages de bois sculpté dispensaient une ombre bienfaisante, tandis que les toits en hauteur protégeaient des pluies tropicales. Des oiseaux aux vives couleurs et de gracieux lézards circulaient librement parmi les colonnades ouvragées.

Malgré tout, elle respirait mal, oppressée par ce qu'il allait lui annoncer.

Elle lui arrivait à peine à l'épaule et, à cause de la robe qui entravait ses pas, elle avait du mal à suivre ses longues enjambées. Il dut s'en apercevoir, car il ralentit l'allure pour rester à sa hauteur.

Dans son costume de couleur sombre, il devait souffrir de la chaleur humide des tropiques.

— Désirez-vous une boisson fraîche ? demanda-t-elle d'un ton poli.

— Non, merci. Ecoutez, je n'ai rien contre vous. Je suis sûre que vous êtes charmante. C'est simplement que j'ai une vie aux Etats-Unis. Je suis réalisateur de films et…

— Je sais, dit-elle aussitôt. Votre mère est très fière de vous. Elle regarde toute la série des *Dragon Chaser* au moins une fois par mois.

Il s'arrêta brusquement.

— Ma mère ? Vous plaisantez !

— Pas du tout. L'an dernier, elle a fait aménager une salle de projection pour regarder vos films dans les meilleures conditions.

Il écarquilla les yeux.

— Elle n'y a jamais fait la moindre allusion.

Devant sa stupéfaction, elle ne put retenir un sourire.

— C'est une fan de votre travail. Et elle apprécie aussi beaucoup l'acteur principal. Elle le trouve mignon.

— Devi Anderson ? Mignon ? dit-il en éclatant de rire. Rien ne saurait me surprendre davantage. Enfin… mis à part le fait que je doive vous épouser.

Les yeux au sol, elle se donna une contenance en arrangeant ses cheveux dans son dos. Devait-elle s'excuser d'être un fardeau ? Comme si elle était responsable de ce gâchis !

D'ailleurs, il aurait pu mal le prendre.

Malgré les apparences, il pouvait très bien avoir le même esprit tordu que son frère et entrer dans une rage folle au moment où elle s'y attendrait le moins.

— Désolé. Je n'aurais pas dû remettre la question sur le tapis. C'est tellement… ridicule. Et mardi j'ai une réunion de la plus haute importance avec des financiers.

Une lueur d'espoir s'alluma dans le cœur de Lani. Il n'avait pas l'intention de s'installer sur le trône, ni de l'épouser ! Loin de prendre ombrage de son manque d'intérêt, elle en conçut un immense soulagement. Il lui semblait avoir soupé du mariage pour le restant de ses jours.

Ils avaient atteint la véranda d'où, à l'abri des palmiers, on jouissait d'une magnifique vue sur la vallée Haialia. Ils prirent place dans deux profonds fauteuils séparés par une table de bois sculpté.

— Que croyez-vous qu'il soit arrivé à Vanu ? demanda-t-il doucement.

Sous son regard interrogateur, elle se recroquevilla.

— Un bateau manquait dans le bassin du palais, un petit

yacht qu'il utilisait parfois. On a supposé qu'il l'avait pris et avait sombré en mer. Cette nuit-là, il y avait une tempête.

Elle frissonna tandis que des images de Vanu disparaissant dans les flots déchaînés lui traversaient l'esprit.

— S'il y a eu une tempête, le yacht a pu rompre ses amarres, dit-il, réfléchissant tout haut. C'est relativement courant ici.

— C'est vrai, mais l'île n'est pas si vaste et on a effectué des recherches pendant des semaines. Vanu n'a pas pu disparaître d'un coup de baguette magique.

Elle se mordit la lèvre.

— Et il n'a pas pris d'avion. Ils étaient tous à l'aéroport.

— Pourquoi est-il sorti en mer un soir de tempête ?

Elle se sentit rougir sous son regard. Personne ne connaissait la vérité et, à présent qu'elle était libérée des chaînes du mariage, elle ne voyait pas l'intérêt de dévoiler l'enfer que Vanu lui avait fait vivre.

Elle tenait aussi à protéger sa belle-mère, qui l'avait accueillie comme sa propre fille et vouait un culte à son aîné.

— Il était très agité et n'arrivait pas à dormir, répondit-elle, les yeux fixés sur l'horizon où la brume de la forêt équatoriale flottait au-dessus de la cime des arbres. Il arpentait souvent les jardins la nuit.

— Enfant, il faisait déjà cela. On aurait dit qu'il ne dormait jamais.

Croyant surprendre une intonation étrange dans sa voix, elle lui jeta un regard curieux. Mais, devant la crispation de ses traits, elle se dit que ce grand frère qu'il ne reverrait jamais devait lui manquer.

Il avait un beau visage, avec des pommettes bien dessinées et une petite fossette dans le menton. Ses lèvres pleines, au pli amical, différaient totalement de celles de son frère, toujours pincées.

Elle avait épousé Vanu parce que tout le monde l'avait poussée à le faire. Comment imaginer, en effet, qu'une simple fille de blanchisseuse repousse l'occasion de devenir reine ?

A l'époque, elle n'avait pas su trouver les arguments pour refuser.

— Comment maman l'a-t-elle pris ? demanda-t-il.

— Elle est très affectée. Elle a beaucoup pleuré, elle qui ne le fait jamais.

— C'est affreux de perdre un enfant, dit-il en se frottant les tempes. Enfin, dans son malheur, elle a la chance de vous avoir. Je sais qu'elle vous adore.

A l'évocation de Priia, elle sourit.

— Elle a été très gentille avec moi. Tout le monde a été gentil.

Excepté Vanu.

— J'imagine que si je repars à Los Angeles vous régnerez.

Elle se redressa brusquement.

— Moi ? Mais c'est impossible ! Je ne suis pas de sang royal.

— Vous n'êtes peut-être pas née reine, mais vous l'êtes déjà, au cas où vous n'auriez pas remarqué !

— Seulement en titre. En réalité, je ne suis qu'une villageoise.

— Je croyais que vous étiez née au New Jersey ? dit-il d'un air étonné.

— Mes parents ont divorcé quand j'avais sept ans. Ensuite, ma mère est revenue s'installer à Rahiri.

Les gens accordaient beaucoup trop d'importance à sa naissance en terre étrangère. Sa double nationalité l'auréolait, à tort selon elle, de mystère.

— Vous semblez bien cultivée pour une simple villageoise, dit-il.

Et, sous son regard pénétrant, son cœur se mit à battre plus vite.

— Nous avons de bonnes écoles à Rahiri. Votre père a veillé à la qualité de notre système éducatif. La plupart de nos enseignants ont bénéficié de bourses pour étudier à l'étranger et rapporter leurs connaissances à Rahiri.

— Votre père est bien professeur ?

Il s'était penché vers elle et son odeur virile lui chatouillait les narines.

Ou voulait-il en venir ?

— De géologie, oui. Il m'a encouragée dans mes études. Je comptais préparer une licence d'histoire quand Vanu m'a choisie.

Et Vanu ne supportait pas de la voir plongée dans ses livres. Il disait qu'une aussi jolie tête devait être totalement vide.

— Vous pourriez reprendre vos études, dit AJ. Qu'est-ce qui vous en empêche ?

Il haussa les épaules.

— Moi, je n'ai jamais eu de patience pour les études. Ce que j'aime, c'est diriger une équipe sur un plateau !

— Vous êtes heureux à Los Angeles ?

— Parfaitement heureux ! Et je dois dire que Rahiri ne me manque pas le moins du monde.

— Vous manquez à votre mère.

— Je sais. C'est pourquoi elle saute sur le moindre prétexte pour venir me voir et écumer les boutiques de Los Angeles ! dit-il en souriant. J'apprécie ses visites et je pense qu'elle contribue pour une part non négligeable à l'équilibre de la balance économique des Etats-Unis.

— C'est votre première visite à Rahiri depuis le mariage, n'est-ce pas ?

— Oui. Je devrais éprouver des remords, mais je suis si occupé… Et puis, je ne me sens pas à l'aise ici.

Tout en se renfonçant dans son fauteuil, il passa une main dans son épaisse chevelure brune.

Une aussi longue absence avait de quoi surprendre. Mais, malgré ça, on s'attendait à ce qu'il monte sur le trône ?

C'était peu probable. Ce qui la libérait de l'obligation de devenir sa femme.

Elle poussa un long soupir. Plus vite il partirait, mieux elle se porterait.

— Le pays est pourtant magnifique, dit-il, pensif, le

regard porté sur l'horizon où un peu de ciel bleu et or apparaissait entre deux collines boisées.

Un toucan voleta dans un baobab, son bec brillant dressé.

— J'avais oublié sa beauté…

Au cours des jours qui suivirent, les tentatives de Priia pour convaincre AJ de rester se multiplièrent. Il y résista vaillamment jusqu'à la veille de son départ.

— Tiens, mon chéri, prends un gâteau à la noix de coco.

Les friandises préférées de sa mère passèrent sous son nez, disposées sur un plateau d'argent.

— Non, merci, maman. Vraiment.

Après trois jours de commémorations funéraires, il avait l'impression qu'il ne pourrait plus avaler une bouchée de sa vie.

— T'ai-je dit que mon avion décollait à 6 heures, demain matin ?

— Comment ? dit-elle, les yeux agrandis par la stupéfaction. Mais c'est impossible ! Tu as à peine eu le temps de faire connaissance avec Lani !

Il jeta un regard autour de lui pour s'assurer que la jeune femme n'était pas à portée d'oreilles.

— J'ai passé des heures avec elle. Elle est charmante.

— Et elle fera une bonne reine, avec toi comme roi.

Croisant les bras, elle fit tintinnabuler ses bracelets d'or.

— C'est impossible, dit-il.

— Non seulement c'est possible, mais encore c'est inéluctable ! riposta-t-elle d'une voix dure comme l'acier. Bien qu'il ait fallu une tragédie pour vous rapprocher, Lani et toi êtes destinés l'un à l'autre.

— Je suis destiné à m'atteler le plus tôt possible à la postproduction de *Hellcat Four : The Aftermath*. Et ensuite, si j'obtiens le financement, je m'attaquerai à la cinquième saison de *Dragon Chaser*.

Sa mère balaya l'objection d'un geste de la main accompagné du tintement de ses bracelets.

— Saison quatre, saison cinq, quelle importance ! Une de plus ou de moins ne fera pas de différence ! En revanche, il n'y a qu'un Rahiri, et tu es son chef.

— Les gens comptent sur moi. L'enjeu est énorme.

— C'est bien ce que je dis.

Elle se pencha vers lui et une bouffée de son parfum de chèvrefeuille lui parvint.

— Nous comptons sur toi. Moi, en particulier.

Il avait envie de hurler. Il n'était pas l'élu et personne à Rahiri n'avait jamais compté sur lui. Et voilà que, tout à coup, la situation se renverserait alors que lui n'avait pas changé ?

Sa mère le prit par le bras.

— Lani arrive. Ne lui annonce pas ton départ. Tu ne pars pas.

Il se libéra brusquement.

— Je pars. Ce qui ne m'empêchera pas, pendant que je suis encore là, d'être aimable avec elle.

Il sourit à la ravissante veuve qui traversait la pièce, sa robe brodée d'or étincelant à la lumière des bougies.

Avec ses pendants d'oreilles et le rubis qui ornait son cou, elle était parée pour le sacrifice.

L'idée qu'elle entrait dans le jeu de sa mère l'agaça. Elle n'avait donc aucun cran ? Ne considérait-elle pas qu'elle avait son mot à dire dans le choix de son époux ?

— Bonsoir, Lani.

— Bonsoir, AJ.

En signe de déférence, elle inclina légèrement la tête, ce qui accrut son irritation. Il aimait les femmes avec du caractère.

— Venez avec moi, dit-il en lui offrant son bras pour l'entraîner loin des oreilles de sa mère.

Il ignora la secousse voluptueuse que lui procura le contact de sa peau contre la sienne. Il ne pouvait tout simplement pas être attiré par cette créature craintive à peine sortie des bras d'un autre.

Ils gagnèrent un jardin intérieur bordé de plantes en pots.

— Vous êtes trop gentille, vous savez, dit-il sans préambule.

— Je… je…

Ses atermoiements étaient insupportables.

— Cela ne vous arrive jamais de vous exprimer en votre nom et de dire le fond de votre pensée ?

L'attaque la fit sursauter. Elle leva vers lui de grands yeux couleur miel, tout effarouchés.

— Je suis désolée, dit-elle.

En la voyant se mordiller les lèvres, il ressentit un brusque désir qui le rendit d'autant plus furieux. Elle avait un visage ravissant, c'était certain, mais ça ne faisait pas d'elle l'épouse rêvée ! Après tout, elle méritait peut-être d'être mariée à un inconnu.

Comme elle baissait la tête, une mèche dorée tomba sur son visage.

Il se moquait pas mal de savoir quelle texture ses cheveux auraient sous ses doigts, ou l'effet qu'ils produiraient en effleurant son torse nu tandis que, penchée sur lui, elle halèterait, ses yeux ambrés élargis par le désir.

Il s'en moquait parce que cela n'arriverait jamais.

Avec une grimace, il se détourna.

— Je prends l'avion demain matin. A vous de jouer, sœurette !

— Comment ?

Son cri résonna contre les murs.

— Vous m'avez compris. J'en ai assez de jouer la comédie. Nous n'avons rien en commun et je n'ai pas l'intention de sacrifier nos deux existences sur l'autel de la tradition rahiienne ! Je retourne à ma vraie vie.

Elle demeura sans voix, ce qui n'avait rien de surprenant. La plupart du temps, elle n'avait rien à dire pour son propre compte. Puis elle rougit.

— Vous ne m'aimez pas.

Il éprouva une pointe de remords. Elle n'avait rien fait de mal, après tout. Elle s'était simplement efforcée de tenir son rôle de jeune femme rahiienne à la perfection.

Dommage qu'il ne supporte pas les parfaites jeunes femmes rahiiennes.

Le rubis scintilla à son cou. Serti dans un entrelacs de fils d'or, le bijou royal avait probablement été porté par de nombreux agneaux sacrificiels avant elle. Ces femmes, si pressées de sacrifier leur vie pour un homme et un pays qui se souciaient peu de les savoir vivantes ou mortes, provoquaient chez lui un mélange de pitié et de mépris.

Il se pencha sur elle qui lui arrivait à peine à l'épaule.

— Vous êtes trop… gentille.

— Je ne suis pas du tout gentille, je vous assure, répondit-elle.

Craignait-elle tant de faillir à son devoir royal ?

— Je veux dire, reprit-elle, j'ai essayé, mais…

Les mots lui manquèrent. Ses joues rougies donnaient une impression d'excitation, ses lèvres pulpeuses, entrouvertes sur sa protestation, paraissaient prêtes au baiser, et l'éclat désespéré de son regard pouvait facilement passer pour du trouble. Une brutale envie de la posséder rivalisa soudain avec la fureur qu'il éprouvait.

Il avait envie de tirer d'elle, pour une fois, une réaction authentique. Dans la mesure où il l'abandonnait lâchement à un destin peu enviable, il voulait entendre l'air résonner de ses insultes, sentir sa colère agiter la brise nocturne, peut-être même sa petite main lui gifler le visage.

Alors, il se sentirait peut-être moins coupable.

Elle avait forcément un côté noir. Personne n'est exclusivement un ange.

Cédant à une brusque impulsion, il la prit dans ses bras et l'embrassa sans douceur.

L'espace d'un instant, il la sentit se contracter et il se prépara à une réaction violente.

Cependant, loin de le repousser, elle glissa ses mains dans son dos et serra son corps mince contre le sien. Et puis, ses lèvres s'écartèrent, dociles, accueillantes, tandis que ses doigts s'incrustaient dans son dos pour mieux l'attirer à elle et que ses seins se pressaient contre son torse.

Elle lui rendait son baiser avec ardeur. Stupéfait, il s'embrasa. Une flamme brûlait entre eux qui entraînait les battements de leurs cœurs dans une danse sauvage. Quand elle sentit son sexe durcir contre elle, un petit gémissement trembla dans sa gorge.

Ce n'était pas du tout la réaction qu'il avait escomptée.

2

AJ s'écarta le premier. Avec l'impression d'être brusquement seule et nue, Lani porta une main à ses lèvres. Quand elle ouvrit les yeux, elle découvrit son regard rivé au sien, plein de stupeur.

Que s'était-il passé ?

Il avait pris l'initiative du baiser de façon délibérée, impérieuse même. Pourtant, il n'avait pas vraiment eu envie de l'embrasser, elle en était persuadée.

Ses lèvres frémissaient encore de la passion dévorante qui les avait emportés, son cœur battait la chamade et les pointes de ses seins se dressaient contre le tissu de sa robe. Sa main, à présent pressée contre ses lèvres, avait, quelques instants plus tôt, agrippé sa chemise.

Elle éprouva une honte soudaine. Il avait dû l'embrasser poussé par le sens des responsabilités, pour prouver qu'il était capable, que ça lui plaise ou non, d'entrer dans le rôle qu'on voulait lui voir jouer.

Et sa réaction à elle avait été à des lieues du devoir.

Aurait-elle perdu la tête ?

De plus, son corps fourmillait de sensations inconnues.

Fuyant son regard, elle déglutit. Il n'avait pas fait un geste depuis que le baiser avait pris fin. Il avait dû la repousser pour qu'elle cesse de s'accrocher à lui et se libérer de son étreinte sauvage.

Le jour des funérailles de son époux.

Elle était folle, il n'y avait pas d'autre explication. Devait-elle s'excuser ? Soudain, la colère s'empara d'elle. C'était lui qui lui avait dérobé un baiser, il était responsable de ce qui en avait découlé !

Malgré tout, personne ne l'avait poussée à réagir avec autant d'ardeur.

Il la trouvait trop gentille ? Eh bien, maintenant, il savait qu'elle ne possédait pas que des qualités.

En rougissant, elle leva les yeux. Il passa la main dans son épaisse chevelure, ouvrit la bouche, mais aucun son ne sortit de ses lèvres.

Je suis désolée. Les mots lui traversèrent l'esprit, mais c'était une réponse toute faite qu'elle ravala avec amertume. Elle ne lui devait aucune excuse, pas plus qu'à son défunt mari. Ces hommes puissants prenaient ce qu'ils voulaient, sans une pensée pour leurs victimes. Elle ne voulait plus entendre parler mariage, encore moins avec un second Rahia.

Ces pensées inconvenantes tambourinaient dans sa tête comme une douleur lancinante. S'il savait ce qu'elle pensait, il…

Rassemblant d'une main les pans de sa robe, elle s'élança vers la porte.

AJ regarda Lani disparaître sous la voûte sculptée. Ne sachant que dire, il n'essaya pas de l'arrêter. Il ne savait même pas quoi penser. Si sa mère apprenait qu'ils avaient échangé un baiser brûlant, elle serait ravie. A moins qu'elle ne trouve scandaleux qu'ils se soient embrassés avant la fin des funérailles…

Il poussa un profond soupir. Il s'était attendu à ce que Lani cherche à défendre sa vertu, qu'elle lui jette des paroles blessantes à la figure, qu'elle le haïsse.

C'était le but recherché. Ensuite, elle n'aurait plus essayé de se faire épouser. Et il aurait été tiré d'affaire.

Mais elle avait paru apprécier son baiser.

Il secoua la tête pour tenter de remettre de l'ordre dans

ses idées. Et si elle avait fait semblant ? En tant qu'épouse royale, surtout épouse de son frère, elle devait avoir l'habitude de feindre.

Pourtant…

La façon dont elle avait planté ses ongles dans son dos, dont ses lèvres s'étaient entrouvertes pour l'accueillir, l'irrégularité de sa respiration ne laissaient guère de doute sur son trouble. Il l'avait même entendue gémir avant de reprendre ses sens et de la repousser.

Sa tenue ne lui avait rien épargné de l'effet physique que le baiser avait eu sur elle. De la lave coulait dans ses veines, ses doigts l'avaient démangé d'arracher la magnifique robe brodée d'or pour se repaître du doux corps qui se cachait en dessous.

Il étouffa un juron. Comment pouvait-il nourrir de pareils fantasmes au sujet de sa belle-sœur ? C'était une raison de plus pour ne pas revenir à Rahiri. Il menait une vie agréable à Los Angeles et c'était, de son point de vue, une existence raisonnable, dans laquelle de telles histoires étaient impossibles.

Malgré tout… Bien qu'il soit sorti avec bon nombre de femmes, aucune ne l'avait embrassé de cette façon. La curiosité se mêla à l'intérêt sensuel. La personnalité de Lani Rahia cachait des trésors qu'il ne soupçonnait même pas.

Ce soir-là, au banquet officiel donné en mémoire de son frère, AJ était assis à trois sièges de Lani. Vêtue d'une robe de deuil bleue, portant un collier d'or au motif compliqué qui devait peser plus lourd qu'elle, elle tenait à merveille son rôle de veuve royale.

Dressant l'oreille malgré lui, il guettait le son de sa voix. Elle parlait peu, se contentant de sauvegarder les apparences. Quand il regardait dans sa direction, il la voyait pincer les lèvres, comme si elle cherchait à garder quelque chose pour elle ou plutôt, après les événements de l'après-midi, à tenir quelque chose à distance.

Il essaya d'entretenir la conversation avec un membre respectable de la garde royale qui, entre les plats, consultait sans vergogne les résultats de cricket sur son portable. Quand on servit le dessert, il était résolu à entraîner Lani dans un coin pour lui demander des explications.

Son plan fut contrarié par un soudain malaise de la jeune femme. Il y eut une certaine agitation, on s'empressa autour d'elle et, finalement, un valet de pied l'accompagna à sa chambre.

Il se tourna vers sa mère.

— Que se passe-t-il ?

Elle s'essuya les lèvres avec sa serviette.

— La pauvre enfant ne se sent pas bien. Tu comprends, elle ne s'est pas remise de la mort de Vanu.

A travers la table, elle lui tapota la main.

— Je suis heureuse que tu te préoccupes d'elle. C'est une gentille petite.

Il toussota.

— J'en suis certain.

— A la fin du repas, tu devrais aller la voir pour t'assurer qu'elle a tout ce qu'il lui faut.

— Bonne idée.

Le chagrin était-il à l'origine de sa réaction inattendue, sous la véranda ? Il frissonna de dégoût à l'idée qu'elle ait pu le prendre pour son frère. Et il se demanda si son malaise était lié à leur baiser passionné.

Décidément, il avait besoin d'en avoir le cœur net.

Lani claqua la porte de sa chambre derrière elle et s'y adossa. Seule, enfin. Ce n'était pas facile d'avoir une minute à soi dans un palais. Une nouvelle nausée la souleva. Etait-ce la culpabilité qui la rendait malade et la tourmentait sans relâche ?

Ou bien…

Elle tendit l'oreille, guettant un bruit de pas. Mais, à part le bruissement nocturne des insectes dans les jardins, on n'entendait aucun bruit. C'était le bon moment. Tous les habitants du palais étaient occupés. Sa belle-mère elle-même, si attentionnée qu'elle fût, ne pourrait abandonner ses invités avant la fin du banquet.

Elle gagna la salle de bains, toute de marbre veiné d'or et équipée, selon les vœux de Vanu, d'une robinetterie en or massif. Il adorait se prélasser dans le bain pendant qu'elle lui massait les épaules. Elle avait encore du mal à se persuader qu'il ne la regarderait plus méchamment à travers la pièce pour l'abreuver d'injures ou lui donner des ordres stupides.

Elle se glissa dans le dressing où elle conservait ses affaires personnelles. Bien caché au fond d'un tiroir, il y avait le test de grossesse qu'elle avait réussi à se procurer, non sans mal.

Retenant son souffle, elle tâtonna à la recherche du petit paquet et ne put s'empêcher de jeter un coup d'œil par-dessus son épaule avant de le sortir de sa cachette.

Elle l'ouvrit et déplia la feuille portant les instructions.

Les nausées se faisant insistantes, elle dut s'appuyer au mur pour ne pas tomber. Elle poussa un profond soupir. Mieux valait en finir une bonne fois pour toutes avec cette terrible incertitude.

Elle lut soigneusement le mode d'emploi. Rien n'était plus simple : le signe plus indiquait un résultat positif ; le signe moins, un résultat négatif.

Le cœur serré, elle suivit les recommandations, puis arpenta la spacieuse salle de bains en attendant les résultats. C'était vraiment étrange. Au début de son mariage elle avait passionnément souhaité un enfant à couvrir de caresses et de baisers.

Cependant, quand Vanu avait révélé sa véritable personnalité, elle avait prié pour ne pas mettre au monde un enfant qui grandirait avec un père comme lui.

Eviter de tomber enceinte n'avait pas été trop compliqué, Vanu la touchait rarement. On aurait dit que, du simple fait de sa féminité, son corps lui faisait horreur. Ils n'avaient pas connu d'intimité pendant deux ans quand, cette fameuse nuit, elle lui avait exprimé le dégoût qu'il lui inspirait et qu'il l'avait violée.

D'un revers de la main, elle essuya ses larmes. La réponse devait être là, prête à être déchiffrée, mais elle n'osait pas regarder. L'enjeu était écrasant. Si le résultat était négatif, son rôle d'épouse royale s'achèverait et elle serait libre de reprendre le cours de sa vie, comme tout un chacun. Dans le cas contraire, mère d'un futur roi, son destin lui échapperait pour le restant de ses jours.

Au début, l'idée qu'elle puisse être enceinte ne l'avait même pas effleurée. Vanu lui avait assez reproché sa stérilité. Il prenait plaisir à la tourmenter sur son incapacité à offrir un héritier au trône, alors qu'il évitait les relations sexuelles. Et elle avait fini par donner foi à ses accusations.

Après sa disparition, elle s'était mise à souffrir d'étourdissements et de nausées qu'elle avait attribués à sa culpabilité. Car elle se sentait responsable de sa mort. Si elle ne s'était pas opposée à Vanu, il ne serait pas parti en mer en pleine nuit.

Avec le temps, ses malaises s'étaient accompagnés de symptômes déroutants. Humeur maussade, mamelons hypersensibles et léger épaississement de la taille. Tout cela était passé inaperçu aux yeux des autres, mais elle ne pouvait plus attribuer ces faits au remords.

Rassemblant tout son courage, elle s'empara du bâtonnet. Une minuscule croix rose l'ornait.

Elle était enceinte. De Vanu.

Le souffle coupé, elle s'appuya au mur. Et maintenant qu'allait-il se passer ?

Un coup sourd frappé à la porte la fit sursauter. Elle

enfouit le bâtonnet sous une pile de serviettes et essuya ses larmes.

— Qui est-ce ?

— AJ, répondit une voix grave.

— C'est que… euh… je ne me sens pas bien.

— Je sais. C'est pour cela que je suis là.

— Je vous remercie. J'ai juste besoin de repos.

— Laissez-moi entrer, s'il vous plaît. Juste une minute.

Elle hésita. Il avait beau être réalisateur hollywoodien et grand amateur de plaisir, il n'en était pas moins le second en ligne pour l'accession au trône. Elle ne pouvait l'ignorer.

Elle jeta au coup d'œil au miroir et tenta d'arranger son visage défait. Après s'être tapoté les joues pour y ramener un peu de couleur, et repoussé les cheveux derrière les oreilles, elle alla ouvrir.

AJ fit passer son poids d'un pied sur l'autre. Si elle ne se sentait pas bien, Lani n'avait probablement pas envie de recevoir de visites, surtout pas la sienne. Comme s'il ne suffisait pas qu'on lui impose de se marier avec lui, à son corps défendant, les événements de l'après-midi rendaient la situation encore plus délicate. Si elle l'avait giflé et envoyé au diable, tout aurait été plus simple, mais à présent…

Malgré tout, il avait besoin de la voir sous peine de ne jamais trouver le sommeil.

La porte s'entrouvrit, révélant son beau visage.

— Avez-vous pleuré ?

La question avait jailli spontanément de ses lèvres.

Elle secoua la tête.

— Vous avez le droit, vous savez. Après le deuil que vous venez de subir.

— Je sais.

Des larmes perlèrent à ses paupières.

— Désolée. La semaine s'est révélée si éprouvante avec toutes ces cérémonies…

— Vous devez être épuisée. Je suis venu vous prier de m'excuser de vous avoir embrassée de façon aussi cavalière.

Etrange. Il n'était pas venu dans l'intention de s'excuser, mais la vue de son joli visage mouillé de larmes avait produit un drôle d'effet sur lui. Il la trouvait belle à couper le souffle avec ses longs cheveux brun doré tombant sur ses épaules et ses lèvres roses.

Il maudit la manière dont son corps réagissait à sa présence. Etait-ce une façon de se comporter avec une veuve éplorée, fût-elle votre future femme ?

— Je vous remercie, dit-elle dans un murmure. Vous n'étiez pas obligé de vous excuser puisque je suis censée vous épouser. Mais j'avoue avoir été prise de court.

— A vrai dire, j'ai été le premier surpris.

Il retint le sourire qui lui démangeait les lèvres avant d'ajouter :

— Je ne m'attendais pas à une réaction aussi fervente.

Elle rougit.

— Je ne sais pas ce qui m'a pris. Je suis perturbée ces derniers temps. Trop d'émotions…

Sa voix se perdit et elle dissimula son regard sous ses cils baissés.

Il posa une main sur son bras.

— Ecoutez, ne m'en veuillez pas. Comme je vous l'ai dit, je vais partir. Ne craignez pas que je m'installe dans le lit de Vanu. Je crois que j'essayais de vous mettre en colère, et je le regrette, croyez-moi.

— Sans rancune.

— Vous êtes une charmante jeune femme.

— Quelquefois, je me le demande.

Comme elle levait les yeux sur lui, il crut y distinguer un éclair de malice. Et, tout émoustillé, il résista à l'envie de l'embrasser.

Pour se raisonner, il s'efforça de se rappeler les raisons de sa présence. Mais, au fond, en venant, peut-être espérait-il un second baiser…

— Etes-vous malade ? demanda-t-il.

— Pas vraiment.

Une expression étrange, proche de la panique, passa sur ses traits. Elle regarda par-dessus son épaule, comme si elle s'attendait à voir un fantôme dans le couloir.

— J'ai juste besoin de sommeil, dit-elle.

Déjà, elle s'apprêtait à refermer la porte.

— Aimeriez-vous que je vous fasse monter quelque chose des cuisines ? demanda-t-il pour gagner un peu de temps.

— Non, merci. J'ai suffisamment dîné.

— Un verre de vin, ou une tisane ? Quelque chose qui vous apaiserait ?

— Vraiment non.

— Désirez-vous parler ? Etre membre de la famille royale est parfois pénible, j'en sais quelque chose. Il faut en permanence bien se tenir, ne jamais relâcher son attention.

L'espace d'un instant, il la vit se détendre. Il crut même qu'elle allait l'inviter à entrer, mais elle examina de nouveau furtivement le couloir.

Cette fois, il se retourna. Il n'y avait que le scintillement des étoiles par les ouvertures du mur.

— Nous sommes seuls, dit-il. Encore que je ne sois pas certain que ça vous tranquillise.

Il sourit, essayant de se montrer rassurant. Il avait le curieux sentiment qu'elle voulait dire quelque chose.

Elle plissa les lèvres dans un geste plein d'une torturante sensualité.

— C'est très gentil d'être venu vous enquérir de ma santé.

Ses larmes avaient séché et ses yeux brillaient de nouveau, tristes mais beaux.

— La journée a été longue, ajouta-t-elle.

Elle pencha la tête et le regarda de sous ses cils.

— Je tiens à m'excuser pour la part que j'ai prise dans notre baiser. Je ne sais vraiment pas ce qui m'a pris.

— Ne vous excusez pas. Quelle que soit la raison de votre attitude, c'était délicieux.

Il lui sourit. Et une irrépressible envie de l'embrasser l'envahit. Sa peau, nacrée à la lumière de la lampe, semblait si douce, il respirait son parfum suave, et son regard frangé de cils sombres semblait l'appeler à l'aide.

Il posa ses lèvres sur les siennes, mais, cette fois, elle recula précipitamment et referma la porte.

— Idiot ! dit-il en se frappant la tête. Qu'est-ce qui te prend !

Tout de même, était-elle vraiment obligée de lui claquer ainsi la porte au nez ?

Examinant la galerie, il fut soulagé de la trouver déserte.

Qu'y avait-il donc chez cette femme qui le poussait à agir aussi inconsidérément ?

Lani courut à la salle de bains et ferma la porte à clé derrière elle. C'était le seul endroit où elle pouvait autrefois se cacher de Vanu, sans compter les lieux publics où ils se montraient et où elle disposait d'une relative sécurité. Dans la salle de bains, elle pouvait s'enfermer et oublier quelques instants sa cruauté.

C'était étrange, et consternant, de penser que désormais elle se cachait de son frère.

Mais s'en cachait-elle vraiment ?

Des sensations inhabituelles la parcouraient, frisson du contact rapide de ses doigts sur son épaule quand il s'était penché pour l'embrasser, brûlure de ses lèvres qu'il n'avait fait qu'effleurer. A vrai dire, si elle n'avait pas refermé aussi précipitamment la porte, elle se serait jetée dans ses bras.

Autrement dit, oui, elle se cachait d'AJ.

Et elle se cachait aussi de sa belle-mère. Il faudrait pourtant la mettre au courant de sa grossesse avant que celle-ci ne se voie.

Tout à l'heure, elle avait dû lutter contre l'envie puérile de tout raconter à AJ quand il lui avait demandé si elle voulait parler. Que n'aurait-elle pas donné pour se confier à une oreille compatissante, pour trouver le réconfort dans des bras solides, désireux de lui apporter l'apaisement, et non la souffrance.

Elle frissonna. Elle avait traversé tant d'épreuves, ces dernières années. Même si Vanu se permettait rarement de la toucher, sa langue était plus dangereuse qu'un fouet. Quelle différence avec son frère qui semblait chaleureux, facile à vivre et peu soucieux de porter des jugements ! A quoi cela pouvait-il ressembler d'avoir une relation avec quelqu'un qui aimait sincèrement les gens ?

Naturellement, elle n'en saurait jamais rien. AJ ne resterait pas. Il avait une vie, une vie bien remplie d'homme célèbre amateur de femmes. A ses yeux, Rahiri n'était qu'un petit bout de terre boisée, perdu dans l'océan Pacifique. Sa vraie vie était à Los Angeles.

Durant un bref instant, elle lui envia sa liberté. Il devait falloir une bonne dose de confiance en soi pour quitter sa famille et son pays.

Ces dernières semaines, elle avait beaucoup pensé à un retour à la vie normale. Elle avait même envisagé de rendre visite à son père, dans le New Jersey, et à ses deux demi-sœurs qui fréquentaient maintenant le lycée. La simple perspective d'aller dans un centre commercial s'acheter des chaussures lui paraissait excitante.

Elle poussa un long soupir. A présent qu'elle était enceinte, tout cela était du domaine du rêve. La nouvelle de sa grossesse bouchait toute perspective d'avenir.

Elle regarda de nouveau le bâtonnet. La petite croix était toujours là, bien visible, scellant son destin : elle serait la mère du nouveau membre de la dynastie royale rahiienne.

Le lendemain matin, après une nuit d'insomnie, Lani rejoignit sa belle-mère à la table du petit déjeuner et lui demanda un entretien privé.

— Tu as une mine épouvantable, mon enfant ! dit Priia

en prenant son visage dans ses mains. Ecoute, nous aimions tous Vanu, mais il n'est pas question que tu te laisses mourir de désespoir !

Elle lui remplit une assiette de salade de papaye bien mûre.

— Mange, et ensuite, bien sûr, nous parlerons, dit-elle avec un grand sourire.

Même si elle aimait beaucoup sa belle-mère, elle supportait mal de voir tourner les rouages de son cerveau derrière son expression aimable. Car Priia devait supposer qu'il s'agissait d'une conversation concernant sa future relation avec AJ.

Cependant, quelque chose dans son expression dut l'alerter.

— Si tu veux, dit-elle, allons tout de suite dans mon boudoir. Tu n'as qu'à emporter ton assiette.

Sur ces mots, elle la prit par le bras et l'entraîna loin des serviteurs aux visages impassibles.

— Apportez-nous du thé frais ! leur cria-t-elle par-dessus son épaule.

Sa belle-mère semblait allante et efficace, comme toujours. Ses cheveux bruns, coupés court, étaient brillants, et sa robe traditionnelle tombait parfaitement sur son corps ferme et replet. Il se dégageait d'elle une aura de sérénité et de bonté qu'elle avait beaucoup appréciée au cours des dernières années, et que la disparition et la mort présumée de Vanu avaient un peu entamée.

Lani tremblait quand elles atteignirent le sanctuaire de Priia, situé dans l'aile est du palais. Le soleil matinal qui pénétrait à flots par les fenêtres éclaboussait des coussins et des tentures ornés de broderies traditionnelles, ainsi qu'une collection de statuettes d'oiseaux.

— Assieds-toi, dit Priia, lui désignant un fauteuil recouvert de peluche rose. Il faut manger, tu sais. Tu es si pâle. Te sens-tu un peu mieux ?

Elle déglutit sa salive.

— Un peu.

Elle regarda le contenu de son assiette, l'estomac soulevé à l'idée d'en avaler une bouchée.

— Je ne suis pas vraiment malade, dit-elle, le cœur battant. J'ai des malaises parce que…

Priia pencha la tête et sourit.

— Qu'y a-t-il, mon enfant ?

— Je suis enceinte.

Priia ouvrit de grands yeux.

— J'ai bien entendu ? Tu attends un enfant ?

Elle hocha la tête, trop émue pour parler.

— J'en suis presque certaine, dit-elle après quelques instants. Au début, j'ai attribué mes malaises au stress de la disparition de Vanu, mais à présent… tous les symptômes sont là.

Elle baissa les yeux sur son ventre dissimulé par la robe à motifs bleus et verts.

— Un bébé ! s'écria Priia en joignant les mains.

Un sourire radieux illumina ses traits.

— C'est merveilleux !

— Oui, dit Lani, bredouillant.

— Un rayon de soleil dans ces heures difficiles !

Sa belle-mère se leva et se mit à arpenter le boudoir.

— C'est un miracle !

Elle ne partageait pas ce point de vue, loin s'en fallait, et cela ne faisait qu'ajouter à sa culpabilité. Elle aurait dû sauter de joie. A Rahiri, un bébé était toujours considéré comme une bénédiction.

Sauf si c'était l'enfant d'un époux cruel et détesté.

— Nous allons organiser une grande fête pour célébrer l'événement, dit Priia. Ce sera une merveilleuse façon de laisser derrière nous ces heures tragiques. Un bébé ! L'enfant de notre Vanu qui revivra à travers lui !

Lani se mordit les lèvres. C'était bien ce qu'elle redoutait, ce qui était injuste. L'innocent enfant ne ressemblerait peut-être pas du tout à Vanu. Les autres membres de la famille royale, y compris son beau-père, décédé avant son arrivée au palais, étaient des gens sympathiques et amicaux.

— Quand je pense aux adorables vêtements de bébé dont il aura besoin ! Je vais me mettre tout de suite à broder.

Priia lui tapota affectueusement la joue.

— Je me demande s'il aura tes magnifiques cheveux dorés et tes yeux d'ambre. Mais ce sera peut-être une fille.

Sa belle-mère fronça les sourcils.

— Bien sûr, nous ne le saurons pas avant…

Elle lui saisit les bras.

— De combien es-tu enceinte ?

— Je ne sais pas exactement.

Il n'était pas question de mentionner la date de la disparition de Vanu, bien que ce soit évidemment le jour de la conception.

— Deux mois et demi environ. Ça commence juste à se voir.

— Laisse-moi te regarder, je t'en prie ! dit Priia en lui enlevant son assiette et la tirant par les mains pour qu'elle se lève.

Priia passa la main sur le tissu de sa robe au niveau du ventre.

— Je ne sens rien, mais, pour mes deux grossesses, ma taille a mis un certain temps à s'arrondir. Oh ! Ce sera un magnifique bébé, tu verras !

Sa joie était presque contagieuse.

Presque.

Tout en s'efforçant d'afficher un peu d'enthousiasme, elle avait bien du mal à empêcher ses lèvres de trembler.

— Pauvre petite, dit soudain Priia en la prenant dans ses bras. Je me doute que ce n'est pas facile d'avoir un enfant quand on est veuve. Il te rappellera en permanence celui que tu as perdu.

Crucifiée par la justesse de la constatation, Lani baissa les yeux.

— Mais songe que c'est une chance, qu'il revive à travers cet enfant.

C'était plus qu'elle n'en pouvait supporter.

Devinant son bouleversement, Priia se tapota les lèvres.

— Evidemment, ça complique les choses par rapport à AJ. Elever l'enfant d'un autre n'est pas facile, même s'il s'agit de celui de votre frère.

— Je ne crois pas qu'AJ veuille m'épouser, dit-elle très vite.

— Ne prends pas son refus personnellement. C'est son métier et la vie facile qu'il mène à Hollywood qui le détournent de Rahiri. Mais il comprendra vite que son devoir est ici, avec nous.

Brusquement, le visage de sa belle-mère se décomposa.

— Oh ! mon Dieu.

— Qu'y a-t-il ? demanda Lani, inquiète.

— Selon nos lois de succession, le bébé est le prochain en ligne pour le trône.

Lani en tira tout de suite les conclusions.

— Ainsi, dit-elle, AJ n'héritera pas du trône.

— Pas si Vanu a un enfant.

D'un pas agité, Priia se dirigea vers la fenêtre d'où elle contempla quelques instants la forêt avant de se retourner.

— Je voudrais tellement qu'AJ revienne vivre avec nous, dit-elle d'un ton plaintif. C'était un enfant perturbé, en permanence jaloux de son frère et pressé de quitter Rahiri. Mais je suis sûre que les choses seraient différentes maintenant qu'il est adulte. Mon mari et mon fils aîné partis, la présence de mon fils cadet me réchaufferait le cœur. Et je crois qu'il ferait un bon mari pour toi.

Lani demeura silencieuse. Le souvenir de ses lèvres brûlantes sur les siennes revint l'assaillir, et elle rougit. Elle ignorait quel genre de mari ferait AJ et préférait ne pas le savoir. Baiser divin ou pas, Vanu lui suffisait comme mari pour une vie entière.

Soudain, l'expression de Priia se durcit.

— Ne parle pas du bébé, dit-elle.

— A AJ ?

— A personne.

Elle la saisit par les poignets.

— Que personne n'ait vent de ta grossesse avant que tu n'aies épousé AJ. Alors, on croira que c'est le sien.

L'idée d'une pareille tromperie la remplit de dégoût.

— Je ne peux pas faire une chose pareille ! D'ailleurs, les dates parleront d'elles-mêmes !

Priia la lâcha.

— L'enfant sera prématuré, voilà tout. Dans l'allégresse générale, tout le monde n'y verra que du feu.

— Vous ne voulez même pas en parler à AJ ?

— A quoi bon ? Mieux vaut lui laisser croire que l'enfant est de lui.

Sa belle-mère la regarda fixement.

— Quelquefois, dissimuler certains secrets évite des soucis aux hommes. Veiller à ce que la paix règne fait partie de notre rôle de femme.

Lani sentit un grand froid l'envahir.

— Je déteste mentir. Et si AJ refuse de m'épouser ?

Priia eut un petit sourire.

— Il t'épousera, fais-moi confiance.

3

Lorsque le lendemain matin, à 6 heures, l'avion pour Los Angeles décolla, AJ n'était pas à bord.

Peu de temps après, il était en revanche à la table du petit déjeuner, entre sa mère et Lani.

— Merci, mon chéri, dit sa mère, partagée entre le sourire et les larmes. Tu ne peux pas savoir le bonheur que c'est pour moi de t'avoir ici. Je ne survivrais pas à la perte d'un de mes enfants si l'autre ne me soutenait pas.

Il hocha vaguement la tête. Son incapacité à résister à une femme qui pleurait ou qui suppliait le désolait. Mais peut-être, au bout de quelques jours, sa mère le laisserait-elle enfin tranquille.

— Prends un peu de papaye, mon chéri.

Elle poussa vers lui un plateau chargé de fruits.

— Je n'ai pas faim.

Le gai soleil qui inondait la salle du petit déjeuner était en complet désaccord avec son humeur. Assise de l'autre côté de la grande table de bois ciré, Lani picorait son assiette. Du fait de l'effet déstabilisant qu'elle produisait sur lui, il évitait de la regarder. Il ne tenait pas à se ridiculiser davantage, l'épisode de la porte claquée à son nez suffisait amplement.

Sa mère frappa dans ses mains, faisant tinter les bracelets à ses poignets.

— Nous allons organiser une fête !

Du coin de l'œil, il vit Lani relever la tête. Son expression manquait singulièrement d'enthousiasme.

— Le moment n'est-il pas mal choisi ? demanda-t-il. Avec la cérémonie des funérailles, Lani doit déjà être épuisée.

Lani garda les yeux baissés sur sa tasse de thé.

— Il est important de montrer à notre peuple que les événements récents ne signent pas la fin des Rahia mais un renouveau.

Devant le sourire de sa mère, qui avait définitivement pris le pas sur ses larmes, il eut la nette impression de jouer un rôle dans ce renouveau.

— Il m'est vraiment impossible de rester, maman. Je dois m'occuper de mon prochain film, tu comprends.

— Tu peux très bien régler les détails par téléconférence ! J'ai fait installer un équipement informatique de pointe dans la salle du trône.

— Ce n'est pas pareil.

Il refusait de façon presque superstitieuse de s'approcher de la salle du trône. Car Rahiri disposait réellement d'un trône. Il s'agissait d'une très ancienne roche volcanique, sculptée de mystérieux symboles, sur laquelle il avait le sombre pressentiment qu'il finirait par monter s'il ne se méfiait pas.

— Bien sûr que si ! Et puis, Lani et moi pouvons te tenir lieu d'assistantes. N'est-ce pas, chère enfant ? fit-elle en adressant un sourire étincelant à Lani.

Il vit cette dernière tressaillir.

— Oui, naturellement. J'aime beaucoup vos films, dit-elle d'une voix aussi dénuée d'expression que son visage

— Que préférez-vous ? La violence ou le sexe ?

— On y trouve peu de l'une ou de l'autre.

Comme elle penchait son élégante tête, ses longs cheveux glissèrent sur son épaule.

— Ce qui fait la qualité de vos films, c'est que vous utilisez suspense et anticipation pour garder les spectateurs sur le gril. On a vraiment l'impression de participer à l'action. C'est très habile.

Il la dévisagea avec stupéfaction.

— Vous avez vraiment vu mes films !

— C'est pour les regarder que nous avons fait installer une salle de projection, dit sa mère en s'essuyant les lèvres avec sa serviette.

Les yeux de Lani brillaient. Ne jamais être où il l'attendait l'amusait visiblement. Et l'éclat de son regard l'atteignit droit au cœur.

C'était exactement ce dont il avait besoin.

— Nous sommes tes plus grandes fans, dit sa mère en lui tapotant la main. Et nous donnerons une fête samedi.

— Comment réussiras-tu à l'organiser si vite ?

Elle sourit.

— Rien de plus facile, mon chéri. Personne ne refuse une invitation au palais. Et tu sembles oublier que nous avons le personnel le plus performant de tout le Pacifique !

— Dans ce cas…

Il lui adressa un clin d'œil.

— Tu es têtue, maman. Mais si une fête peut te remonter le moral, vas-y !

— Tu seras présent, n'est-ce pas ?

— Je serai présent, dit-il avec un soupir résigné.

Comment argumenter avec une mère qui vient de perdre un enfant ?

— Mais ne compte pas sur moi pour prononcer un discours, dit-il aussitôt.

— Si vous alliez cueillir des fleurs, tous les deux ? répondit-elle sans relever. J'en aurai besoin pour décorer la salle de bal.

Il haussa un sourcil. Une expédition romantique dans les jardins ? Sa mère n'avait donc pas renoncé à ses projets matrimoniaux ?

— Je suis sûre que les fleurs préfèrent garder leurs racines dans le sol ! dit-il.

— Sottises ! Elles fleurissent beaucoup mieux quand on en cueille de temps en temps. N'est-ce pas, Lani ?

Celle-ci sourit.

— C'est vrai pour certaines variétés. Je vais chercher le sécateur et un panier, dit-elle sans le regarder.

Sa mère sourit.

— Prends bien soin de Lani, surtout. Ne la laisse pas se fatiguer.

Il regarda Lani qui lui cachait toujours son visage et se dit qu'elle était sûrement capable de s'occuper toute seule de sa santé. Mais sa mère devait déjà l'imaginer la portant dans ses bras pour lui faire franchir les flaques d'eau. Enfin, le principal était que Lani elle-même ne s'attende pas à de telles attentions de sa part, car il se jurait de ne pas l'approcher à plus de deux mètres. Elle était beaucoup trop dangereuse.

Il gagnèrent les jardins, lui avec le panier, et Lani une paire de sécateurs dans la poche de sa robe. Comme d'habitude, il avait plu au cours de la nuit et les feuilles dégoulinaient d'eau. Une hirondelle jaillit des buissons tandis qu'ils se dirigeaient vers la forêt d'orchidées, le long d'un étroit chemin dallé. Elle avait ôté ses sandales et marchait pieds nus, comme la plupart des Rahiiens. Lui avait gardé ses belles chaussures et il le regrettait, car elles étaient de plus en plus trempées.

— J'avais oublié l'humidité qui règne ici, dit-il, de mauvaise humeur.

— Ce n'est pas pour rien qu'on parle de forêt de pluie, dit-elle avec un sourire en coin.

Quand elle tourna la tête vers lui, il fut frappé par la couleur inhabituelle de ses yeux d'ambre.

— Tout est complètement détrempé ! dit-il, rageur. Parlez-moi du climat de Los Angeles ! Un bon désert bien sec, voilà ce que j'aime.

— Avec un nuage de brume pour chapeauter le tout, répondit-elle.

Elle marchait devant lui et ses jolis petits pieds écrasaient la mousse humide des pierres avec un bruit spongieux.

— Exactement. Mais qui a besoin de voir les montagnes environnantes ? Regardez ! Une fleur.

Une fleur délicate, dissimulée derrière le tronc d'un arbre, montrait en effet le bout de ses pétales.

Elle se dirigea vers elle.

— Elle est magnifique. Mais c'est une espèce rare, qui ne fleurit que tous les quatre ans. Laissons-la profiter de son instant de gloire dans cet environnement magique. Je ne suis pas sûre qu'elle serait heureuse dans la salle de bal.

Il approuva d'un hochement de tête.

— Personne n'est heureux dans la salle de bal, j'en suis certain. Mais tout le monde fait semblant. Je me demande comment maman se débrouille pour obtenir tout ce qu'elle veut !

— Elle met beaucoup d'énergie dans ce qu'elle entreprend. Et puis, elle est aimante.

— Oui. Elle aime quand les choses vont dans son sens.

— Elle m'a toujours traitée comme sa fille.

— Vous êtes sa fille, devant la loi, en tout cas.

— Avec une mère blanchisseuse et un père américain, on ne peut pas dire que j'appartienne à l'aristocratie rahiienne. Elle aurait pu me traiter tout à fait différemment.

Il haussa les épaules.

— Les Rahia ne sont pas snobs. Vous êtes sans doute plus consciente des différences de classes à cause de votre éducation américaine. Ça a dû vous faire un drôle d'effet d'atterrir ici en venant du New Jersey ? C'est un changement radical de style de vie.

Elle rit doucement.

— Ma bicyclette m'a manqué, et mon amie Kathy. Mais j'ai tout de suite adoré les plages de sable blanc et les oiseaux au plumage coloré.

Elle repoussa une mèche de cheveux derrière son oreille.

— Et, bien sûr, mon père m'a manqué.

— Vos parents ont divorcé ?

— Oui. Ma mère n'a jamais réussi à s'adapter à la vie

américaine. Elle refusait d'apprendre à conduire et détestait les magasins bondés. Elle faisait ses courses à l'épicerie du coin.

— Si les petites épiceries du New Jersey ressemblent à celles de Los Angeles, elle devait se ruiner !

— Evidemment ! Et puis, elle n'aimait pas les vêtements américains et refusait de se couper les cheveux. Au début, mon père trouvait toutes ses façons de faire adorables. Mais, après quelques années, son refus de s'intégrer l'a lassé et il aurait voulu qu'elle renonce à certaines coutumes.

— Ce qu'elle n'a pas fait.

— Elle n'y arrivait pas. Elle est très timide. Je la soupçonne même de l'avoir épousé juste parce qu'elle ne savait pas dire non.

Elle se pencha pour respirer l'odeur d'un gracieux lys blanc poussé au pied d'un arbre.

— A moins qu'elle ne soit tombée follement amoureuse de lui, dit-il.

— C'est possible aussi.

Tout en parlant, elle s'était engagée dans un passage menant dans le sous-bois.

— Mais, après huit ans, il a déclaré forfait et l'a renvoyée à Rahiri.

Il se pencha pour éviter le feuillage mouillé.

— Etes-vous tombée follement amoureuse de Vanu ?

Elle tressaillit.

— Désolé, dit-il. Ce doit être douloureux d'évoquer son souvenir.

— Inutile de vous excuser. Je n'étais pas follement éprise de Vanu. Il m'a aperçue un jour au marché. Je lui ai plu, votre mère m'a fait rechercher et m'a invitée au palais. Tout s'est déroulé de façon très officielle. La demande en mariage a été apportée à la maison par son valet de pied.

— Pas très romantique.

Il observa sa mince silhouette, dans une robe au délicat motif fleuri, qui se déplaçait gracieusement dans la forêt.

— Pas du tout. Je ne le connaissais même pas. Nous avions juste eu une conversation de cinq minutes.

— Pourquoi avez-vous accepté de l'épouser ?

Elle haussa les épaules.

— Autour de moi, tout le monde me poussait à accepter. C'était comme si je ne pouvais même pas envisager de refuser. Et puis, ma mère ne m'aurait jamais pardonné et j'aurais dû passer le restant de mon existence à la blanchisserie, à endurer ses reproches.

— Je vois ce que vous voulez dire. Eh bien, rassurez-vous. Cette fois, ma mère elle-même ne pourra nous forcer à nous marier.

Il la vit tressaillir, puis se remettre à marcher, les bras serrés contre son corps comme si elle avait froid, ce qui était impossible, car il faisait au moins trente degrés.

— Vous ai-je blessée ? demanda-t-il.

Il arracha machinalement une feuille d'un buisson et pressa la pulpe succulente entre ses doigts.

— Pas du tout, répondit-elle. J'admire votre attitude indépendante.

— Il ne tient qu'à vous d'adopter la même.

Elle demeura quelques instants silencieuse.

— Non. Je ne peux pas décevoir votre mère qui a été si bonne pour moi. Elle se sent seule depuis la mort de votre père. Il lui manque beaucoup. Et, maintenant, la perte de Vanu…

Elle se frotta les bras.

— Elle a la chance de vous avoir, Lani.

— A propos, elle attend que nous lui rapportions des fleurs ! Nous ferions mieux de nous mettre au travail.

Le regard moqueur de Lani l'embrasa. Ce qui lui plaisait le plus, c'était qu'elle n'essayait pas de le séduire. Elle était tout simplement divine avec ses magnifiques yeux en amande, frangés de cils noirs, son parfait petit nez, ses lèvres sensuelles et ses cheveux brun doré glissant sur ses épaules minces. Si elle n'avait pas été sa belle-sœur, il lui aurait donné un rôle dans un de ses films.

— Montrez-moi le chemin !

A sa suite, il traversa une vaste clairière où poussaient des hibiscus jaunes, puis descendit une colline jusqu'à la plage. L'odeur fraîche et salée de l'océan emplit ses narines.

— Ce sont mes préférées, dit-elle en désignant des pétunias blancs, éparpillés à leurs pieds comme autant de confettis à l'endroit où la jungle cédait place à la plage.

Il contempla l'océan de son pays pour la première fois depuis des années. D'un turquoise étincelant, il s'étendait à l'infini. Seule l'île de Naluua, tache émeraude frangée de blanc, flottant entre l'immensité de la mer et du ciel, ponctuait l'horizon.

Il poussa une exclamation.

— Qu'y a-t-il ? demanda-t-elle.

— J'avais oublié le pouvoir de la mer.

Un éclair d'amusement passa dans ses yeux d'ambre.

— On dit pourtant que la côte californienne est fantastique !

— Pas autant que celle-ci.

Après avoir ôté ses chaussures, il foula avec délice le sable blanc dont la texture soyeuse enveloppait ses pieds d'une familière douceur.

La plage n'étant pas très grande, il atteignit l'eau en quelques enjambées et s'immobilisa avec un cri de joie tandis qu'une vaguelette venait lui lécher les pieds.

Elle éclata d'un rire dont le son doux et cristallin l'enchanta. Il la regarda et s'immergea dans la chaleur de son sourire. C'était bon de la voir heureuse, même brièvement.

— Venez, dit-il en lui tendant la main.

Il regretta immédiatement son geste. L'idée de la toucher l'emplissait d'une insupportable nervosité.

Il aurait juré qu'elle ressentait la même chose, car, au lieu de le rejoindre, elle entra dans l'eau à quelques mètres de lui.

— Je ne suis pas allée à la plage depuis un moment, dit-elle avec un soupir de béatitude tandis que l'eau caressait ses chevilles délicates. A vivre si proche de l'océan, on finit par l'oublier.

Le soleil lui chauffait le visage, l'eau clapotait à ses pieds et ses talons s'enfonçaient dans le sable.

— Vanu et moi passions des heures ici, à ramasser des coquillages, dit-il. Rahiri est un endroit merveilleux pour un enfant.

Le sourire de Lani s'évanouit brusquement. Il n'aurait pas dû mentionner Vanu. Il lui manquait, c'était évident. Le Vanu qu'elle avait connu était sans doute différent de celui qu'il se rappelait. Les frères avaient parfois des relations conflictuelles.

Il l'imagina dans les bras de Vanu et eut un mouvement de recul. Une réaction absurde puisqu'elle était sa femme. D'ailleurs, comment pourrait-il éprouver de la jalousie envers une femme qu'il n'avait pas possédée, et qu'il n'avait pas l'intention de séduire ?

Le vent souleva les cheveux de Lani, révélant son adorable profil. Il la désirait peut-être un peu. Ce qui était totalement déplacé, étant donné les circonstances. Elle n'était pas une accorte assistante de production ni une starlette prête à tout dans l'espoir d'obtenir un rôle.

Par ailleurs, c'était peut-être son absence d'ambition qui lui donnait un tel attrait à ses yeux. Ces derniers temps, il finissait par soupçonner toutes ses relations féminines d'avoir des intentions cachées. C'était ainsi à Hollywood. Tout le monde semblait avoir des arrière-pensées.

Elle en avait peut-être elle aussi, mais, si c'était le cas, elle les dissimulait bien.

A la dérobée, Lani jeta un regard à AJ. Il se tenait droit face à la mer, comme s'il défiait hardiment l'horizon, et sa posture lui rappela les anciennes sculptures rahiiennes. C'était étonnant car, jusqu'ici, elle le voyait plutôt sous les traits du classique mauvais garçon hollywoodien. Avec ses cheveux bruns lissés en arrière, son sourire taquin et sa jolie bouche, les femmes devaient le poursuivre à travers tout Beverly Hills. Mais pour le moment, dans la vive lumière réverbérée par l'océan, il lui évoquait surtout un dieu guerrier des premiers temps.

Elle soupira. Comment de telles idées pouvaient-elles lui traverser l'esprit ?

Enfin, si elle voulait exaucer les vœux de Priia, ces idées n'étaient probablement pas inutiles. A l'idée qu'elle était censée intriguer pour qu'il l'épouse et endosse sans le savoir la paternité de l'enfant de Vanu, le remords l'assaillit. Quelle estime d'elle aurait-elle après cela ?

Il avait évoqué des souvenirs d'enfance. Elle essaya de se représenter Vanu enfant, mais ce fut peine perdue. Il paraissait impossible de faire cohabiter l'innocence et la curiosité de l'enfance avec son cynisme.

— Pourquoi avez-vous quitté Rahiri ? demanda-t-elle.

La question était directe, mais elle avait vraiment envie de savoir.

Le regard fixé sur l'horizon, il se rembrunit.

— C'était trop petit pour moi.

— Vous souhaitiez vivre dans un endroit où il se passe quelque chose ?

Elle planta ses orteils dans le sable. S'il finissait, d'une manière ou d'une autre, par l'épouser, il mourrait d'ennui.

— Oui. Et où je pourrais réfléchir sur le sens que je voulais donner à ma vie. Ici, elle était toute tracée. Or, je voulais être davantage que le frère du futur roi.

— Et vous avez trouvé l'endroit qui vous convenait.

Sa vie à Los Angeles devait être si excitante. Rahiri était paradisiaque, mais mortellement paisible. Pas étonnant qu'il ait cherché à fuir.

— C'est exact. J'ai fréquenté l'université où j'ai découvert le cinéma. La suite, tout le monde la connaît…

Un sourire souleva le coin de ses lèvres quand il ajouta :

— J'adore ma vie.

Comment sa mère pouvait-elle s'attendre à ce qu'il renonce à une existence qui le comblait pour revenir à Rahiri, où sa vie était toute tracée ? Son sentiment de culpabilité s'accentua. L'idée de prendre part à une mascarade qui briserait la vie d'AJ lui répugnait.

— Avez-vous eu du mal à partir ?

— Pas le moins du monde !

Il la regarda avec franchise.

— Vanu était le futur roi, je n'étais que le cadet. Et comme, adolescent, j'étais un vrai démon je suppose que tout le monde a poussé un soupir de soulagement quand je suis monté dans l'avion.

— Je sais que votre départ a beaucoup attristé votre mère.

— Elle m'a manqué aussi, mais je n'ai jamais regretté ma décision. Dites, ne sommes-nous pas censés cueillir des fleurs ?

— Si.

Elle fixa derrière elle l'étendue verte qui bordait la plage.

— Franchement, je déteste ça. Les fleurs sont beaucoup plus jolies dans leur milieu naturel, elles ont l'air plus heureuses ici, avec leurs racines.

— Dans ce cas, laissons-les tranquilles ! Dites-moi, vous croyez que je serais plus heureux ici, où sont mes racines ?

Elle s'immobilisa. Il avait posé la question sur un ton de sincère curiosité.

Devait-elle prononcer les paroles que sa belle-mère attendait d'elle ? Affirmer qu'il serait heureux au sein de sa famille, au service du peuple de Rahiri ?

Le mensonge lui paraissait tout bonnement impossible.

— Je ne sais pas. Si vous aimez la vie que vous menez, ce serait un crime d'y renoncer.

Le doux clapotis de l'océan berça le silence qui suivit. Elle scruta son expression.

— Vous sentez-vous des obligations envers Rahiri ?

La question méritait d'être posée. Une vie de devoir

attendait le fils d'un roi, même s'il s'agissait du fils cadet. Il n'était pas inutile qu'on le lui rappelle.

Il se tourna vers elle.

— A l'époque de mon départ, je ne m'en sentais aucune. Il n'y avait pas de place pour nous deux ici et laisser le bébé à Vanu me convenait parfaitement. Maintenant qu'il n'est plus là…

Il regarda la plage qui disparaissait derrière un bouquet de palmiers.

— … je ne sais plus. Parfois, j'ai l'impression que de nouveaux sentiments naissent en moi. Quel dommage que vous n'ayez pas eu d'enfant ! L'île aurait un héritier et je pourrais partir le cœur tranquille.

La gorge de Lani se serra douloureusement. Heureusement qu'il ne regardait pas de son côté car son expression devait trahir son émotion. Comment réagirait-il si elle lui disait, au sujet de l'enfant ?

Elle se retint de porter une main à son ventre.

L'enfant. L'aiguillon du remords la transperça. La plupart du temps, elle songeait rarement à cette nouvelle vie qui s'épanouissait en elle. L'angoisse et l'appréhension prenaient le pas sur la joie qu'elle aurait dû ressentir à l'idée d'être mère.

Elle avait désiré si fort un enfant… Mais c'était avant de comprendre à quel point la vie pouvait être compliquée, et cruelle, sous une apparence normale. Vanu avait éveillé en elle une méfiance qui parvenait à gâcher même les meilleurs moments.

Bien qu'il soit parti, elle sentait ses ondes néfastes l'envelopper dans un réseau de subterfuges et d'engagements qui menaçaient de conduire AJ à un mariage non désiré.

Elle avait cependant le sentiment du devoir et se sentait incapable d'ignorer les exigences d'une belle-mère qu'elle aimait. Si seulement il existait une solution susceptible de satisfaire tout le monde !

Une pensée lui traversa l'esprit.

— Le pays a besoin d'un héritier, dit-elle, sa voix presque couverte par le bruit de l'océan. Vous pourriez régner… sans m'épouser.

Il se tourna vers elle, sourcils froncés. Peu à peu, pourtant, son expression s'adoucit.

— Je pourrais prendre votre suggestion pour une insulte personnelle.

— Je voulais juste vous rappeler que les deux choses ne sont pas indissolublement liées.

— Selon la tradition, elles le sont pourtant.

— Les traditions peuvent être modernisées. Nous sommes au XXIe siècle, tout de même !

Peut-être même pourrait-on modifier les règles de succession pour faire d'AJ et de sa descendance les héritiers du trône, et non l'enfant à naître.

Elle s'accrochait à des fétus de paille et s'en rendait compte.

AJ regardait sa main qui avait fini par se poser sur son ventre. Elle la retira précipitamment, comme si elle l'avait brûlée. Il la regarda avec curiosité, puis se détourna et se mit à marcher le long de la plage.

— Nous avions quatre-vingt-dix jours pour choisir un successeur, dit-il. La date fatidique approche.

Le cœur de Lani se serra.

— Cinquante-deux jours se sont écoulés. Votre mère tient le décompte sur un boulier.

Et, par la même occasion, elle était enceinte de cinquante-deux jours. Bientôt, sa grossesse commencerait à se voir.

Il passa une main dans ses cheveux.

— J'ignore pourquoi, mais je n'ai jamais imaginé me retrouver dans cette position.

Il la considéra, paupières plissées pour se garantir de l'éclat du soleil.

— J'ai laissé Rahiri derrière moi, avec une profusion de souvenirs et de visages familiers que j'aime à revoir de temps à autre, mais je n'ai jamais pensé à revenir.

Il poussa un profond soupir.

— Je ne me sens pas chez moi ici.

— Votre vie est ailleurs, dit-elle, je le comprends.

Mais, évidemment, Priia et les anciens de l'île le comprendraient beaucoup moins aisément. Il avait raison, il se trouvait dans une drôle de situation. Elle, du moins, n'avait pas le choix. Quoi qu'il arrive, son destin était lié à la dynastie royale.

— Il n'y a que vous qui puissiez décider, dit-elle.

— Comme vous y allez ! Epouser la femme de son frère ne me paraît pas une décision simple à prendre !

Il posa le panier toujours vide sur le sable et lui prit les mains.

— Comment pourrais-je choisir de consacrer mon existence à une femme que je connais à peine ?

Il regarda ses mains, perdues dans les siennes. Déjà, la tension sensuelle était à son comble dans l'air chaud du matin. Elle le sentit se raidir, sans doute pour se prémunir contre cette sensation perturbante.

— Je ne vous connais pas, dit-il.

— Connaît-on jamais les gens ? répondit-elle, énigmatique.

Elle frissonna. La proximité de son torse musclé éveillait en elle des émotions inconnues.

— Peut-être pas. Nous sommes tous en devenir, après tout. C'est peut-être comme dans les films : on prend le rôle que la distribution nous a confié et on voit ce qu'on peut en tirer.

Il la fouilla du regard.

— Est-ce votre point de vue, Lani ?

L'intonation de sa voix accentua sa tension.

— Certains diraient que vous êtes fils de roi depuis le jour de votre naissance.

Une réponse qui aurait reçu l'approbation de sa belle-mère.

Elle se refusait de toutes ses forces à prononcer les paroles fatales qui infléchiraient à tout jamais l'avenir de la famille royale, et de Rahiri. Si c'était son destin d'épouser un inconnu, qui de surcroît ne voulait pas d'elle, eh bien, tant pis. Après l'épreuve qu'avaient représentée les années passées avec Vanu, elle se sentait capable de supporter pratiquement n'importe quoi. Du moins, AJ semblait-il aimable et bon.

Et il était vraiment très beau, dans le soleil qui éclairait son visage penché sur le sien. Il lui tenait toujours les mains et une délicieuse chaleur naissait de leurs doigts enlacés.

Allait-il se risquer à l'embrasser ? Cette fois, elle devrait accepter le baiser. Tout allait dans ce sens, c'était la volonté générale. Ses lèvres frémirent d'anticipation et une curieuse sensation s'installa entre ses jambes.

Cependant la bouche d'AJ formait une ligne sévère et ses sourcils froncés lui donnaient l'air redoutable. Soudain, il la lâcha et recula.

Au soulagement de Lani se mêlèrent la déception, une culpabilité omniprésente ainsi que la crainte grandissante de ce que l'avenir leur réservait.

— Vous savez quoi ? dit-il d'un ton brusque. Nous ferions mieux de cueillir quelques fleurs pour la fête. Ne décevons pas ma mère, sur ce point du moins.

— Bien sûr, répondit-elle, essayant de paraître raisonnable. Je connais un endroit où nous remplirons nos paniers sans endommager les plantes. Suivez-moi.

Etait-il bien correct d'ordonner à un prince de sang royal de la suivre ? La vie devenait si compliquée quand on se trouvait englué dans des siècles de traditions.

Elle entendait les pas d'AJ derrière elle. A vrai dire, ses scrupules n'avaient aucun fondement. Il était bien trop sûr de lui pour se formaliser de suivre une femme. C'était un changement rafraîchissant après Vanu qui l'aurait assommée de reproches à propos de ses mauvaises manières. De plus, la solide présence d'AJ la rassurait. Depuis la disparition de Vanu, elle était hantée par la peur puérile qu'il réapparaisse, écumant de rage, pour la punir d'être heureuse de sa mort. Elle ne se promenait plus seule dans la jungle.

Que penserait AJ s'il savait que la mort de son frère, loin de l'attrister, la réjouissait ? C'était un secret de plus qu'elle devrait emporter dans sa tombe.

S'apercevant qu'elle avait instinctivement porté sa main à son ventre, elle l'en écarta hâtivement.

— Ce n'est plus très loin, dit-elle.

Si seulement elle pouvait lui parler du bébé. S'il avait toutes les données en main, ils pourraient parler librement et prendre une décision commune. Mais il était de son devoir de se taire.

Ils atteignirent un sous-bois couvert d'un tapis de lys blancs.

— Nous pouvons nous permettre de les cueillir, dit-elle. Il y en a assez.

Elle sortit le sécateur de sa poche et entreprit de couper les tiges. Et son cœur se serra, car, privées de leurs racines, les fleurs semblaient soudain abandonnées à elles-mêmes. Elle les déposa précipitamment dans le panier que lui tendait AJ.

— Elles ont de la chance de mener une existence aussi insouciante, dit-il. Et maintenant elles vont assister au bal royal donné par ma mère.

Le sourire d'AJ chassa en partie la tristesse qui s'était abattue sur elle.

— Le point positif, reprit-il, c'est que la perspective de cette fête va l'occuper quelques jours.

— Elle adore les festivités, répondit-elle, souriant à son tour. Elle n'est jamais plus heureuse qu'entourée d'amis.

— Et vous et moi allons sourire toute la soirée tout en lisant dans l'esprit des gens.

Elle se mordit la lèvre.

— Je les entends penser !

— Ils chuchoteront dans les coins : « A votre avis, le réalisateur de films va-t-il épouser la veuve du roi ? »

Il imitait si parfaitement leurs intonations de curiosité

qu'elle éclata de rire malgré l'appréhension qui lui serrait le cœur.

— C'est sûr ! Et ils doivent tirer toutes sortes de conclusions du fait que vous soyez resté.

— Et si nous nous évitions ostensiblement, juste pour faire durer le suspense et rendre les choses plus amusantes ?

Ils se sourirent.

Pour sa part, le suspense était bien suffisant. AJ accepterait-il de l'épouser ? Avalerait-il la préten-due prématurité de son prétendu enfant ? Ou bien repartirait-il pour Los Angeles en la laissant élever seule l'enfant ?

Mais peut-être que tout cela se terminerait encore plus mal qu'elle ne l'imaginait…

4

Un millier d'invités étaient réunis dans la salle de bal et les violons planaient au-dessus des conversations. AJ sentait la sueur perler à son col. Il portait une tunique noire empesée et un pantalon assorti, version de deuil de la tenue de fête rahiienne. Le costume traditionnel aurait pu sembler branché dans les rues de Beverly Hills, mais il le démangeait comme s'il était entré dans la peau d'un autre.

— Arun !

Il sursauta en s'entendant appeler par son prénom, que personne n'utilisait jamais. Levant les yeux, il vit approcher un homme aux cheveux blancs dans lequel il reconnut le père de son plus vieil ami. En dépit de son allure un peu raide et de son visage ridé, les yeux du vieillard brillaient d'un éclat aussi vif qu'autrefois quand il le serra affectueusement dans ses bras.

— C'est si bon de te voir parmi nous ! Ton retour apporte larmes et sourires mêlés dans nos yeux.

AJ déglutit.

— Je suis heureux de retrouver Rahiri.

Mentir lui écorchait la bouche et il but une longue gorgée de punch.

— Comment allez-vous, sir ? demanda-t-il.

— Sir ? Sir ?

Le visage tanné se plissa de rides.

— Est-ce une manière pour notre nouveau roi de

s'adresser à un de ses sujets ? Appelle-moi Niuu, comme tous ces insensés endimanchés !

Notre nouveau roi.

Il résista à l'envie de préciser qu'il ne comptait pas rester. Ç'aurait été cruel de gâcher la fête de sa mère.

— Je vais m'y efforcer, mais les vieilles habitudes ont la vie dure ! Je me sens redevenu enfant au milieu des amis de mes parents.

— Tu es un enfant, mon garçon, du moins comparé à moi, et c'est ce dont Rahiri a besoin. Du sang neuf pour nous projeter vers l'avenir. Tu continueras à réaliser des films, j'espère ? Ma femme et moi aimons beaucoup la série *Dragon Chaser.*

— Oui, je suppose.

C'était le rôle de dirigeant du pays qu'il lui déplaisait d'incarner.

— Je suis surpris qu'on regarde mes films, ici, à Rahiri, dit-il.

— Nous sommes fiers de toi, Arun. Tu t'es fait un nom à Hollywood et ta gloire rejaillit sur notre île.

AJ réprima un sourire. Il n'avait jamais eu l'impression de représenter Rahiri dans le milieu cinématographique. Mais les habitants de l'île voyaient peut-être les choses ainsi.

Le vieil homme posa une main sur son épaule.

— Tu continueras à accorder des fonds à l'éducation, n'est-ce pas ? C'est notre avenir. Il y a tant de jeunes talents à Rahiri. Et notre système de santé n'a pas son pareil. C'est ton père qui a mis tout cela en place et il faudra une main ferme pour tenir le cap.

Les doigts noueux resserrèrent leur prise sur son épaule.

— Tu es fort, c'est bien. Bâti comme un de nos anciens ! Tout à fait le contraire de ton frère.

L'expression de Niuu s'assombrit.

— Nous déplorons tous sa disparition, bien sûr, mais nous sommes prêts à affronter l'avenir sous ta conduite.

Il chercha les mots qui ne décevraient pas son interlocuteur, sans l'engager ni ajouter au fardeau de sa culpabilité.

— Je suis touché de la confiance que vous me portez.

— Bien sûr que j'ai confiance en toi ! Tu es le fils de ton père. Il t'a élevé pour faire de toi un homme sensible aux besoins d'autrui.

Niuu enserra les épaules d'AJ, l'enfermant dans une sorte de prison.

— Nous avons besoin de toi, Arun, et nous serons fiers de t'avoir pour roi.

Il ouvrit la bouche mais aucun son n'en sortit. Derrière le vieil homme, il aperçut Lani, pâle et perdue au milieu de la foule qui s'agitait.

— Je vous prie de m'excuser, dit-il à voix basse.

Il joua des coudes à travers la foule, offrant signes de tête et sourires à des visages qu'il n'avait pas vus depuis des années. Elle ne le voyait pas approcher. Les yeux dans le vague, elle semblait vouloir oublier l'endroit où elle se trouvait.

— Lani, vous allez bien ?

Elle posa sur lui un regard vide.

— Mais oui.

— Vous ressemblez à un paresseux tombé de son arbre sur une autoroute.

— C'est drôle, c'est exactement ce que je ressens.

Un petit sourire souleva les coins de sa ravissante bouche avant de s'effacer.

— On attend trop de vous, dit-il. Je sais ce que c'est.

Que souhaitait-elle ? S'il lui posait la question, elle évoquerait la fête de sa mère au lieu de révéler le fond de sa pensée. Pourquoi avait-elle dit qu'elle voulait l'épouser ? Elle le connaissait à peine et ils n'étaient visiblement pas faits l'un pour l'autre. Il était un réalisateur de films qui aimait le monde, elle, une villageoise effacée bien que royale.

— Vous ne paraissez pas dans votre assiette.

— Si, je vais bien.

Elle haussa les épaules comme si elle essayait de se convaincre.

— Je suis juste un peu fatiguée. Je ne dors pas très bien.

Sûrement parce qu'elle pleurait Vanu. De nouveau, il ressentit le ridicule pincement de la jalousie. Comment pourrait-il contester sa femme à son frère à présent qu'il était mort ? Décidément, l'absurdité de la situation lui embrouillait les idées.

— Vous devriez venir vous asseoir au calme.

Il lui offrit son bras, se cuirassant contre l'effet que son contact n'allait pas manquer de produire sur lui.

Elle ne bougea pas. Ses cils sombres s'abaissèrent, puis elle leva ses superbes yeux ambrés sur lui.

— Je vais bien, je vous assure. Je vais faire un effort. D'ailleurs, nous allons rester assis pendant des heures dès que les discours commenceront.

— Les discours ! Voilà bien une des caractéristiques de la culture rahiienne qui ne me manquent pas du tout ! Quelqu'un a-t-il battu le record du plus long discours ?

— Je crois qu'il est toujours à cinq heures, répondit-elle en souriant. Vous savez que vous devez en prononcer un ?

Il grimaça. Il savait. Mais qu'allait-il bien pouvoir dire ? En général, il s'exprimait avec facilité, même au pied levé, mais ici cela prenait une telle importance…

— Vous avez de la chance d'être une femme et d'échapper à cette obligation. Si je deviens roi, je m'arrangerai pour que les femmes en passent par là aussi.

Les yeux de Lani brillèrent d'amusement.

— Votre mère adorerait ! Elle ne lâcherait pas le micro de la soirée.

— Vous croyez ?

Il éclata de rire.

Tous deux savaient qu'il plaisantait en évoquant son accession au trône.

Mais plaisantait-il vraiment ?

Lani regarda AJ se fondre dans la foule, entouré de sourires et d'exclamations de bienvenue. Il dépassait la plupart des invités d'une tête et se déplaçait avec une grâce vraiment princière. Tous étaient heureux de le revoir, heureux que la succession s'opère en douceur, et dans le respect de la tradition.

Avec elle, les gens gardaient une distance respectueuse. En tant que veuve portant le deuil, elle ne devait ni manger, ni danser, ni bavarder avec les invités.

Mais elle devait épouser AJ. Evidemment, ils ignoraient tous que l'intéressé n'était pas d'accord.

Elle-même hésitait entre soulagement et inquiétude. Il semblait fermement décidé à retourner à Los Angeles et ne lui avait donné aucun indice contraire. Il ne lui avait pas non plus demandé son avis. S'il l'avait fait, elle aurait évidemment répondu qu'elle voulait l'épouser. Que pourrait-elle répondre d'autre ?

Elle se remémora leur dernière entrevue. Tout son être avait frémi d'une délicieuse anticipation quand il lui avait offert son bras. Elle mourait d'envie qu'il la touche et regrettait maintenant d'avoir refusé de le suivre.

La situation était si compliquée. Elle se sentait déchirée. Elle était censée le séduire pour se faire épouser sur-le-champ, mais l'idée de l'enchaîner à une vie de dupe lui faisait horreur.

Et la perspective d'être mariée pour la deuxième fois à un homme qui ne l'aimait pas ne l'enchantait pas plus.

— Viens t'asseoir près de moi, mon enfant, dit Priia avec entrain. Les discours vont commencer.

Elle resplendissait, comme lors de chaque réunion festive. On aurait dit qu'elle se nourrissait de l'énergie des autres. Naturellement sociable, charmante sans effort, elle était née pour être reine. Lani lui enviait son énergie infatigable et son goût pour le monde.

Sa belle-mère la guida vers un fauteuil.

— Assieds-toi, dit-elle en tapotant les coussins, et mange des gâteaux. Tu as besoin de reprendre des forces.

— Vous êtes trop bonne pour moi, dit Lani en prenant un gâteau à la noix de coco.

Elle le regarda, ne sachant qu'en faire. Sous la large ceinture de sa robe brodée d'or, son estomac n'était pas en condition d'avaler une bouchée.

— Stupidités, mon enfant. Tu es la lumière de mes vieux jours !

Priia se pencha sur elle, l'air complice, les yeux brillants.

— Et, bientôt, tu nous apporteras une autre lumière.

Lani blêmit et se retint de regarder autour d'elle. Et si quelqu'un avait surpris la remarque et en tirait des conclusions ?

Un homme âgé à l'air très digne, vêtu du costume typique d'une île voisine, grimpa sur l'estrade où les discours devaient avoir lieu. Au début, elle se tint très droite sur son siège, se demandant si son destin allait être scellé ou s'il donnerait lieu à des spéculations. Cependant, loin d'évoquer son cas, l'homme se lança dans une histoire poétique de la région, faite de mythes et de superstitions, et elle laissa rapidement son esprit dériver.

Un autre orateur prit la parole, puis un autre, psalmodiant autant que parlant et célébrant la communauté des îles et la paix de longue date qui les unissait dans ce cadre idyllique. Bercée par l'atmosphère chaleureuse, elle se détendit et réussit même à grignoter son gâteau à la noix de coco.

Elle se redressa toutefois quand le maître de cérémonie sollicita un discours d'AJ, ou, plutôt, d'Arun Jahir. Elle le vit se lever, le visage impassible, et se diriger vers le micro. Sa tenue sombre mettait en valeur la puissance et la dignité de ses mouvements. La tête haute, le dos droit, il se déplaçait tel un monarque, même s'il en refusait le rôle.

La fierté qu'elle ressentit la surprit. Elle aimait bien AJ, mais s'enorgueillir de son comportement, c'était autre chose. Elle déplorait la situation dans laquelle il se trouvait.

Et, si elle ne comprenait toujours pas pourquoi il l'avait embrassée, elle excusait son geste. Il désirait manifestement agir au mieux, mais, tout comme elle, il n'arrivait pas à décider quelle solution était la meilleure. Tous deux avaient conscience qu'un mauvais choix aurait des conséquences fâcheuses et durables.

En se rappelant la petite existence qu'elle portait en elle, elle s'agita sur son siège. Sa crainte de l'avenir le disputait à la joie de se savoir enceinte. Elle attendait avec une impatience fiévreuse de tenir dans ses bras le petit corps tiède de son enfant et de sentir sa main minuscule se refermer sur son doigt.

AJ examina quelques instants la foule en silence. Quand il se mit à parler, elle trouva sa voix plus profonde et plus solennelle que dans son souvenir. Comme ses prédécesseurs, il parla de la longue histoire de la lignée royale et il évoqua la légende qui voulait que leur peuple soit arrivé à Rahiri sur de longs bateaux, en provenance d'une contrée lointaine.

Elle l'observait, le cœur battant. Comment parvenait-il à se glisser si parfaitement dans la peau d'un sage de la région ? Jamais on n'aurait dit qu'il avait quitté le pays depuis dix ans. Il avait adopté avec naturel la façon de psalmodier des conteurs d'histoires anciennes, comme si ce talent coulait dans son sang royal. Et quoi d'étonnant, après tout ? Il descendait bel et bien d'une longue lignée de rois.

Sa fierté grandit. Elle l'écoutait avec tant d'attention qu'elle serrait ses mains brûlantes l'une contre l'autre sur ses genoux. N'importe quelle femme serait fière d'avoir un homme tel qu'AJ pour mari. Son auditoire buvait ses paroles et un frémissement d'excitation agitait la salle. En regardant autour d'elle, elle vit des yeux brillants, des pommettes rougies, et elle se laissa emporter avec les autres par une puissante vague d'émotion. Les paroles d'AJ résonnaient aux quatre coins de la pièce, leur signification importait moins que celui qui les prononçait d'une voix envoûtante.

A un moment, il marqua une pause et leva les yeux

sur la voûte qui les surplombait avant de descendre de l'estrade. Croyant tout d'abord qu'il allait regagner sa place, elle fut déçue que son discours soit terminé et soulagée de constater qu'aucun engagement définitif n'avait été pris. Mais, au lieu d'aller s'asseoir, il vint s'incliner devant sa mère. Devinant que quelque chose se préparait, elle sentit l'appréhension l'envahir.

— Je suis fier, dit-il d'une voix grave, qui résonna dans la salle bondée, de reprendre le flambeau de la tradition et d'assumer le rôle de roi, comme mon père et mon frère l'ont fait avant moi…

Elle eut un haut-le-corps. Avec la sensation qu'un voile noir tombait sur la salle, elle se cramponna aux bras de son fauteuil pour garder contact avec la réalité.

— … et je suis heureux de prendre Lani Rahia pour épouse, comme le veulent nos coutumes.

Le regard d'AJ était rivé au sien et elle sentit le peu d'air qui restait dans ses poumons s'échapper. Elle eut le plus grand mal à maîtriser son affolement tandis que les regards convergeaient vers elle.

Les visages se fondirent dans un brouillard et elle dut chercher sa respiration. Elle sentit alors la main de Priia sur son bras.

— Je suis si heureuse, ma chère fille, entendit-elle Priia dire d'une voix tremblante d'émotion. Quel grand jour pour Rahiri, et pour nous tous !

Elle essaya de parler, mais ses lèvres refusèrent de bouger. Comment AJ avait-il pu prendre une telle décision sans la consulter ?

Il avait pu parce qu'il était roi et qu'elle n'était personne, tout simplement. Enfin, plus précisément, elle était une veuve royale, c'est-à-dire l'équivalent d'un objet abandonné que le premier venu peut récupérer.

La révolte qui monta en elle chassa sa peur. Son éducation américaine et son amour-propre l'empêchaient de se couler docilement dans le moule, d'accepter en silence.

Pour couronner le tout, AJ ignorait sa grossesse. Une flambée de colère l'agita. Pourquoi ne lui avait-il pas demandé son avis ? Comment réagirait-il en apprenant qu'elle portait l'enfant de son frère ?

Si elle se conformait au plan de Priia, il ne le saurait jamais. Il aurait peut-être des soupçons, se demanderait par quel miracle un enfant prématuré de deux mois jouissait d'une aussi belle santé. Peut-être remarquerait-il des traits appartenant plus à son frère qu'à lui, mais il ne serait jamais certain.

— Lani, est-ce que ça va ?

La voix de sa belle-mère pénétra le brouillard de ses pensées.

— Bois un peu d'eau.

Elle sentit qu'on pressait un verre sur ses lèvres et se força à avaler une gorgée de liquide.

— M-merci..., réussit-elle à bredouiller.

Tout en se félicitant de ne pas pleurer, elle essuya une goutte tombée de ses lèvres. Cependant, son agitation grandit en voyant AJ se tourner vers elle.

— Lève-toi, mon enfant, lui chuchota Priia.

Toute tremblante, elle obéit et lissa sa robe en espérant que ses plis dissimulaient bien sa taille. Tous les yeux étaient braqués sur elle, comme autant de projecteurs cherchant à détecter ses peurs, à moins que ce ne soit ses rêves et ses espoirs pour l'avenir.

AJ se tenait devant elle, incroyablement majestueux. Quand il lui prit la main, ses doigts tremblèrent dans les siens et elle ressentit un grand trouble.

— Lani, voulez-vous me prendre pour époux ?

Ils se regardaient, les yeux dans les yeux, tandis qu'il posait sa question. Cette demande en mariage n'était pas très correcte. Il faisait preuve d'un véritable manque de considération pour elle.

En tout cas, elle pouvait difficilement refuser devant cette foule de fervents partisans de la royauté.

— Je le veux.

Sa voix résonna presque timidement. Elle se demanda si AJ sourirait, mais il resta impassible. Son visage, comme le sien, était figé dans un masque de noblesse. Ils étaient devenus deux personnes assumant le rôle que l'histoire avait écrit pour eux, d'où émotion et sentiment personnel étaient exclus.

Des acclamations s'élevèrent de la foule et se répercutèrent contre les hauts murs et la voûte de pierre. Des verres se levèrent et, selon la coutume, les gens se mirent à taper des pieds sur place pour manifester leur joie.

— Faites le tour de la salle, dit Priia dans un souffle.

Après lui avoir offert son bras, AJ l'entraîna au milieu de la foule. S'efforçant de marcher gracieusement, elle plaqua une expression de bonheur serein sur son visage.

Sous ses doigts, le bras d'AJ lui sembla rigide. Il marchait avec une lente dignité, pas du tout selon son allure habituelle, plutôt décontractée. En devenant roi, il deviendrait un autre ; le processus de métamorphose était déjà amorcé. Elle frissonna. Deviendrait-il dur et froid comme Vanu quand ils seraient unis par les liens du mariage ?

Le sentiment angoissant de s'être laissé de nouveau prendre au piège l'envahit. Les piétinements et le brouhaha des voix semblaient absorber tout l'oxygène de la salle, elle avait la sensation d'étouffer. En songeant que tant d'attentes, tant d'espoirs, et jusqu'à l'avenir du pays, étaient enfouis dans le secret de son corps, elle fut prise de vertige.

— Je crois que je vais m'évanouir…, dit-elle d'une voix faible.

Mais sa plainte fut absorbée par le vacarme ambiant. AJ marchait, un sourire officiel aux lèvres. Peut-être avait-il oublié jusqu'à sa présence ?

Les visages se mirent à tourner. Ses genoux tremblèrent et le sol parut monter vers elle. Elle crispa les doigts sur le bras d'AJ qui la regarda, étonné.

— Je… je ne me sens pas bien.

Il eut une expression pleine de sollicitude.

— Nous allons sortir prendre l'air.

Joignant le geste à la parole, il la conduisit vers une porte latérale. Avant de sortir, il se tourna vers les invités et s'inclina.

— Je vous en prie, profitez de la soirée et amusez-vous bien !

En les voyant passer la porte, le délire fut à son comble. Sans doute les invités supposaient-ils qu'ils désiraient se retrouver seuls, pour fêter leurs fiançailles de façon romantique. Mais en songeant qu'elle allait se retrouver en tête à tête avec lui elle se sentit prise de nausée.

Son futur époux.

Pourtant, une fois la porte franchie, l'air frais de la nuit la revigora. Elle en aspira une grande bouffée et s'écarta d'AJ tout en se demandant si elle avait le droit d'agir ainsi.

Plongé dans la pénombre, le visage d'AJ lui parut soudain menaçant. Au fond, elle ne connaissait rien de l'homme avec qui elle venait de s'engager à passer sa vie.

Saisie de panique, elle s'élança en courant vers les jardins. Elle ne savait pas pourquoi elle courait, elle écoutait seulement son instinct.

— Où allez-vous ? cria AJ derrière elle.

En effet, où allait-elle ? Ses sandales claquaient sur les dalles de l'allée.

Elle n'avait nulle part où aller.

Elle traversa un jardin soigneusement entretenu, passa près d'une pièce d'eau où s'ébattaient des poissons et atteignit bientôt l'épaisse jungle qui enserrait l'île dans sa puissante étreinte.

Il n'y avait pas d'issue.

Elle quitta l'allée dallée pour l'herbe froide et humide de la rosée du soir et courut encore quelques mètres avant de sentir un bras se refermer sur sa taille et arrêter brusquement sa course. Le bébé ! Si AJ avait eu connaissance de sa grossesse, il ne l'aurait pas saisie à bras-le-corps. Mais il ne pouvait pas savoir.

Elle tenta de se libérer, en vain. La maintenant solidement serrée contre lui, il glissa son autre bras autour de sa taille.

— Arrêtez de fuir, Lani. Il faut que nous parlions. Je sais que la situation vous déplaît, mais songez que nous sommes tous les deux embarqués dans la même galère.

Sa voix grave, tout près de son oreille, lui parut étrangement apaisante. Mais il n'était pas question qu'elle parle. Elle n'avait qu'une chose à lui dire : qu'elle était enceinte. Mais elle avait juré de garder le secret.

— Je n'avais pas l'intention de brusquer ainsi les choses, dit-il en la faisant pivoter dans ses bras. Et j'en ai été aussi surpris que vous.

A présent, il ne la tenait plus aussi serrée et elle avait l'impression de mieux respirer.

Elle essaya d'ignorer le durcissement de ses seins et les pulsations de désir qui naissaient dans son ventre, ne faisant qu'ajouter à la bizarrerie de la situation.

— Je croyais que vous repartiez pour Los Angeles.

— Je le croyais aussi.

Il poussa un long soupir.

— Mais ce soir, entouré par notre peuple, dans cette atmosphère chargée du passé de notre île, j'ai brusquement compris que ma place était ici et que je ne pouvais pas esquiver mes responsabilités et continuer à vivre seulement pour moi-même.

Elle hocha la tête, de nouveau fière de lui. AJ était un homme d'honneur.

— Rahiri a de la chance de vous avoir, dit-elle.

Les mots lui parurent creux et superficiels. Lui n'avait pas de chance ; il était tombé sur une femme qui projetait de lui cacher un énorme secret pour le restant de ses jours. D'un autre côté, si elle lui apprenait la vérité, il ne monterait pas sur le trône. Elle achèverait de briser le cœur de Priia et ferait reposer tout le poids de la monarchie sur elle et son enfant à naître.

— Je ferai de mon mieux pour être un bon mari, dit-il solennellement.

Il relâcha son étreinte. Il l'avait maintenue pour qu'elle ne s'échappe pas, mais il devait se rendre compte, à présent, que son attitude contredisait ses paroles.

Privée de son soutien, elle vacilla légèrement.

— Je ferai de mon mieux pour être une bonne épouse, dit-elle dans un murmure.

La jungle entière semblait résonner de son mensonge.

Comment serait-elle une bonne épouse alors qu'elle s'apprêtait à mentir sur la paternité de l'enfant qu'il allait élever ?

Devant les yeux ambrés de Lani, remplis d'anxiété, AJ sentit son cœur se serrer. La pauvre se voyait imposer son destin. Bien sûr, elle aurait pu refuser de l'épouser, mais elle était trop polie et trop gentille pour ça. De son côté, il aurait pu accepter la couronne mais refuser Lani. Cependant, pour une raison qu'il n'aurait su expliquer, il lui semblait que l'épouser était la meilleure chose à faire.

Peut-être à cause de leur baiser ?

Quand ils s'étaient embrassés, il n'y avait pas eu de place pour les faux-semblants. La tension s'était dissipée, il n'était resté que la passion. Le phénomène se reproduirait-il à présent qu'ils étaient liés pour la vie ?

L'idée le fit frémir. Ce serait peut-être le moyen de chasser le stress de la cérémonie et de renouer le lien qu'il avait senti entre eux le premier soir.

— J'ai une idée, dit-il à voix basse.

Les cils bruns s'abaissèrent, elle détourna modestement le regard, comme une adolescente à son premier baiser. Mais il savait que son apparente pudeur cachait un tempérament de feu.

— Laquelle ? demanda-t-elle, se résolvant à le regarder.

Il ne répondit pas mais se pencha vers elle, lentement, pour lui laisser le temps de réagir. Elle recula d'abord, comme pour l'éviter, puis elle parut s'armer de courage et lui offrit son visage.

La rencontre de leurs bouches ressembla à celle de deux aimants, mus par une force invisible. Une formidable vague de désir le submergea, tandis que les lèvres de Lani s'écartaient pour l'accueillir, et il dut résister à l'envie de lui arracher sa robe de cérémonie brodée et de découvrir son corps nu.

Il embrassa avec ardeur sa bouche au goût de miel tout en pétrissant avidement son dos. Lani lui rendait son baiser avec une fougue égale à la sienne, ses bras refermés sur sa taille, son corps mince se cambrant contre le sien.

Pourtant, quelque chose avait changé.

Ses gestes n'avaient plus cette qualité d'abandon qui l'avait frappé lors de leur premier baiser. Enfuis les soupirs, les gémissements se perdant dans la nuit. Elle lui caressait le dos, mais comme contrainte et forcée de feindre la passion.

Il l'écarta doucement. Quand elle ouvrit les yeux, il y lut une certaine inquiétude. Se demandait-elle si elle avait suffisamment bien joué son rôle ?

Il réprima un froncement de sourcils. La proximité des invités la mettait peut-être mal à l'aise.

— Allons dans un endroit plus tranquille, dit-il.

Ainsi, ils pourraient parler en privé et s'habituer à leur nouvelle condition.

— Bien, dit-elle.

Tranquille et accommodante, comme d'habitude. Connaîtrait-il jamais les pensées qui se cachaient derrière son sourire poli ?

Il la prit par le bras et ils s'éloignèrent.

— Nous ne leur manquerons pas, fit-il en souriant. Ce sera bien plus drôle de parler de nous en notre absence.

— Oui, dit-elle d'un ton égal.

Il l'entraîna vers ses appartements où personne ne viendrait les déranger.

Comme il lui désignait une méridienne de cuir souple, elle se percha sur le bord, le dos très raide.

— Aimeriez-vous boire un peu de vin ? demanda-t-il.

— Non, merci. Je n'ai besoin de rien.

Sa réponse hâtive le surprit. Se dirigeant vers le bar, il se servit un verre avant de revenir s'asseoir près d'elle, bien droit, lui aussi. Et il grimaça de les voir tous deux assis à distance l'un de l'autre, avec l'air d'avoir avalé un parapluie. La situation était si pénible qu'il trouva un goût amer à son vin préféré.

Il reposa son verre.

— Vous n'êtes pas obligée de m'épouser, vous savez.

— Mais je le veux ! s'exclama-t-elle.

L'expression de panique qui passa dans son regard démentait ses propos.

— Je me doute que ma mère exerce une forte pression sur vous, dit-il. Et j'en ai rajouté en déclarant publiquement que j'allais vous épouser. Mais je n'ai aucune intention de vous forcer à quoi que ce soit. Si vous voulez tout annuler, il en est encore temps.

Il fut le premier étonné de l'appréhension qui s'empara de lui en attendant sa réponse.

Les événements de la soirée avaient ranimé son sentiment d'appartenir à un peuple bardé de traditions anciennes et de rituels rassurants. Et il s'était engagé à conserver leurs coutumes vivantes. La perspective de passer sa vie avec la ravissante Lani lui avait soudain paru la plus douce des récompenses à sa décision d'assumer le rôle que le pays attendait de lui.

Maintenant encore, son regard ambré envoyait des décharges d'électricité par tout son corps et il brûlait d'envie de caresser sa peau douce.

Mais si elle le repoussait il devrait oublier. Allons, ce n'était pas si grave. Tant de jolies femmes l'attendaient à Los

Angeles. De toute façon, aucune raison au monde n'aurait pu le pousser à contraindre une femme de coucher avec lui.

— Je ne veux pas tout annuler, dit-elle d'une voix hachée. Je veux, au contraire, me marier le plus tôt possible.

Il la dévisagea avec attention.

— Dans ce cas, pourquoi avez-vous l'air si malheureuse ?

— Je suis heureuse, je vous assure.

Nouant ses bras à sa taille, elle se blottit contre lui.

— Vous avez une curieuse façon de le montrer, dit-il.

Malgré tout, le geste de Lani lui avait réchauffé le cœur. Il l'enlaça à son tour pour découvrir qu'elle tremblait de tous ses membres. Elle était incroyablement tendue.

Il lui caressa doucement la joue.

— Ne soyez pas si nerveuse, dit-il.

— Je suis juste… surexcitée.

A franchement parler, elle semblait plus proche de la panique que de l'exaltation. Peut-être redoutait-elle qu'il exige de faire l'amour avec elle dès cette nuit ?

— Rien ne nous presse, vous savez.

— Oh ! Si. Nous n'avons pas le droit de décevoir notre peuple.

Une étrange expression passa dans son regard, frayeur ou calcul, il n'aurait su dire. Et il éprouva une vive curiosité.

— Vous croyez qu'ils s'attendent à ce que nous couchions ensemble ce soir ?

Elle hocha la tête.

— Certainement.

Décidément, elle se révélait une petite personne aussi excitante que déroutante.

— Et vous pensez que nous devrions coucher ensemble ce soir ?

Elle devint couleur pivoine.

— Oui, répondit-elle d'une petite voix.

Il tressaillit. S'il s'était attendu à cette réponse ! En réalité, il avait simplement eu l'intention de lui voler un baiser. Mais peut-être désirait-elle franchir sans tergiverser ce pas de géant ? Ou s'assurer qu'il était un bon amant avant de s'engager avec lui pour le restant de ses jours ? Etant donné les circonstances, il y avait plusieurs manières d'expliquer sa conduite.

Et, en bon mâle plein de fougue, il jugeait que n'importe laquelle ferait l'affaire.

Il se leva et lui tendit la main.

— Dans ce cas, nous ferions mieux de passer dans ma chambre.

5

Sa main dans celle d'AJ, Lani lui emboîta le pas. Elle réussirait à le faire. C'était mieux pour Rahiri, mieux pour toute la famille. AJ serait roi, sa mère serait heureuse et leur enfant aurait le temps de grandir avant d'endosser les responsabilités et les contraintes de la monarchie.

Sur le seuil de sa chambre, il prit ses mains dans les siennes.

— Etes-vous sûre ?

Elle hésita. C'était un homme bon, attentionné, un homme qui méritait mieux qu'elle. Mais si elle voulait que le plan de Priia réussisse elle devait... passer à l'acte le plus rapidement possible.

Passer à l'acte. L'expression même évoquait un crime. Mais, au vu des circonstances, il ne pouvait s'agir de faire l'amour.

Elle n'avait jamais fait l'amour avec Vanu non plus. Aucun amour n'existait entre eux, bien qu'elle ait essayé d'en faire surgir dans les premiers temps de leur mariage.

Il lui caressa la joue, ce qui la fit frissonner de plaisir. Son toucher était doux, rassurant, ses grandes mains sensibles. Elle posa les mains sur son torse et, l'explorant à travers la tunique, elle sentit ses muscles se gonfler sous ses doigts.

Il avait un corps superbe. Elle l'avait vu nager dans le lagon, un matin, et son cœur s'était presque arrêté de battre à la vue de ses puissantes épaules luisant au soleil tandis que l'eau léchait son corps bronzé.

Le souvenir l'emplit de langueur. Elle réussirait certainement à coucher avec lui, et avec joie.

Comme il tâtonnait pour défaire le nœud compliqué de la large ceinture qui lui ceignait la taille, elle l'aida, et le tissu soyeux tomba à ses pieds. La prenant par la taille, il se mit à la caresser à travers la robe.

Une soudaine appréhension la saisit. Et s'il sentait que son ventre n'était pas tout à fait aussi plat qu'il aurait dû l'être ?

Malgré le remords qui la tenaillait, elle défit les boutons de sa tunique. Mieux valait continuer sur sa lancée et faire en sorte qu'il soit tellement pris par l'action qu'il ne remarque rien.

Et dire qu'il la trouvait si gentille…

Son cœur battit sauvagement quand elle écarta la tunique de ses épaules, révélant son torse musclé. A sa vue, les pointes de ses seins durcirent et il lui sembla qu'un nœud se formait dans son ventre. Cette excitation ne risquait-elle pas de faire du tort au bébé ? Elle savait que les relations sexuelles étaient permises pendant une grossesse, mais il lui paraissait mauvais d'éprouver du plaisir dans les circonstances présentes.

Levant la tête, elle croisa son regard. Il lui sourit.

— Je suis le plus heureux des hommes, dit-il d'une voix hachée.

Elle déglutit péniblement. Non. Le plus heureux des hommes aurait eu une femme honnête, pas une manipulatrice pressée de coucher avec lui pour lui faire endosser la paternité de son enfant.

Elle baissa les yeux sur le bouton de son pantalon, entreprit de le défaire, mais elle eut un mouvement de recul en découvrant une érection impressionnante sous la fermeture à glissière.

Il éclata de rire.

— Comme tu peux le constater, tu me fais de l'effet !

Elle se força à sourire.

— Tu me plais toi-même beaucoup !

Sur ce point, elle ne mentait pas. Elle éprouvait un désir tout nouveau, et si vif qu'il en était douloureux.

Il lui ôta sa robe qu'une simple agrafe maintenait en place et un air chaud parcourut son corps. Et soudain, nue devant lui, elle éprouva un intolérable sentiment de manque. Elle aspirait à connaître la chaleur de l'amour, de la camaraderie, du partage, et les joies du sexe. Toutes choses dont elle avait été jusqu'ici cruellement privée.

Et aujourd'hui cet homme beau et bon se proposait de lui offrir tout cela.

Un sanglot la secoua.

— Qu'y a-t-il ? demanda-t-il, la prenant par les épaules.

Il fronça les sourcils, sans doute irrité par ses incessants revirements.

— Etre ma femme est donc un destin si cruel ?

Un nouveau sanglot lui échappa.

— Je ne peux pas faire ça, dit-elle en bredouillant.

Les larmes inondaient maintenant ses joues et roulaient sur ses seins nus.

— Dans ce cas, il ne faut pas le faire. Nous allons nous rhabiller. Je ne te forcerai jamais à rien, tu le sais, Lani.

— Il faut pourtant que nous le fassions ! s'écria-t-elle.

Il la regarda, éberlué.

— Et pourquoi ?

— Parce que je suis déjà enceinte !

Ces paroles résonnèrent dans la pièce avec autant de force que l'écho d'un gong.

— Tu portes l'enfant de Vanu ? demanda-t-il.

Son regard se posa sur son ventre et elle le couvrit hâtivement de ses mains, hochant la tête, les yeux pleins de larmes.

Un froid glacial l'envahit. Au moment où il se sentait prêt à s'engager dans une nouvelle existence, où il décidait d'épouser Lani et de vivre heureux avec elle, sortant de sa tombe, le bras vengeur de son frère venait s'abattre sur lui.

— Pourquoi ne l'as-tu pas dit plus tôt ?

— Je ne le sais que depuis quelques jours. Quand j'ai fait un test et…

Elle baissa les yeux, incapable de soutenir son regard.

Il comprenait mal les raisons de son silence. A moins que… Sa mère était si impatiente de les voir mariés, pour préserver l'union de la famille. Peut-être l'avait-elle convaincue qu'il serait moins enclin à l'épouser s'il savait qu'elle portait l'enfant de Vanu ?

— Alors tu comptais m'épouser et me faire croire que l'enfant était de moi ?

— Je ne voulais pas…

Elle s'interrompit, apparemment incapable de poursuivre.

— Mais maman t'a persuadée d'agir ainsi.

Elle hocha la tête.

— Elle disait que ce serait mieux, parce que, de cette façon, ce serait toi qui succéderais à Vanu et non le bébé.

Un juron lui échappa.

— Je n'arrive pas à croire que vous ayez monté un plan pareil ! Bon sang ! Je n'ai jamais aspiré au trône. J'aurais été ravi de regagner Los Angeles et de laisser ton enfant régner sur Rahiri !

— C'est précisément ce que ta mère craignait. Elle tient tellement à ce que tu restes.

Il le savait. Le bonheur que sa mère tirait de sa présence le remplissait de culpabilité.

— Et toi ? demanda-t-il, posant sur elle un regard inquisiteur. Quelle raison as-tu de m'épouser ? De toute façon, ton enfant héritera du trône.

— Mon enfant n'est pas né !

— Il ne se voit même pas encore, dit-il, les yeux sur son ventre. Et je me demande si je dois te croire. Rhabille-toi.

La sécheresse de l'ordre la fit sursauter. Elle ramassa sa robe et la remit pendant qu'il boutonnait son pantalon.

Si elle était vraiment enceinte et qu'elle souhaitait faire passer l'enfant pour le sien, il comprenait son impatience à coucher avec lui. Le désir n'avait rien à voir dans l'affaire.

Devant une telle duplicité, il éprouva colère et dégoût. Dire qu'il la trouvait si douce, si innocente, alors qu'elle s'apprêtait à lui jouer une comédie qui l'aurait condamné à une vie entière de tromperie et de mensonge !

Il ne désirait pas revenir à Rahiri. Son instinct le poussait à en repartir le plus vite possible, mais il s'était déréglé après le baiser explosif échangé avec Lani. Il aurait dû deviner que derrière la jolie façade se cachait une nature fausse et calculatrice. Quelle femme embrasserait passionnément un homme quand son mari venait de disparaître ?

Il scruta son visage et détesta le voir si beau, et lire la crainte dans les yeux couleur d'ambre.

Se détournant, il se dirigea vers la porte. Il n'aurait jamais dû promettre de rester. Cette décision allait à l'encontre de tout ce qu'il attendait de la vie. Il aimait son métier et ses amis de Los Angeles. Il n'éprouvait aucun intérêt pour le mariage et une existence routinière.

Mais les roulements de tambours du cérémonial antique avaient réveillé quelque chose en lui. Ils avaient fait battre son cœur sur un rythme primitif et ravivé le magnétisme mystérieux et puissant que ces îles exerçaient sur quiconque y vivait. L'alliance magique de la jungle luxuriante et de l'océan d'un bleu lumineux créait un paradis capable de subjuguer un homme à la manière d'une jolie femme.

Et, à la manière d'une jolie femme, les îles se révélaient dangereuses, car elles vous réduisaient à leur merci avant que vous n'en ayez pris conscience. En un clin d'œil, vous vous retrouviez prisonnier de la tradition et des attentes de gens que vous ne connaissiez même pas.

Eh bien, terminé tout cela ! Il avait baissé sa garde un moment et accepté le manteau royal qu'on voulait poser sur ses épaules, mais il pouvait encore le rejeter.

Il se tourna vers Lani, debout à côté du grand lit dans lequel elle prétendait vouloir entrer.

Mensonges !

— Tu me dégoûtes.

Il la vit tressaillir sous l'insulte.

— Je suis désolée.

— Mensonges, mensonges ! Tu n'es pas désolée, sinon tu n'aurais pas agi ainsi !

— J'ai fini par te dire la vérité.

— Tu avais sans doute tes raisons !

La perspective de coucher avec un homme qu'elle n'aimait pas avait peut-être été insupportable pour son cœur pourtant endurci ?

— Je suppose que tu n'as pas supporté l'idée d'un remariage avec le frère de ton mari et que tu préfères envoyer la tradition au diable, dit-il d'un ton méchant.

— Je veux t'épouser.

Il poussa un grognement de mépris.

— Comme c'est noble de ta part de te montrer aussi généreuse de ton corps et de ta vie ! Mais permets-moi de refuser ce sacrifice. Sors de cette pièce, s'il te plaît !

Tremblant de fureur, il lui désigna la porte. Mais elle ne bougea pas.

— Va-t-en ! cria-t-il, hors de lui.

Elle sembla se recroqueviller sur elle-même.

— Les invités sont probablement encore là, dit-elle en serrant contre elle les pans de sa robe.

— Et alors ? Tu as peur que, te voyant en tenue négligée, ils se figurent que tu sors de mon lit ? C'était pourtant bien ce que tu voulais, non ?

Il prit un air soupçonneux.

— Mais, ça, c'était quand tu avais l'intention de leur faire avaler que j'étais le père de ton enfant ! Si tout le monde sait que tu es enceinte de mon frère, coucher avec moi paraîtrait moins glorieux, n'est-ce pas ?

Elle secoua la tête.

— Je ne voulais pas cela, dit-elle, les yeux pleins de larmes.

— Moi non plus. Seulement, toi, tu as choisi ton rôle en épousant mon frère. Moi, j'ai été projeté dans cette farce dès la naissance. Il m'a fallu des années pour en sortir et j'ai commis la plus grosse erreur de ma vie en vous laissant, ma mère et toi, m'attirer dans vos filets. J'aurais dû me douter que, jolie comme tu es, tu avais l'habitude de parvenir à tes fins !

Son regard mouillé de larmes ne faisait qu'exacerber sa colère.

— Je t'ai dit de partir ! dit-il, vociférant.

Si elle ne sortait pas de sa chambre, il était capable de se laisser apitoyer. Elle tenait toujours, serrés maladroitement contre elle, les pans de sa robe. Il ramassa sa ceinture et la lui jeta. Il était hors de question qu'il la touche, son contact était aussi dangereux que le venin du cobra. Il la voulait hors de sa vue avant qu'un événement fâcheux ne se produise.

Moins d'une heure plus tôt, il s'était engagé à rester à Rahiri et à monter sur le trône. Sous les vivats des gens, rempli de fierté ancestrale et d'espoir pour l'avenir, il avait savouré le sentiment d'appartenir à un peuple et d'être destiné à accomplir de grandes choses pour lui.

Ce n'était pourtant qu'un leurre. Caché sous les plis de la robe de Lani, Rahiri possédait déjà un souverain attendant de succéder à son père.

Il la regarda rattacher sa ceinture autour de sa taille fine. Y avait-il vraiment un bébé ? Et si c'était une ultime tentative pour se débarrasser de lui ? Il était dans la confusion la plus totale. Il était habitué à diriger, à dicter aux gens leur conduite. Si certaines scènes ne lui convenaient pas, la postproduction lui permettait de les réarranger à sa guise. Il pouvait couper sans pitié dans les prises de vues, et même retourner des scènes si besoin était.

Dans la vie réelle, on ne procédait jamais à de nouvelles prises de vues.

Sa ceinture nouée, Lani glissa ses pieds dans ses sandales. En la voyant trembler, il eut un élan de compassion qu'il fit rapidement taire.

Quand il ouvrit la porte, des bruits de pas et un brouhaha de voix résonnèrent au loin, dans la galerie. Probablement des invités quittant la réception. Comment réagiraient-ils en voyant Lani les dépasser en courant, le visage baigné de larmes ? Mais sans doute n'en attendaient-ils pas moins d'une veuve éplorée, sommée d'épouser un quasi-inconnu.

Sur le seuil de la porte, elle hésita, triturant nerveusement sa robe.

— Tu crains de les affronter ? demanda-t-il d'un ton glacial. Et si tu leur disais simplement la vérité, comme à moi ?

Elle n'avait pas prononcé un mot depuis un moment et son silence commençait à lui peser. De quel droit prenait-elle cet air de victime ? Soudain, c'était lui le méchant de la fable, celui qui menaçait de ruiner des plans soigneusement établis.

Elle fit visiblement un effort sur elle-même pour répondre.

— Ta mère tient à garder le secret.

— Et tu lui obéis en tout ?

Devant son silence éloquent, son irritation redoubla.

— On ne manipule pas les gens comme des marionnettes ! C'est d'elle que Vanu tenait sa manière de tirer les ficelles en coulisse. Mais il est temps que ça cesse !

Il la saisit par le bras, haïssant la façon dont son pouls s'accélérait à son contact.

— Viens. Nous allons mettre fin tout de suite à cette comédie !

Elle se dégagea. Et comme il ne voulait pas lutter avec elle il la laissa aller.

— Ta mère était si heureuse ce soir…, dit-elle d'une voix faible.

Il se rembrunit. On entendait encore dans la distance le battement lancinant des tambours. Les gens devaient danser et rire à la perspective d'un avenir qu'ils avaient appelé de tous leurs vœux.

— Ta mère a eu tellement de chagrin. Ne pouvons-nous pas la laisser profiter de ces instants ? dit-elle sans le regarder.

— Laisser la comédie se poursuivre et remettre la confrontation avec la réalité à plus tard ? Si tu y tiens, pourquoi pas. Mais je n'irai pas jusqu'à te garder pour la nuit.

Il lui jeta un regard dur.

— Ton bébé et toi, ça fait un peu trop de monde dans la chambre.

Sans compter ton défunt mari.

Cependant, n'étant pas à ce point dénué de cœur, il garda cette dernière réflexion pour lui.

— Voudrais-tu m'accompagner à ma chambre ? demanda-t-elle d'une petite voix, les yeux toujours baissés. Si on me voit seule, on comprendra que quelque chose ne va pas.

Il fut tenté de refuser. Rien n'allait, autant que les gens le sachent. Cette comédie le rendait malade. Et le pire était que Lani, de sa voix douce, jouait sur sa corde sensible et lui donnait l'envie de la protéger.

Comment pouvait-elle être si exaspérante et si belle à la fois ? Sa peau rayonnait dans la lumière tamisée et ses cheveux étincelaient comme de l'or.

— Bien sûr, dit-il entre ses dents.

Cette fois, il se garda bien de la toucher. Il parcourut la galerie à grandes enjambées, la laissant se hâter derrière lui dans sa longue robe. Sa chambre se trouvait dans l'aile opposée du palais, ce qui les obligeait à passer devant la salle de bal d'où filtraient rires et accords de musique.

Un groupe qui bavardait devant la porte sourit à leur approche.

La poitrine d'AJ se contracta. Tous ces gens voyaient en eux un couple heureux, qu'un bel avenir attendait.

S'ils savaient…

— Quel air sérieux, Arun ! dit en souriant un vieil

homme en qui il reconnut un ministre de son père. Le poids des responsabilité creuse déjà ton visage de rides.

Il essaya d'adoucir son expression.

— J'accompagne Lani à sa chambre. Elle est fatiguée.

— Je n'en doute pas un instant.

Devant le ton chargé de sous-entendus, Lani s'empourpra.

Pourquoi un tel embarras puisque c'était exactement ce qu'elle souhaitait ? A présent, tout le monde était persuadé qu'ils avaient scellé leur pacte en faisant l'amour.

— Ta mère est si heureuse, Arun, dit la femme de l'ancien ministre en lui tapotant le bras. Tu n'imagines pas la joie que tu apportes à notre peuple. Et je dois ajouter que vous formez un couple magnifique.

La dernière remarque s'adressait à Lani.

— Je vous remercie, dit celle-ci. Mais j'ai vraiment besoin de prendre du repos.

La tension d'AJ s'allégea légèrement tandis qu'ils s'éloignaient enfin dans le couloir. Au retour, il ferait le détour par les jardins afin d'éviter les allusions grivoises des invités.

A présent, Lani marchait devant lui, très droite sous la cascade de ses cheveux qui lui arrivaient à la taille. Une demi-heure plus tôt, il avait glissé ses doigts dans leur masse soyeuse et s'était imaginé se comportant en époux avec elle. Mais l'idée s'était évaporée. Lani était redevenue une étrangère hostile.

A la porte de sa chambre, elle posa sur lui un regard chargé de tristesse.

— Merci de m'avoir aidée à affronter le regard des gens.

— J'ignore pourquoi j'ai agi ainsi. Il faut croire que je suis une poire.

— Pas du tout ! Tu es un homme d'honneur. Cela transparaît dans tout ce que tu dis, ou fais.

Sa voix était ferme et elle leva un regard limpide sur lui.

— Tu devrais être roi et je m'en voudrai toute ma vie d'avoir gâché cette chance.

En entendant ces paroles, sa colère tomba. Personne ne

s'était soucié des désirs de Lani. On attendait simplement d'elle qu'elle facilite la succession et rende agréable la vie des gens. Rien de tout cela n'était son idée. Qu'avait-elle à gagner à coucher avec lui ou, pire, à l'épouser ? Elle aurait probablement préféré mener la vie tranquille du commun des mortels.

— Pourquoi as-tu accepté de suivre les machinations de ma mère ?

— A ton arrivée, elle ignorait que j'étais enceinte. Moi aussi, d'ailleurs. Je n'ai découvert ma grossesse que le soir où j'ai été malade à table et où je me suis retirée dans ma chambre.

Les pièces du puzzle se mettaient petit à petit en place. Leur premier baiser avait donc eu lieu avant qu'elle ne soit au courant de son état.

— Ainsi, le mécanisme qui devait nous conduire au mariage était déjà enclenché et tu pensais qu'il était trop tard pour l'arrêter ?

— Ta mère était folle de joie à l'idée que tu restes parmi nous. Quant à moi, j'aimais l'idée que mon enfant grandisse sans avoir le poids de la monarchie sur les épaules. L'idée m'a paru acceptable jusqu'à ce que…

— Jusqu'à ce que tu te mettes nue devant moi. Alors, n'ayant plus rien pour te dissimuler, tu as pris peur.

Elle soutint son regard.

— Je ne suis pas taillée pour le mensonge. Et tu ne mérites pas cela. Tu es bon.

Ses cheveux ridiculement longs tombaient sur ses épaules. Sa robe traditionnelle, pas très bien rajustée, pendait bizarrement et ses grands yeux brillaient encore de larmes. Il lutta contre l'envie de la prendre dans ses bras et de la réconforter.

Il s'agissait d'être juste. Sa colère s'adressait-elle à elle ou au malencontreux effet qu'elle produisait sur lui ? Pour sa part, elle essayait seulement de se conformer aux attentes de son entourage. La tradition la plaçait entre le marteau et l'enclume et il ne pouvait s'empêcher de se demander lequel des deux il représentait.

— Je suis content que tu m'aies parlé, dit-il.

— Je n'aurais plus jamais pu me regarder dans une glace si je ne l'avais pas fait.

— Mais, pour commencer, pourquoi t'es-tu résolue à épouser un inconnu ?

Elle demeura quelques instants silencieuse.

— Pour Rahiri, dit-elle enfin. Et pour ta mère.

Il passa une main dans ses cheveux.

— Tu avais donc toutes les raisons de m'épouser, dit-il avec un rire amer, sauf... que j'étais moi.

— J'aurais été fière de t'avoir pour époux, dit-elle en rougissant.

Il secoua la tête.

— Même si la fierté n'est pas exactement le sentiment que j'attends de ma femme, je suis flatté.

Elle parut embarrassée.

— Tu me plais, dit-elle d'une voix presque inaudible.

Sa pudibonderie lui arracha un rire, ainsi qu'un brusque accès de désir.

— J'en suis heureux, dit-il. Je détesterais épouser une femme qui me trouverait répugnant.

Il croisa les bras, s'efforçant de ne pas se laisser attendrir par l'expression étonnée de son visage.

— Ainsi, tu étais prête à me supporter pour le salut de Rahiri ?

Elle haussa les épaules et, pour la première fois, il vit une étincelle d'humour s'allumer dans son regard.

— Je trouvais le sacrifice envisageable.

— Ton patriotisme est impressionnant.

Il ne put se retenir de sourire. Mais, soudain, il se rappela qu'elle avait eu l'intention de faire passer l'enfant de Vanu pour le sien.

— De combien de temps es-tu enceinte ?

Son visage se crispa.

— Presque deux mois.

— Vous l'avez conçu juste avant la disparition de Vanu ?

Elle hocha la tête.

— C'est pour cela que je ne pensais pas être enceinte. J'attribuais mes malaises et ma fatigue au stress.

— Vanu n'a pas su pour le bébé ?

— Non.

Elle le regarda hardiment, comme si elle le mettait au défi d'en tirer une conclusion.

Il ne savait trop que penser. Vanu et elle avaient été mariés presque cinq ans. Pourquoi donc n'était-elle tombée enceinte que maintenant ? C'était étrange, et presque trop… commode, d'une certaine façon.

— Si tu n'avais rien dit, personne n'aurait jamais su que ce n'était pas mon enfant.

— Moi, j'aurais su.

Une lueur s'alluma dans ses yeux. Il y avait une détermination, une force combative que son apparence fragile dissimulait. De nouveau, l'aiguillon du désir vint combattre la rancœur que sa duplicité éveillait en lui.

— J'apprécie ton honnêteté, dit-il.

Il hésita. Mille pensées tourbillonnaient dans son cerveau. Quand il avait affirmé son intention de monter sur le trône, il était sincère. Son sens de la tradition et de l'honneur s'était mis à courir dans ses veines. Soudain, on aurait dit que sa vie entière l'avait mené à cette soirée, où il avait décidé d'assumer ses responsabilités de chef.

Il avait dirigé des distributions de centaines d'acteurs, géré des budgets astronomiques et pallié, coûte que coûte, l'imprévu. Et tout cela avec, pour résultat, quatre-vingt-dix minutes de plaisir pour les spectateurs. Mais, en tant que roi de Rahiri, il aurait le pouvoir de changer profondément le cours de la vie des populations, en investissant par exemple dans le système éducatif et les infrastructures du pays.

Il n'avait pas décidé de rester uniquement pour Lani. Et elle ne serait pas la cause de son départ.

— Et si ta petite bombe ne ruinait pas tout ? dit-il.

— Que veux-tu dire ?

— Tu sais très bien ce que je veux dire ! répondit-il en riant. Nous pouvons encore nous marier.

Elle rougit.

— Malgré ce que tu sais ?

Il haussa les épaules.

— Il s'agit juste d'un bébé.

Il se sentait capable d'élever un enfant, qu'il soit biologiquement le sien ou non. Jusqu'ici, il ne s'était pas vraiment penché sur l'idée de fonder une famille, mais la perspective présentait soudain un certain attrait.

Il ne pouvait nier que Lani aussi présentait un attrait. Et un attrait considérable. Aussi courageuse que belle, elle avait pris de gros risques pour lui dire la vérité. S'il suivait son exemple, il était certainement capable d'épouser une femme comme elle et d'endosser le rôle qu'on tenait tant à lui confier.

— Je suis heureuse d'avoir un enfant, dit-elle, le visage illuminé par la joie. J'en avais envie depuis des années. C'est comme un rêve devenu réalité…

Ses lèvres tremblèrent.

— … sauf qu'il se réalise au mauvais moment.

Il aurait aimé lui demander pourquoi Vanu et elle avaient attendu si longtemps pour concevoir un enfant mais jugea préférable de s'abstenir.

— Je n'ai pas peur d'élever l'enfant de mon frère, dit-il à la place.

Pourtant, une brusque inquiétude naquit dans son esprit. Et si l'enfant de Vanu ressemblait à son père ? Il refoula cette pensée dérangeante.

Il s'étira, les muscles de son dos soudain douloureux, sans doute à cause du poids de tant d'attentes.

— Tu ne comptes pas informer l'enfant ? demanda-t-il.

— Il me semble que lui dire la vérité compliquerait les choses, à cause de la succession au trône.

— Nous pourrions la lui apprendre quand il serait en âge de l'entendre, mais je comprends que ce soit plus raisonnable de se taire. Quand nous déciderons qu'il est temps pour lui de devenir roi, je m'effacerai en douceur.

— Tu vois, il n'y a pas de réelle nécessité à ce que lui ou quiconque sache.

— Et il ne sera pas traumatisé en apprenant la vérité adulte. Oui, c'est mieux ainsi.

Il frotta ses tempes douloureuses. Tant de changements radicaux s'étaient produits dans sa vie, en une soirée. En particulier, il se retrouvait futur père. Il grimaça.

— Qu'y a-t-il ? demanda-t-elle, aussitôt inquiète.

— Je suis sur le point d'être père et je n'ai pas encore goûté aux délices de ton corps. C'est une honte.

Elle s'empourpra.

— Je suis désolée d'avoir tout gâché.

— Tu as bien agi. Nous aurons tout le temps de nous rattraper plus tard, sans larmes, j'espère.

Il s'interrompit et la dévisagea.

— Si nous nous marions, bien sûr.

Le doute l'empoisonnait encore. Tout était arrivé si vite et l'enjeu était tellement important. Chaque décision à prendre semblait une question de vie ou de mort.

— Je ne veux pas te bousculer, dit-elle. Je n'en ai jamais eu l'intention. C'est à toi de prendre la décision, à présent que tu as toutes les données en main.

Il prit sa respiration.

— Ce soir, je me suis engagé vis-à-vis de Rahiri et de toi. Je ne reviendrai pas sur ma parole. Le courage dont tu as fait preuve en choisissant de me dire la vérité me donne toutes les raisons d'avoir confiance en toi.

Son approbation parut embarrasser Lani dont les joues rosirent.

— Mais tu es vraiment trop belle pour ton propre bien, dit-il.

Elle eut un sourire amusé.

— C'est ce que me répétait ma tante Freda. Elle disait que les filles comme moi finissent toujours par avoir des ennuis.

— Et c'est ce qui est arrivé.

Comme elle semblait étonnée, il précisa :

— En entrant dans la famille royale, je veux dire. La vie au palais ne consiste pas à se gaver de douceurs en se faisant éventer par de fidèles serviteurs.

— Non. Il y a les grandes réceptions, les interminables banquets. C'est épuisant.

Son visage exprima de la gaieté pour la première fois depuis qu'elle lui avait révélé sa grossesse.

— Une chance que nous soyons assez jeunes et forts pour faire face, dit-il.

Son envie de la prendre dans ses bras était toujours terriblement présente.

— Peut-être tirerons-nous même du plaisir de cette histoire.

Les yeux de Lani brillaient. Il lui prit la main et la serra dans les siennes.

— Plus je te connais, dit-il, plus je t'apprécie.

Elle se mordit la lèvre.

— Moi aussi je t'apprécie. C'est pourquoi je n'arrive pas à te mentir.

Il se rembrunit.

— La grande question est : parviendrons-nous à mentir aux autres ?

— C'est peut-être de l'inconscience, mais je ne suis pas inquiète.

Elle fronça les sourcils.

— Après tout, la filiation de notre enfant ne regarde que nous. C'est entre toi et moi qu'il est important que les choses soient claires.

Il la regarda.

— Tu as parfaitement raison. Si nous nous marions, ce sera *notre* enfant. Vanu est parti, nous ne lui ôtons donc rien. Et nous élèverons cet enfant comme le nôtre, avec tout l'amour et la tendresse que nous manifesterions à tout enfant qui serait à nous deux.

Il sentit la main de Lani se crisper dans les siennes.

— Et si nous avons d'autres enfants et que tu tiennes à ce que ton aîné hérite du trône à sa place ? La situation deviendrait très compliquée.

Il la dévisagea un moment avant d'éclater de rire.

— Je ne suis pas un conquérant en route pour dominer le monde ! Et je n'interférerai certainement pas dans les histoires de succession au trône !

Elle retrouva son sourire.

— Il fallait que je soulève le problème. Mais je te crois. Tu n'es pas ce genre de personne.

Le genre de personne qu'était Vanu. La déplaisante pensée assombrit son bonheur naissant.

Il porta la main de Lani à ses lèvres et l'embrassa, tentant de chasser l'image de Vanu qui se faisait soudain envahissante. Son cruel frère se tiendrait-il en permanence derrière lui, telle une ombre maléfique, quand il élèverait son enfant ?

La main de Lani sentait le lys. Quand il y pressa ses lèvres, elle soupira.

Non. Vanu ne réussirait pas à ternir son bonheur depuis sa tombe. Il était mort, effacé ; il appartenait au passé, et il ferait en sorte qu'il y reste. Lani et lui construiraient un avenir radieux pour eux et leur enfant.

Il plongea son regard dans le sien qui recelait bien des mystères dans ses profondeurs dorées. Il ignorait où ce mariage les mènerait, mais le goût de l'aventure l'invitait à monter à bord du bateau. Doucement, il effleura les lèvres de Lani d'un baiser.

Elle leva la tête et écrasa ses lèvres sur les siennes, les yeux fermés. Il referma les bras sur elle et l'étreignit. Alors, avec un soupir, elle se blottit contre lui. A présent, la flamme qu'il sentait brûler en elle s'exprimait naturellement, pas dans l'urgence et la tension, comme tout à l'heure.

Il glissa les mains sur ses fesses fermes, puis sur ses longues cuisses racées. Il avait tant fantasmé de les avoir nouées à ses reins que son désir flamba. Elle avait glissé ses doigts dans ses cheveux, puis sous son col, et ses caresses le faisaient frissonner de plaisir sensuel. Au contact des pointes de ses seins durcies à travers la robe, il pouvait affirmer qu'elle était également excitée.

Il mourait d'envie de la dénuder, mais son instinct le lui déconseilla formellement. Elle était veuve de fraîche date, enceinte, et manifestement tourmentée par le dilemme devant lequel elle se trouvait. Les événements de la soirée s'étaient succédé à un rythme qui aurait donné le tournis à n'importe qui et il refusait de se précipiter dans une relation sexuelle débridée, au risque de rendre la situation encore plus explosive et incertaine.

Il devait être fort pour deux.

— Ce soir, je dormirai dans ton lit…

Elle le considéra, interdite.

— … mais nous ne ferons pas l'amour, dit-il.

Elle rosit. Déception, soulagement ? Peu importait.

Quand il lui ferait l'amour pour la première fois, ce serait bien, et juste. Il avait toute la vie devant lui pour savourer sa jeune épouse et, ce soir, il ferait passer ses besoins avant les siens.

6

Lani ne réussit à prendre que quelques heures d'un sommeil agité. Comme aurait-elle pu se détendre alors que sa vie subissait des bouleversements majeurs, et qu'un homme qui la troublait infiniment reposait à côté d'elle ?

Comme d'habitude, il était parti courir dès son réveil. Elle s'était douchée et changée avec une appréhension grandissante. Sa belle-mère ne se doutait évidemment pas qu'elle avait tout avoué à AJ au sujet du bébé et qu'il avait failli faire ses valises. Et elle craignait de le lui apprendre.

A la table du petit déjeuner, Priia exultait, disparaissant à demi derrière une pile de journaux.

— Nous sommes à la une ! disait-elle avec fierté.

Lani jeta un coup d'œil à l'*Aipu Clarion*. Sur la première page s'étalait en effet l'annonce de leur mariage et de l'accession d'AJ au trône.

— Qu'en dit le *New York Times* ? demanda-t-elle.

Priia agita la main, son geste souligné par le tintement de ses bracelets d'or.

— Ils ne sont pas encore réveillés ! De toute manière, les journaux de ce genre préfèrent diffuser les mauvaises nouvelles plutôt que les bonnes !

Sa belle-mère la considéra avec attention.

— Comment te sens-tu ?

— Bien, répondit Lani, se servant d'ananas.

— Pas trop fatiguée ?

Priia, le regard souligné d'une épaisse couche de mascara,

lui adressa un clin d'œil et Lani tressaillit. Rassemblant tout son courage, elle décida de se jeter à l'eau.

— J'ai parlé du bébé à AJ, dit-elle dans un souffle.

— Comment ? s'écria Priia d'un ton suraigu.

Puis, regardant autour d'elle, elle fut soulagée de constater que son cri n'avait pas alerté les serviteurs. Elle s'empara alors de la main de Lani.

— Pourquoi ?

— C'était un mensonge trop énorme pour un futur mari.

Elle s'assit à côté de sa belle-mère.

— Il a d'abord été choqué, mais ensuite il m'a remerciée de lui avoir parlé.

Elle sentit sur son bras la pression des ongles peints de Priia.

— Il veut toujours t'épouser ?

Lani hocha la tête.

— Apparemment.

Priia poussa un long soupir et lâcha son poignet.

— Le ciel en soit loué ! Tu as été brave, ou folle, je ne sais pas lequel des deux.

Elle fit bouffer ses cheveux.

— Bien sûr, je ne suis pas surprise qu'il tienne encore à faire son devoir.

— Il est d'accord pour taire la paternité de l'enfant et monter sur le trône.

— Parfait !

Priia se leva.

— C'est beaucoup mieux que tout ce que j'aurais pu prévoir. Tu es vraiment une bénédiction, mon enfant.

Et sa belle-mère l'embrassa sur les deux joues avant de quitter la pièce en coup de vent.

Elle mangeait un morceau de melon quand AJ entra, l'air perplexe.

— Je ne sais plus si j'ai fait de drôles de rêves cette nuit ou des promesses inconsidérées hier soir.

— La réponse est là, dit-elle, désignant la pile de

journaux. Si c'est en couverture de *The Napau Inquirer*, ce doit être vrai.

La photographie de couverture les montrait tous les deux, juste après l'annonce. Son visage exprimait surprise et appréhension, mais, avec un peu de chance, les gens prendraient cela pour de la béatitude.

— Le roi AJ, dit-il d'un ton faussement digne. Ça sonne bien, non ?

Elle rit.

— Je ne sais pas pourquoi la moitié des noms de Rahiri sont des initiales. Mais, en tant que roi, c'est toi qui fais la loi.

— C'est une pensée réconfortante.

Un serveur apporta le petit déjeuner d'AJ ainsi que des journaux supplémentaires.

Il prit le magazine du dessus de la pile et se laissa tomber sur une chaise.

— *The Hollywood Reporter* : « Le réalisateur de *Dragon Chaser* saisit une couronne au vol. » La tournure évoque plutôt le frisbee, non ? Enfin, curieusement, la couronne s'adapte assez bien sur ma tête, ce matin.

Il posa ses séduisants yeux noirs sur elle.

— C'est peut-être en rapport avec la ravissante jeune femme qui l'accompagne.

Elle rosit. Heureusement qu'ils n'avaient pas fait l'amour cette nuit. Ç'aurait été trop, et trop tôt. Vu les circonstances, l'attirance qu'elle éprouvait pour lui était plutôt inquiétante.

Le portable d'AJ sonna.

— Oh ! Non, dit-il. Depuis ce matin à l'aube, je suis harcelé de coups de téléphone. La plupart de gens qui travaillent avec moi et qui craignent que je les laisse tomber.

Il prit l'appel et elle l'entendit assurer à son interlocuteur qu'il avait bien l'intention de terminer son film.

Elle lui servit une tasse de thé et attendit qu'il ait raccroché pour suggérer :

— Dis-leur de venir s'installer à Rahiri.

— Bonne idée. Je devrais ouvrir un studio ici et obtenir

que les huiles se déplacent pour me voir plutôt que le contraire.

— Ta mère fait beaucoup d'efforts pour soutenir l'industrie du tourisme. C'est sans doute l'unique chance pour Rahiri d'exister enfin sur la carte du monde. Alors, tu imagines le coup de pub si nous avions des vols directs de Londres et de Paris, des hôtels cinq étoiles et des hôtes célèbres !

Elle lui adressa un clin d'œil.

— Ne la lance pas là-dessus, s'il te plaît ! Elle serait intarissable.

— Chaque chose en son temps. Mais les possibilités sont infinies, tu ne crois pas ?

Les médias prirent le palais d'assaut. Les représentants des chaînes de télévision locales arrivèrent les premiers, suivis des émissions people de Los Angeles et d'ailleurs, tous intrigués par la métamorphose du play-boy hollywoodien en monarque.

Au début, Priia tenta de se débarrasser des journalistes par des déclarations improvisées, mais, l'après-midi, il devint évident qu'il fallait organiser une conférence de presse et on la programma pour le lendemain matin.

Pour l'occasion, Priia suggéra à Lani de porter une jolie robe jaune pâle, rehaussée de broderies chatoyantes. Elle essaya ensuite de faire enfiler à AJ une tunique de cérémonie, mais il réussit à la faire changer d'avis et opta pour un costume Armani.

— Quel beau couple ! dit Priia, exultant. Préparez-vous à être mitraillés de photos.

— Je parie qu'il vont chercher à déterrer des saletés sur mon compte, dit AJ, sombre.

— Garde la tête haute, répondit Priia en lui tapotant la joue, et rappelle-toi la fière histoire de notre île.

— Merci du conseil, maman, fit-il, adressant un clin d'œil à Lani.

Elle avait remarqué qu'il laissait parler sa mère, mais n'en faisait qu'à sa tête.

— Et, Lani, ajouta Priia, si les journalistes te posent des questions embarrassantes, ne te laisse pas impressionner. Retranche-toi derrière ton deuil.

Son cœur se serra d'appréhension. Heureusement, c'était AJ qui serait principalement en ligne de mire.

L'assistante de Priia passa la tête par la porte.

— Ils vous attendent sur la terrasse, annonça-t-elle. Je leur ai servi du thé et des gâteaux à la noix de coco, selon vos instructions.

Priia applaudit des deux mains.

— Parfait ! Cette collation les mettra de bonne humeur ! Venez, mes chéris. Allons leur présenter la nouvelle famille royale de Rahiri dans toute sa gloire !

Ils la suivirent sur la terrasse. En découvrant la cinquantaine de journalistes qui les guettaient, appareils photo collés au visage, Lani se sentit prise d'angoisse. Des commentaires s'élevèrent alors qu'AJ et elle prenaient place. Des lampes, hâtivement installées, étaient braquées sur leurs sièges.

Des micros jaillirent vers eux.

— AJ, quel effet cela fait-il d'épouser la femme de son frère ?

Lani pâlit tandis qu'AJ, parfaitement à l'aise, se renversait contre le dossier de son siège.

— Je n'en sais rien. Nous ne sommes pas encore mariés.

— Vous allez briser bien des cœurs à Los Angeles, dit un journaliste, narquois. Etes-vous prêt pour la vie de famille ?

— Absolument.

— Je comprends pourquoi, dit une femme. Votre fiancée est ravissante.

Elle pointa son micro vers Lani.

— Que ressentez-vous à prendre un nouvel époux si peu de temps après la disparition du premier ?

Lani toussota.

— C'est la tradition, répondit-elle d'un ton égal.

— Avouez tout de même que, au XXIe siècle, certaines traditions semblent barbares.

AJ lui serra la main.

— Personne ne nous a forcés à ce mariage, dit-il d'une voix ferme. Nous sommes heureux de préserver l'unité de notre famille dans le respect des vœux de nos ancêtres.

— Embrassez-vous donc ! s'écria quelqu'un.

Elle se tassa sur sa chaise. Ils n'espéraient tout de même pas qu'AJ et elle se donnent en spectacle devant les appareils photo ?

— Je vous en prie, respectez la pudeur royale de ma fiancée, dit AJ, réussissant l'exploit d'adopter un ton à la fois digne et léger. Et laissez-nous vivre notre relation à notre rythme.

— Votre frère ne laissant pas d'héritier, vous devez vous sentir vivement invité à en produire un ?

Elle résista à l'envie de leur jeter à la figure qu'un héritier était bel et bien en route.

— Pas pour le moment, répondit AJ. Nous sommes jeunes et en bonne santé, et comptons occuper longtemps le trône.

La réponse, enjouée, apaisa les craintes de Lani.

— Lani, comment vivez-vous le fait qu'on ne retrouve pas le corps de votre premier mari ? demanda une jeune femme en propulsant son micro sous son nez.

— J'ai dû accepter l'éventualité qu'on ne le retrouve jamais. Des recherches minutieuses ont été effectuées, en vain. L'océan garde parfois jalousement ses secrets.

Elle aussi gardait un secret, espérait-elle, pour l'éternité : elle considérait la disparition de Vanu comme un bienfait.

Espérant obtenir une photo prise sur le vif du futur couple royal, toute la journée, les journalistes firent le siège du palais. La célébrité d'AJ aiguisait l'intérêt et les spéculations allaient bon train sur Internet à propos de ce mariage de raison. Quand les photos de Lani parurent, révélant sa grande beauté, l'enthousiasme fut à son comble.

Lani regardait au-dehors entre les volets clos.

— Crois-tu que nous pourrons un jour sortir sans subir l'assaut des paparazzis ? demanda-t-elle.

— Ne t'inquiète pas. Ils vont très vite trouver un autre os à ronger, répondit AJ qui tapait un message sur son BlackBerry.

— Que vas-tu faire pour le film dont tu es censé avoir fini le montage d'ici à quinze jours ?

Il y avait encore tant de sujets qu'ils n'avaient pas abordés. Entre autres, AJ pensait-il réussir à assumer à la fois son métier de réalisateur et son rôle de dirigeant d'un pays ?

— Le monteur peut travailler sans moi, dit-il. Il dispose du script, du story-board et de mes notes. Et, bien sûr, nous pouvons toujours communiquer par vidéoconférence. Le producteur peut être tranquille : j'honore toujours mes engagements.

— C'est pourquoi tu es ici.

Elle l'observa, soudain intimidée. Il paraissait si fort, invincible même. Mais avait-il réfléchi à toutes les conséquences de sa décision ? Il s'efforçait manifestement d'agir au mieux, mais que se passerait-il si l'excitation de la vie hollywoodienne lui manquait trop ?

Elle ne put s'empêcher de penser aux « cœurs brisés » qu'il avait laissés derrière lui. Etait-ce à une femme qu'il envoyait ce texto ? Elle ressentit un pincement de jalousie.

Elle fit quelques pas le long du mur aux volets clos.

Il leva les yeux de son portable.

— Moi aussi, je suis nerveux, dit-il. Allons faire un tour.

— Avec cette meute qui nous guette ?

Il se leva, grand et beau, si beau, en chemise blanche et pantalon de lin.

— Nous allons les semer, dit-il en lui adressant un clin d'œil. Suis-moi.

Et, la prenant par la main, il l'entraîna le long des galeries vers l'aile est.

— N'allons-nous pas droit sur eux ? demanda-t-elle.

— Si, mais ils ne nous verront pas.

Dans un des couloirs, il ouvrit une porte qu'elle avait toujours supposé être celle d'un placard. Et il pénétra dans un espace obscur en la tirant derrière lui.

— Fais attention, dit-il, prévenant. Il y a des marches.

A tâtons, elle descendit derrière lui un escalier étroit, son cœur battant de plus en plus fort à mesure qu'ils s'enfonçaient dans les profondeurs.

— Il n'y a pas de lumière ? demanda-t-elle.

— Non, répondit-il en lui serrant la main, mais ne t'inquiète pas. Nous sommes presque arrivés.

— Où ça ?

— Nulle part ! répondit-il en riant.

A présent, ils traversaient une salle dallée. L'air y était frais et, par des sortes de crevasses dans le plafond, un peu de lumière pénétrait.

— Personne n'a utilisé ce passage depuis des années, dit-il. Vanu et moi nous en servions pour quitter le palais en douce.

Prise d'un brusque accès de panique, elle regarda pardessus son épaule. Elle imaginait très bien Vanu hantant ce souterrain.

S'il était mort.

La question du journaliste lui revint en mémoire. Oui, elle vivait mal le fait qu'on n'ait pas retrouvé son corps. Comment aurait-il pu en être autrement ? Parfois, il lui semblait qu'il était omniprésent, et sa voix mauvaise résonnait dans sa tête, critiquant ses moindres faits et gestes.

Elle s'agrippa à la forte main d'AJ.

— Où allons-nous arriver ?

— Si je te le disais, tu ne me croirais pas !

Brusquement, la salle se rétrécit pour devenir couloir

et elle prit peur en percevant un vacarme qui allait en s'amplifiant.

Elle regarda AJ et distingua son sourire amusé. On aurait dit qu'un métro passait au-dessus de leurs têtes. S'il ne lui avait pas tenu fermement la main, elle aurait depuis longtemps fait demi-tour et couru au palais.

Soudain, le couloir dessina un angle et un rai lumineux filtra par la fente d'une porte. Il la poussa et ils se retrouvèrent à la lumière du soleil.

Ses yeux s'adaptant, elle se rendit compte que le rugissement provenait d'une cascade. Ils se trouvaient en deçà du rideau d'eau qui se déversait de la colline.

Des gouttelettes lui éclaboussèrent le visage et les bras.

— Comme c'est beau ! cria-t-elle pour se faire entendre. Je n'avais jamais vu de chute d'eau d'en dessous !

— Allons à un endroit moins bruyant, lui dit-il à l'oreille.

Son souffle chaud la fit frissonner. Tenant toujours sa main dans la sienne, il lui fit escalader une étroite saillie rocheuse avant de redescendre le flanc d'une colline envahie de vigne sauvage. Peu à peu, le vacarme de la cascade céda la place au bruissement paisible de la forêt.

— Quel bonheur de respirer librement ! dit-il, offrant son visage au soleil. Vivre dans une cage de verre, très peu pour moi !

— Etant donné que tu habites Los Angeles, je croyais que tu y étais habitué.

— On est parfois sur la sellette, c'est vrai. Mais les paparazzis ne me harcèlent pas continuellement. Je ne suis pas assez intéressant pour ça !

— Tu dois pourtant l'être, à en juger par l'arrivée en masse de journalistes de tous pays !

— Ce n'est pas tous les jours qu'un réalisateur de films devient roi.

Il lui caressa la joue et le contact fit vibrer une corde sensuelle.

— Ni qu'il épouse la femme de son frère, dit-il.

— Qu'est-ce que ce serait s'ils étaient au courant pour le bébé ! dit-elle, réprimant un frisson de déplaisir à l'évocation du défunt.

— Raison de plus pour garder notre secret.

Tout en lui caressant le dos, il approcha son visage du sien et son odeur virile, enivrante, chavira ses sens. Doucement, il posa ses lèvres sur les siennes.

Son baiser se faisait impétueux et elle sentit monter son excitation. Etant donné les circonstances, elle n'aurait pas dû éprouver de désir, mais il lui semblait que son sang, doté d'une énergie nouvelle, tambourinait dans ses veines. Sans doute que des années de frustration, de rejet et d'humiliation avaient exacerbé sa faim de contacts.

Elle se serra contre AJ et se sentit fondre contre son corps musclé. Avec un gémissement rauque, il lui caressa avidement les fesses. Elle sentit alors son sexe durcir contre elle et le désir crépita entre eux comme un courant électrique.

— Tu m'attires énormément, dit-elle à voix basse quand ils reprirent leur souffle.

— Je m'en suis aperçu, figure-toi ! répliqua-t-il en riant.

Il posa un baiser sur ses lèvres humides.

— J'aime que tu brûles pour moi, pas juste que tu essaies de m'attirer dans tes filets.

— Je suis navrée d'avoir agi ainsi, dit-elle en rougissant.

— Tu es mille fois pardonnée !

Sous la paume d'AJ, la pointe d'un de ses seins durcit.

— Enfonçons-nous dans la jungle, dit-il. Si les lieux n'ont pas changé, je connais un coin tranquille.

Il l'emmena à travers un écheveau de lianes de vigne et de palmes hérissées d'aspérités jusqu'à un énorme figuier. A l'ombre de ses immenses feuilles en forme de violon s'étendait un tapis de mousse parsemé de fleurettes.

Il lui fit signe de s'asseoir.

Elle s'installa sur le coussin moelleux, où il la rejoignit bientôt. Au-dessus d'eux, les branches noueuses s'incurvaient comme des bras protecteurs.

— Quel endroit merveilleux ! dit-elle dans un murmure.

— Je me glissais souvent hors du palais pour venir me réfugier ici. Personne ne pouvait me découvrir, bien à l'abri dans ma cachette.

Comme il lui mordillait le lobe de l'oreille, elle faillit faire un bond tant la sensation était voluptueuse.

— Mais, moi, je crois avoir découvert ton point sensible !

Elle rit, puis tressaillit parce qu'il recommençait, faisant jaillir des éclairs de plaisir dans tout son corps.

— Comment fais-tu ça ? demanda-t-elle.

— Tu veux dire *ça* ?

Du bout de la langue, il lui lécha le cou et elle sentit vibrer les cordes du désir au fond de son ventre.

— Ça aussi, dit-elle d'une voix brisée. Que se passe-t-il ?

Un sourire détendit les coins de la bouche sensuelle d'AJ.

— On appelle ça l'éveil des sens.

Il se fit sérieux.

— C'est nouveau pour toi ?

— Complètement.

Elle n'avait jamais connu cette sensation de chaleur, qui pulsait dans des régions inattendues de son corps, et elle en éprouva un peu de honte. Il devait être surpris de découvrir une telle ignorance en matière de sexualité chez une femme mariée.

— Avec Vanu, ça ne se passait pas du tout de cette façon, dit-elle en bredouillant. C'était… formel.

Elle déglutit. Quelle drôle de façon de décrire sa vie sexuelle. Elle était pourtant pratiquement inexistante et l'on pouvait dire que Vanu couchait parfois avec elle pour la forme. Il ne semblait pas éprouver de plaisir à la toucher et il lui en procurait encore moins.

Puis elle oublia Vanu et ses sordides agissements parce que la bouche d'AJ descendait le long de son cou. Elle se tortilla contre lui, se délectant des étranges sensations qui la parcouraient jusqu'au bout des orteils.

Il défit les boutons du dos de sa robe et glissa ses mains

sous le vêtement. Quand il toucha son ventre, elle frémit de tous ses membres.

— Tu es hypersensible, dit-il avec un rire grave qui se répercuta sur sa peau. Très réactive.

Toujours derrière elle, il dégagea ses épaules de la robe et fit tomber celle-ci sur ses hanches. Après quoi il dénoua la large ceinture brodée qui lui enserrait la taille, et la robe glissa sur ses cuisses.

— Comme c'est obligeant d'avoir pensé à apporter une couverture, dit-il tout bas en déployant la ceinture de soie bleu et jaune sur la mousse. Notre tenue traditionnelle a ses avantages. Et dire que je la trouvais démodée et absurde !

Elle rit.

— Nos ancêtres en savaient plus long que nous ne l'imaginons.

Elle s'étendit sur le tissu soyeux, dans l'ombre tachetée du gros figuier. Bizarrement, elle n'éprouvait aucun embarras à être nue devant AJ. Il y avait chez lui une tolérance, une bonté, qui la mettait à l'aise.

Pourtant, sous l'effet des multiples sensations qui la prenaient d'assaut, elle ne pouvait pas vraiment prétendre être à l'aise…

Il caressa du bout des doigts l'intérieur de ses cuisses, faisant naître des torrents d'excitation sur sa peau. Elle poussa un soupir haché qui lui attira un sourire facétieux.

Prise d'une brusque envie d'explorer son corps, elle déboutonna sa chemise et posa les mains sur son torse. Il était chaud, d'une solidité de roc. Elle descendit vers sa taille et le vit tressaillir, les yeux mi-clos, quand elle défit le bouton de son pantalon. Un petit sourire joua sur ses lèvres devant la preuve irréfutable de son désir pressée contre la fermeture à glissière.

Laissant ses doigts s'égarer, elle la flatta. A en juger par son langoureux sourire et son regard sensuel, il appréciait ses attentions. Encouragée, elle ouvrit son pantalon et le fit glisser, ainsi que son caleçon, le long de ses jambes. A présent, ils gisaient, tous deux nus, sur la ceinture brodée de Lani.

Des taches de soleil filtraient à travers le feuillage et dessinaient des motifs sur leurs corps. L'odeur particulière de la jungle, lourde et miellée, se mêlait à l'odeur virile d'AJ pour créer un cocktail grisant.

Son corps athlétique était un régal pour les yeux. Presque timidement, elle caressa ses cuisses un peu rêches et son ventre plat. Un mélange d'exaltation et de gêne détournait ses doigts à chaque fois qu'ils approchaient de son sexe dressé. Quand enfin elle trouva le courage de le toucher, et d'apprécier le contact rigide sous ses doigts, elle faillit crier de soulagement.

Toute tremblante d'excitation, elle explora son pénis tout du long. Elle n'avait jamais touché cette partie du corps d'un homme. Vanu ne lui aurait certainement pas permis ce genre de jeu.

— Je ne t'ai pas encore pénétrée, dit-il, et tu es déjà dans cet état.

— Tu peux parler !

Son sexe bondissait sous ses caresses. Le désir rôdait entre eux, léchant leur peau et échauffant leur sang.

Elle avait très envie qu'il la possède, mais elle savourait les délices de l'anticipation. Elle caressa l'intérieur de sa cuisse du bout de l'index et il poussa un grondement très excitant.

— Tu me tues ! dit-il d'une voix suppliante.

— Mais à petit feu, dit-elle dans son cou en mordillant son oreille.

Sa réaction enflammée ne faisait qu'ajouter à son plaisir. Elle savourait le sel de sa peau et laissa sa langue explorer la ligne ciselée de sa mâchoire avant de conquérir ses lèvres.

Leur baiser se fit d'instant en instant plus ardent, ils s'étreignaient avec passion. Sentant son sexe en érection contre sa hanche, elle éprouva une seconde d'appréhension.

Il était si… gros qu'elle n'imaginait pas qu'il puisse la pénétrer. Et si elle avait trop mal ?

— A quoi penses-tu ?

Elle ouvrit brusquement les yeux pour découvrir son regard qui la sondait avec une expression amusée.

— Euh… à rien.

— Je m'en doutais. Malheureusement pour toi, on lit sur ton visage comme dans un livre ouvert !

— Je suis juste un peu nerveuse, dit-elle en se mordant la lèvre. Je suis tellement inexpérimentée, j'ai peur de te décevoir.

Il éclata de rire.

— Pour me décevoir, il faudrait que tu te lèves et que tu te rhabilles ! Maintenant, cesse de t'inquiéter…

Il prit un air faussement sévère.

— … je vais m'occuper personnellement de chasser ces mauvaises pensées de ton esprit.

En un instant, sa bouche était entre ses cuisses. Quand ses lèvres se mirent en action, elle poussa un cri tandis qu'une onde d'un plaisir aigu déchirait son corps. Sur son clitoris, sa langue déclenchait des spasmes inquiétants. Et elle se tordait, attrapant tout ce qui se trouvait à sa portée, le tissu de sa ceinture, la mousse qui les accueillait, puis la tête d'AJ et ses épaules tandis qu'il l'emmenait toujours plus loin dans la découverte d'un univers de perceptions aussi intenses qu'inconnues.

Et soudain elle cria, sentant une houle de sensations sauvages déferler sur elle. Les spasmes se succédaient, elle soupira, gémit. Se rendant compte qu'elle se cramponnait à ses cheveux, elle les lâcha.

Quand elle fut un peu apaisée, il remonta le long de son corps, caressant au passage son ventre, ses seins. Ouvrant les yeux, elle vit son regard noir qui la contemplait.

— Bien ! dit-il avec un sourire taquin qui raviva son désir.

— Pénètre-moi ! implora-t-elle.

A présent, elle en mourait littéralement d'envie.

— On dirait que tu me convies dans la caverne d'Ali Baba ! dit-il en riant.

Son souffle brûla son cou tandis qu'il se penchait sur elle.

— Je meurs d'envie de t'obéir, mais je ne connais pas le mot magique qui me permettrait d'entrer…

Toute frissonnante, elle s'arc-bouta pour aller à sa rencontre.

— Je t'en prie !

— C'est pourtant un mot facile à se rappeler, dit-il en couvrant de baisers enflammés son visage et son cou. Puis-je entrer quand même ?

— Oui, oui !

Elle haletait dans les tourments de l'attente et cambra les reins, le priant silencieusement de la prendre. Elle sentait les battements du cœur d'AJ, forts et insistants, à l'égal des siens. Son odeur mâle et musquée ajoutait à sa torture. Elle savait qu'il était aussi excité qu'elle. Allait-il faire durer encore longtemps le supplice ?

Il introduisit ses doigts en elle avec un luxe de précautions. Puis, quand il la jugea prête, il amena l'extrémité de son membre contre son sexe, lui arrachant un petit cri.

Elle referma ses mains sur son dos, le pressant instinctivement de se mouvoir. Quand il glissa en elle et que son torse rencontra sa poitrine, le plaisir l'envahit. Alors, avec un sourd gémissement, il se mit à aller et venir en elle et elle souleva les hanches pour mieux l'accueillir.

L'aveu de son amour lui monta aux lèvres, mais elle parvint à se contenir. Il était trop tôt, les circonstances étaient trop étranges, trop de pression s'exerçait sur eux. Elle ne voulait pas se montrer exigeante, laisser croire qu'elle attendait qu'il l'aime en retour.

D'ailleurs sa certitude de l'aimer résultait peut-être seulement des délicieux frissons qui se succédaient tandis qu'il allait et venait en elle.

Il la prit par les épaules et la redressa. Ils étaient assis, face à face, lui toujours enfoui en elle.

La position idéale pour s'embrasser.

Il lui lécha les lèvres et elle lui rendit la caresse, suivant le dessin de son sourire, puis savourant le contact légèrement râpeux de ses joues. Elle sentait son sexe pulser en elle, renforçant la profonde connexion qui existait entre eux.

Quand s'embrasser en bougeant à peine menaça de la rendre folle, il la fit basculer à califourchon sur lui. L'inquiétude la mordit au cœur. Elle se sentait incapable de prendre la direction des opérations comme il semblait le souhaiter.

— Tu peux faire ce que tu veux, dit-il comme en réponse à sa question muette. Tout sera délicieux.

Elle caressa son torse, les yeux mi-clos pour profiter du spectacle. Se cambrant légèrement, elle le sentit bouger en elle et ils se sourirent en même temps.

— C'est bon, dit-il, approbateur.

Fermant les yeux, elle se balança d'avant en arrière, surprise de découvrir les nouveaux centres de plaisir procurés par cette position. Et elle s'aperçut qu'elle se mettait à bouger de plus en plus vite, avec de plus en plus de force, se rapprochant d'un pic d'excitation, puis calmant brusquement le jeu. Sous elle, il gémissait et la pétrissait de ses mains avides.

— Laisse-toi aller, dit-il d'une voix âpre.

En était-elle capable ? Quelque chose en elle la retenait. Jamais elle n'avait fait l'expérience d'un pareil bouleversement de ses sens. Elle était au bord d'une découverte colossale, elle avait un peu peur.

— Tu aimeras, je te le promets ! dit-il, pénétrant ses pensées.

A vivre au palais, elle avait pris l'habitude d'être perpétuellement *en service*. Toujours polie, prête à tout, même à ce que Vanu pouvait inventer de pire. Se laisser aller ne faisait pas partie de ses habitudes. Elle avait été trop occupée à tenir bon.

Un oiseau chanta au-dessus de leurs têtes et une brise tiède lui caressa la peau. Elle avait presque oublié qu'ils se trouvaient au cœur de la jungle. Au fond, peut-être s'était-elle tout de même un peu laissée aller !

Elle accéléra l'allure, galvanisée par les encouragements d'AJ. Ses points d'excitation semblaient devenir de plus en plus sensibles et la tension monta presque douloureusement.

Son cerveau lui conseilla de ralentir, mais son corps ne lui obéissait plus. Et elle précipita l'allure jusqu'à ce qu'elle explose en million d'éclats et fasse pleuvoir des étoiles sur eux.

Elle retomba sur la poitrine d'AJ qui, haletant, referma ses bras sur elle et la tint serrée, toute frémissante contre lui.

— Tu vois ce que je veux dire ? demanda-t-il après quelques instants.

Elle hocha la tête, incapable de prononcer une parole. Elle n'avait jamais imaginé que des relations sexuelles puissent approcher de cette sublime étreinte. Ses expériences avaient été si guindées, si chargées de tension, qu'elle n'avait pas du tout apprécié, tout en faisant semblant. Vanu, lui, n'avait même pas fait cet effort.

Avec AJ, tout était différent. Merveilleusement différent. Enfin, de son point de vue.

— As-tu aimé ? demanda-t-elle.

Il éclata d'un grand rire.

— A ton avis ?

— Je crois que je suis bien incapable d'avoir un avis.

AJ aimait la tenir dans ses bras. Complètement détendue, elle reposait sur lui comme sur le plus confortable des matelas. Qu'une pareille bombe sexuelle se dissimule sous une apparence si sage était éminemment intrigant. Même s'il en avait eu l'intuition après leur torride baiser.

— Pourquoi ris-tu ? demanda-t-elle.

Elle semblait heureuse, ce qui le comblait de joie.

— Je ris parce que la vie est une succession de surprises. De bonnes surprises, précisa-t-il en lui caressant les cheveux.

Qui aurait pu l'imaginer s'installant à Rahiri ? Pour tout dire, il avait quitté Rahiri à cause de Vanu. Son aîné, futur roi, avait été chéri, encensé, adulé. Intelligent et charmant quand il le voulait bien, il tenait leurs parents sous sa coupe. Il n'était tendre ni en gestes ni en paroles, et employait son génie à mettre AJ en difficulté. Autant dire qu'AJ, même quand il parvenait à contenir sa nature exubérante, se débattait perpétuellement dans les problèmes.

Mais, à présent, Vanu était mort, avec pour heureux résultat qu'il avait laissé une femme adorable, en grand besoin d'époux. Vanu avait certainement déployé son charme pour séduire Lani et sans doute n'avait-elle pas soupçonné sa noirceur. Dans ce cas, à quoi bon gâcher ses souvenirs ? Mieux valait garder son amertume pour lui.

— Seulement sept mois avant l'arrivée de notre bébé, dit-il en caressant la joue de Lani.

— Ça semble si proche…

— Parle-m'en.

Il essayait toujours d'apprivoiser l'idée de la paternité, car il avait décidé que ce bébé serait le sien, sans aucune restriction.

— As-tu choisi un prénom ?

— Pas encore ! Mais je vais bien en trouver un.

Durant quelques instants, elle contempla pensivement le ciel.

— Puaiti, dit-elle enfin.

— Petite fleur. Très joli. Mais si c'est un garçon ?

— Pourquoi un garçon ne serait-il pas une fleur ? demanda-t-elle, un sourcil levé.

— Touché ! Pourquoi les filles monopoliseraient-elles les jolis prénoms qui sentent bon ? Comment se porte bébé Puaiti ?

Elle ferma les yeux comme pour mieux écouter la petite vie.

— Je n'entends aucune plainte.

— Est-ce qu'elle donne des coups de pied ?

— Non. Je crois que ça ne se produira pas avant quelque temps. Pour le moment, je ne me sens pas différente. Sauf quand j'ai des malaises, bien sûr.

Elle s'interrompit et le regarda dans les yeux.

— Tu sais quoi ? Depuis que je t'ai dit pour le bébé, je n'en ressens plus.

— Puaiti s'est peut-être rendu compte qu'elle devait se manifester pour que tu prennes conscience de sa présence.

— Très possible...

Elle fronça les sourcils.

— Mais pourquoi utilises-tu le féminin ? C'est peut-être un garçon.

Il haussa les épaules.

— Il faut envisager les deux.

— Aimerais-tu connaître le sexe avant la naissance ?

Il lui caressa la joue.

— Je ne crois pas. Je m'habitue aux surprises et, finalement, j'aime ça. As-tu une préférence ?

Elle secoua la tête, un tendre sourire aux lèvres.

— Ça m'est bien égal. Je veux un enfant depuis si longtemps. Et ta mère sera ravie d'avoir un petit enfant à gâter.

A ce moment, des craquements de branches retentirent non loin de là. Surpris, ils se redressèrent.

— Qu'est-ce que ça peut être ? demanda-t-il, cherchant à distinguer quelque chose à travers la végétation.

Dans les jungles de Rahiri, il n'y avait pas d'animaux assez gros pour produire un bruit pareil.

— Je ne sais pas, dit-elle, s'emparant précipitamment de sa robe. Nous ferions mieux de nous rhabiller.

Après avoir passé tunique et pantalon, il l'aida à rajuster sa ceinture froissée. Dans l'intervalle, le bruit se reproduisit.

— Il me semble que j'entends des voix, dit-elle, brusquement alarmée.

Il tendit l'oreille. Il était difficile de distinguer les sons au milieu du sourd bourdonnement des insectes et des oiseaux voletant dans le feuillage. Bientôt, pourtant, il perçut une voix.

— C'est un homme, dit-il. Il parle anglais.

Que pouvait fabriquer un Anglais en pleine jungle ?

— Peut-être un journaliste cherchant matière à scandale, fit-il.

— S'il nous découvre, son sujet sera tout trouvé, dit-elle, les yeux agrandis de contrariété.

— Reprenons en vitesse le passage secret !

Joignant le geste à la parole, il la prit par la main et l'entraîna vers la chute d'eau. Il était hors de question que des paparazzis en quête de clichés scandaleux et d'argent facile la harcèlent.

Ils atteignaient le flanc de la colline quand il entendit de nouveau des voix. Il se retourna pour scruter le sous-bois, mais il était impossible de rien voir à travers l'épaisse végétation. Puis il entendit distinctement quelqu'un dire :

— Il paraît qu'il est sorti en bateau en pleine nuit.

Il s'immobilisa. Ils parlaient de Vanu. Seraient-ils à la recherche de son corps ?

A quelques mètres de là, Lani ne semblait pas avoir entendu. D'un air distrait, elle rajustait sa sandale.

— Mais s'il ne se trouvait pas sur le bateau ? fit une voix. S'il s'était perdu dans la jungle ?

La sueur perla le long de son dos. Il ne fallait pas que Lani ait vent de ces supputations.

— Ça va ? demanda-t-il.

— Très bien, répondit-elle avec un lumineux sourire.

Il la laissa grimper vers le sommet de la colline où le vacarme de la chute d'eau l'empêcherait de rien entendre. Malgré tout, il éprouvait un étrange sentiment de malaise. Il détestait l'idée que des étrangers viennent piétiner leur jungle et laissent les empreintes de leurs pas sur leurs plages.

Et s'ils découvraient quelque chose ?

Quelque chose à quoi personne ne s'attendait ?

7

— Dieu merci, vous êtes de retour ! dit Priia en bondissant de son fauteuil.

Dès qu'ils avaient réapparu, des serviteurs les avaient conduits de toute urgence à son boudoir.

— Que se passe-t-il ? demanda-t-il, le cœur battant.

— Nous venons de recevoir un coup de fil : un journaliste a retrouvé le bateau de Vanu.

— Où ? demanda Lani d'une voix blanche.

Priia s'essuya les yeux.

— Sur le petit atoll qu'on appelle Egg Island.

AJ fourragea dans ses cheveux.

— Pour le moment, on n'a retrouvé aucune trace de lui, dit Priia.

Il regarda Lani et vit qu'elle portait une main tremblante à ses lèvres.

— Il se peut donc qu'il soit vivant, dit-il en prenant sur lui.

— C'est possible, répondit Priia en retenant un sanglot. L'atoll est petit, mais recouvert d'une forêt dense. Et il y a suffisamment de nourriture pour permettre à quelqu'un de survivre.

Il frissonna. Se pouvait-il que Vanu se cache sur cette île ?

Lani s'était mise à pleurer. Probablement de joie à l'idée que son défunt mari puisse être de ce monde. Il crispa les poings tandis qu'un goût de bile lui emplissait la bouche.

— Il faut faire des recherches, dit-il.

— Des équipes se sont formées. Pompiers et services

de sauvetage en mer sont de la partie. Et, bien sûr, les journalistes.

Elle pressa son mouchoir sur son visage.

— C'est beaucoup espérer, mais peut-être est-il sur le point de revenir parmi nous.

Lani s'approcha d'elle et la prit dans ses bras. La tendresse du geste émut AJ. Affectueuse et prévenante autant que jolie, Lani était trop bien pour Vanu. Et la colère le souleva en même temps qu'un furieux élan de jalousie. Vanu allait-il sortir de sa tombe pour venir lui arracher Lani des bras ?

C'était exactement le genre de plaisanterie qu'affectionnait son frère.

— N'a-t-on pas effectué des recherches sur Egg Island lors de sa disparition ?

C'était tout de même incroyable que le bateau de Vanu réapparaisse, tel un vaisseau fantôme, après tout ce temps.

— La côte est creusée de nombreuses grottes, lui dit sa mère. Le bateau était coincé dans l'une d'elles, invisible à marée haute.

Elle laissa échapper un sanglot.

— Ce sera miracle de le retrouver vivant, mais nous ne devons pas perdre espoir.

Un coup frappé à la porte les fit tous trois sursauter.

— Entrez ! dit Priia d'une voix tremblante.

Un serviteur pénétra dans la pièce et s'inclina respectueusement.

— Les journalistes attendent une déclaration, dit-il.

Priia agita son mouchoir.

— Oh ! Mon Dieu. AJ, peux-tu aller leur parler ?

— Pour leur dire quoi ? Je n'en sais pas plus qu'eux ! Moins, même, je parie.

Le serviteur gardait les yeux au sol.

— Ils veulent savoir quelle incidence aura la nouvelle sur les projets de mariage, dit-il.

Avec un petit cri, Lani se cacha le visage dans les mains et la triste réalité le frappa de plein fouet.

— Ils sont ajournés, dit-il. Lani ne peut envisager de se remarier si son époux est possiblement vivant.

Et qu'allait devenir le bébé qu'il considérait désormais comme sien ? Vanu reprendrait ses droits sur lui, bien sûr. Il était à lui, comme Lani.

Il ravala un juron. Dire que, quelques instants seulement auparavant, ils gisaient, enlacés, dans la chaude étreinte de la jungle, savourant la perspective d'un avenir heureux avec leur nouvelle famille.

L'avenir avait été effacé.

— A-t-on découvert des traces de vie ? demanda AJ au serviteur.

— Des empreintes de pas à l'extérieur de la grotte.

Lani poussa un gémissement et les larmes roulèrent sur ses joues. Tant bien que mal, il résista à la colère. De toute évidence, elle espérait que Vanu avait survécu.

La constatation faisait mal. Surtout après le lien profond qui s'était établi entre eux quand ils avaient fait l'amour. Naturellement, c'était son corps qui parlait, plus que son cerveau.

— Je vais me joindre aux recherches, dit-il. Gardez vos distances avec les journalistes tant qu'on n'en saura pas plus.

Sur ces mots, il quitta la pièce sans un regard pour Lani.

Comment avait-il pu se laisser entraîner dans ce cauchemar ? Quel mystérieux tour de passe-passe l'avait amené du désir de quitter Rahiri au chagrin de *devoir* en partir ?

AJ revint tard le soir, en sueur et épuisé d'avoir passé la jungle au peigne fin. Accablé aussi d'avoir, tout au long de la journée, espéré trouver un cadavre plutôt qu'un Vanu bien vivant, son affreux rictus aux lèvres. Mais les recherches s'étaient révélées vaines.

Le dîner fut silencieux. Souffrant d'un violent mal de tête, Priia, la dernière bouchée avalée, se retira.

Lani évitait soigneusement le regard d'AJ. Sans doute

était-elle rongée par le remords d'avoir fait l'amour avec un autre homme alors que son mari était peut-être vivant.

— Tu n'es pas responsable de la situation, lui dit-il à voix basse quand ils furent seuls. Tu ne pouvais pas te douter.

— Je sais, répondit-elle sans lever les yeux. Personne ne pouvait se douter.

— Le chef des pompiers le croit vivant.

Un muscle de la mâchoire de Lani se contracta.

— Ils ont trouvé les traces d'un feu dans une autre grotte.

— C'est merveilleux, dit Lani d'une voix éteinte. Ce serait un tel miracle qu'il ait réussi à survivre si longtemps, tout seul.

— Il n'a jamais été un homme d'extérieur…

Il fronça les sourcils. Il lui était presque impossible d'imaginer Vanu cueillant des baies pour se nourrir, encore moins capable d'allumer un feu, lui qui, rien que pour s'habiller le matin, s'entourait d'une nuée de domestiques.

— Mais je suppose que tout est possible, reprit-il. Placés en situation extrême, les gens trouvent en eux des ressources inattendues.

— Oui, dit-elle, toujours aussi tendue.

Elle était inapprochable. Non qu'il songe à la toucher. C'était étrange alors que, quelques heures plus tôt, il avait tant aimé caresser chaque centimètre carré de son superbe corps.

Sa vie semblait tournoyer comme une girouette au gré du vent. Dans l'après-midi, il avait reçu des appels de Los Angeles lui demandant si, étant donné les derniers événements, il allait venir superviser le montage de *Hellcat*. Et il avait répondu que, franchement, il n'en savait rien.

La lumière tamisée de la salle à manger allumait des reflets d'or dans les cheveux de Lani. Et l'idée que bientôt, peut-être, Vanu glisserait ses doigts osseux dans leur splendeur lui fut insoutenable.

— Comment te sens-tu ? demanda-t-il. Le stress doit être plus pénible à supporter quand on est enceinte.

— Je vais bien.

Il surprit, l'espace d'un instant, l'éclat de ses yeux d'ambre et maudit le surgissement du désir qui flamba en lui.

— Ce doit être étrange d'osciller entre deux hommes, dit-il.

La remarque pouvait paraître cruelle, et peut-être était-elle destinée à l'être. Le chagrin tétanisait son corps et endurcissait son cœur.

Lani eut un petit sanglot.

— C'est épouvantable.

La toucher n'aurait fait qu'aviver sa souffrance, il en réprima l'envie.

— Personne ne saura ce qui s'est passé entre nous aujourd'hui, dit-il. Ce sera notre secret pour l'éternité.

Les yeux pleins de larmes, elle hocha la tête.

— Je n'en parlerai à personne, surtout pas à Vanu.

L'idée qu'elle parle de nouveau à Vanu, qu'elle partage avec lui l'intimité qu'ils avaient connue, le révulsait. En très peu de temps, il s'était attaché à Lani. Jamais, durant toutes ses années de relations intimes avec le beau sexe, il n'avait éprouvé pareil sentiment.

Et l'enfant…

Il avait eu très vite la certitude de pouvoir l'aimer et l'élever comme le sien. Il s'était préparé à mentir, et à jouer la comédie pour que le rêve de famille royale idéale de son peuple devienne réalité.

Tournée vers la fenêtre, Lani lui présentait son délicat profil. Hier seulement, les tendres sentiments qui grandissaient en lui s'accordaient à la réalité. Aujourd'hui, ils se révélaient catastrophiques. Il devait soutenir la femme dont il était fou dans son espoir de voir son mari revenir vivant.

Un intolérable sentiment d'injustice le submergea. Il avait passé son enfance dans l'ombre de son frère, et voilà que celui-ci ressortait de sa tombe pour le replonger dans l'obscurité

Lani ne l'aimait pas. Elle l'avait accepté par devoir, puis

elle avait éprouvé pour lui une vive attirance physique. Et il avait été assez sot pour construire un roman là-dessus.

Une erreur qu'il n'était pas près de réitérer.

Toute la matinée, Lani fit les cent pas dans sa chambre. Pour la deuxième journée consécutive, les équipes de recherches fouillaient Egg Island.

Elle détestait qu'on parle de rechercher Vanu, comme si on envisageait de le retrouver sur une plage, lézardant au soleil en attendant qu'on le ramène chez lui. Mais personne ne parlait de retrouver un corps. Priia ne l'aurait pas supporté. A ses yeux, Vanu était sain et sauf et il allait très bientôt reprendre sa place parmi eux.

Elle, au contraire, espérait si fort le contraire qu'elle allait probablement griller pour l'éternité dans les flammes de l'enfer.

Comment pouvait-on souhaiter la mort de quelqu'un ? Seul un monstre pouvait entretenir de pareilles idées. Elle n'était vraiment pas la gentille fille qu'AJ voyait en elle au début de leur relation. D'ailleurs, ne lui avait-elle pas sauté dans les bras avec un total abandon ?

Elle poussa un soupir à fendre l'âme. Cette dernière semaine, la vie avait pris un tour si merveilleux. Et voilà qu'elle devait revenir en arrière et renouer avec le tissu de mensonges, de faux-semblants et d'humiliations qu'avait été son mariage. Il allait falloir feindre d'être heureuse alors qu'elle avait une telle soif de liberté.

Un coup frappé à la porte la fit sursauter.

— Le dîner est prêt.

La jeune servante venue la prévenir avait déjà rebroussé chemin. Plus personne ne la regardait dans les yeux depuis que le bateau de Vanu avait été retrouvé. Ils avaient été enchantés du retour annoncé d'AJ et des projets de mariage, mais désormais, changement de cap, ils devaient se réjouir de la possibilité que Vanu ait survécu.

Personne ne savait que penser ni comment se comporter, elle moins que quiconque. AJ lui battait également froid. Il était évidemment dans une situation inconfortable, mais le voir se comporter en étranger la déconcertait totalement.

Elle parcourut la galerie à pas lents. Terrifiée à l'idée qu'on annonce la survie miraculeuse de Vanu, elle appréhendait le repas.

En arrivant dans la salle à manger, elle découvrit Priia qui sanglotait dans les bras d'AJ.

— On a retrouvé son corps, dit-il à son intention.

Puis il détourna aussitôt le regard.

Son soulagement fut si vif qu'elle craignit qu'il ne se voie.

— Oh ! Non, dit-elle enfin en s'efforçant de paraître effondrée.

Ses mains tremblaient, son cœur battait à tout rompre. Elle avait eu si peur de retomber sous la coupe de Vanu qu'elle aurait volontiers sauté de joie. Elle résista à l'envie de demander des détails qui rendraient sa mort plus réelle. Après tout, qu'importait de connaître les circonstances de sa mort du moment qu'on était sûr qu'il ne reviendrait plus.

Des larmes de soulagement jaillirent de ses yeux.

AJ la regarda et, voyant ses larmes, détourna précipitamment la tête. Priia sanglotait, inconsolable comme dans les premiers moments de la disparition de Vanu.

— Je suis désolée, maman, dit-elle en caressant la main de Priia. C'était trop demander que d'espérer son retour.

Et ses propres larmes se mêlèrent à celles de sa belle-mère bien qu'elles n'aient pas du tout la même origine.

— Il nous reste du moins son enfant, dit Priia d'une voix étranglée.

Les yeux de Lani s'agrandirent. Du fond de son chagrin, Priia avait oublié que personne n'était au courant de sa grossesse. Elle regarda autour d'elle. Les serviteurs avaient prudemment battu en retraite. Il n'empêchait que…

L'air sombre, AJ évitait toujours son regard.

— L'enfant sera notre raison de vivre, dit sa belle-mère

à travers ses sanglots. C'est si cruel de recommencer à pleurer Vanu. J'avais fini par accepter sa mort et voilà que...

Lani lui serra la main.

— Il faut continuer du mieux que nous pouvons.

— J'ai des coups de téléphone à passer, dit AJ d'un ton brusque.

Interdite, elle le regarda sortir de la pièce. Elle aurait voulu courir après lui, l'entendre lui affirmer qu'il ne remettait pas en cause ses décisions, que leurs projets d'avenir gardaient leur actualité.

Elle éprouva une soudaine nausée, la première depuis plusieurs jours. Plus rien ne serait comme avant entre AJ et elle, elle en avait le pressentiment. La réapparition inattendue de Vanu, même mort pour de bon, avait tout gâché.

Le cerveau en ébullition, AJ parcourait d'un pas agité les couloirs du palais. Comment avait-il pu imaginer un instant que ça pourrait marcher ? Avait-il vraiment eu la prétention de se glisser dans la peau de Vanu, du précieux, bien-aimé fils aîné qui agissait en tout si parfaitement ?

C'était ridicule ! Le désir avait dû lui embrouiller les idées. Ce dont on ne pouvait le blâmer, car Lani était une des plus belles femmes de la terre. Il avait laissé son attirance interférer avec le bon sens et s'était même convaincu qu'elle éprouvait des sentiments pour lui.

Mais, bien sûr, elle n'allait pas tomber follement amoureuse d'un autre juste après le décès de son mari bien-aimé. Elle était encore sous le choc et sa grossesse, en bouleversant ses hormones, rajoutait certainement à son désarroi. Quant à lui, il était entré en scène sans ménagement, et elle avait réagi comme elle supposait devoir le faire, en se coulant dans la peau d'une docile jeune femme rahiienne alors qu'elle était toujours éprise de Vanu.

Il pénétra en coup de vent dans sa chambre. Il y avait passé son enfance et avait été heureux de la quitter, ce qui semblait ingrat. Qui oserait se plaindre d'occuper une superbe chambre dans un palais ? Pourtant, elle se réduisait alors à une prison et, aujourd'hui encore, il lui semblait que les murs se refermaient sur lui. C'était comme s'il avait été piégé dans la vie d'un autre.

Il téléphona à Jerry, son producteur. Quand celui-ci décrocha, il n'y alla pas par quatre chemins.

— J'arrive demain, par le premier avion.

— Mais je croyais que ton frère était finalement bien mort ?

— Il l'est.

— Désolé, je ne voulais pas me montrer aussi brutal.

— Aucune importance.

Comment expliquer qu'on est heureux de la mort de quelqu'un ?

— Cela ne signifie pas que tu dois prendre sa succession ? demanda Jerry.

— Impossible de succéder à un dieu vivant, dit-il amèrement. Je ne vais pas passer ma vie entière dans son ombre ! J'aime la vie que je mène à Los Angeles. J'y retourne.

— Et cette tradition qui veut que tu épouses la femme de ton frère ? demanda Jerry avec curiosité.

— Je romps avec elle. Pourquoi cette pauvre veuve serait-elle contrainte d'épouser quelqu'un dont elle se moque éperdument ?

Sans parler de lui donner à élever l'enfant de feu son mari.

— C'est un peu lourd, en effet. Vous aviez pourtant l'air de bien vous entendre sur les photos de *Entertainment Tonight*.

— Jerry, tu sais aussi bien que moi qu'il est facile de créer l'illusion avec un appareil photo.

— Très vrai. Eh bien, si tu es décidé, appelle-moi dès ton arrivée.

Quand il reposa le téléphone, un mélange de certitude et de regret l'agitait. Il avait nourri un si doux fantasme pendant quelques instants. Le roi AJ et sa charmante famille dirigeant l'île paradisiaque avec laquelle il avait finalement renoué.

Les gens auraient crié au conte de fées si on avait placé cet épisode dans un film. Alors pourquoi supposer que ce soit possible dans la vraie vie ?

Il ouvrit la penderie et en sortit une brassée de vêtements qu'il jeta dans sa valise. Il n'avait pas besoin de serviteurs pour s'occuper de ses affaires. Depuis dix ans, il se débrouillait très bien sans eux et il n'avait pas l'intention de devenir un dandy gâté comme Vanu.

Dans la salle de bains, il rafla les objets posés sur l'étagère et les mit dans un sac en plastique. Un rapide examen de la pièce lui confirma qu'il avait effacé toute trace de sa brève présence.

Restait à prévenir Lani de son départ.

Son cœur se serra. Il aurait de beaucoup préféré s'éclipser sans la revoir. L'expérience avait prouvé qu'il perdait facilement ses moyens en sa présence. Et mieux la connaître ne lui faciliterait pas la tâche, car il avait découvert qu'elle possédait de grandes qualités d'âme et un cœur aimant. Vraiment, il aurait mieux valu qu'il reparte juste après les funérailles.

Et il y avait cette sensualité explosive. Si elle se conduisait ainsi quand elle faisait l'amour avec un homme qu'elle s'apprêtait à épouser par raison, tout en pleurant son époux, qu'est-ce que ce devait être quand elle était amoureuse ?

Il chassa cette pensée. La comédie du mariage arrangé était définitivement derrière lui.

Il ferma sa valise et la saisit. Bientôt, il serait de nouveau un homme libre.

Trouver Lani ne fut pas aisé. Il parcourut le palais pendant une heure, interrogeant en vain tous ceux qu'il rencontrait, avant de la trouver, assise sur un banc de pierre dans le jardin.

A son approche, elle leva la tête et le dévisagea avec surprise.

— Ne t'inquiète pas, dit-il d'un ton acerbe. Je ne reste pas.

Aussitôt, il regretta son attitude hostile. Elle n'était pas responsable de ce gâchis. On l'avait poussée dedans, tout comme lui.

— Tu seras une bonne reine jusqu'à ce que l'enfant soit en âge de régner, dit-il. Les anciens sont sages, ils n'ont pas besoin d'aide pour gouverner, encore que je sois certain qu'ils pourraient profiter de quelques idées novatrices sur l'éducation et…

— Tu ne pars pas vraiment ? demanda-t-elle, les yeux écarquillés.

— Mais si ! J'ai réservé une place d'avion pour ce soir. Ce que j'aurais dû faire depuis le début.

Avant qu'elle l'ait intrigué, puis séduit.

Elle le considéra sans un mot. Mais qu'aurait-elle eu à dire ? Tous deux étaient las de feindre. Elle, qu'elle était ravie d'épouser un inconnu, lui, que la mort de son salaud de frère l'affectait.

— Mon départ va affliger ma mère, c'est mon seul regret.

Il la vit se raidir.

— Tu ne pars pas à cause de moi ?

— Non.

Il passa une main dans ses cheveux. Après ce qu'ils avaient vécu, il lui devait bien un minimum d'honnêteté.

— Si tu m'as influencé, c'est quand j'ai pris la décision absurde de rester. Tu es aussi bonne que belle, Lani, mais tu es la femme de mon frère, pas la mienne. Je ne peux pas me glisser dans sa peau et suivre ses pas. J'ai ma propre vie à mener, c'est vers elle que je dois retourner.

— Tout le monde désire que tu restes, dit-elle d'une voix étrangement dépourvue d'intonations.

— Tout le monde ? J'en doute. A mon avis, les gens prêtent moins d'attention aux habitants du palais qu'à leur émission de télé favorite. Je vais annoncer ma décision aux médias. Terminé, le suspense.

— As-tu parlé à Priia ?

Son cœur se serra douloureusement.

— Je vais le faire.

— Elle va être effondrée.

— Je sais, mais c'est inévitable.

C'était mieux, en tout cas, que de contracter un mariage avec une femme qui appartiendrait pour l'éternité à son frère.

Elle baissa les yeux. Lui en voulait-elle de faire passer ses sentiments avant le devoir ? Après tout, elle avait prouvé qu'elle était capable de se sacrifier pour le bien de son pays.

Mais lui n'était pas fait de ce bois.

— J'espère que ta grossesse et l'accouchement se passeront sans anicroche, dit-il d'une voix adoucie. A présent, tu peux annoncer publiquement que l'enfant est de Vanu. Plus besoin de mentir.

Il la vit déglutir.

— Oui. Je suppose que c'est une bonne chose.

Toujours cette voix atone, impersonnelle.

— Les choses devenaient terriblement compliquées, ajouta-t-elle.

Il eut envie de la toucher, une dernière fois. De sentir sous ses doigts la douceur de sa peau et de respirer sa délicate odeur florale.

Mais il sut résister.

— Au revoir, Lani.

— Au revoir, AJ.

Elle leva vers lui des yeux brillants de larmes.

— Bonne chance, dit-elle. J'espère que tout se passera selon tes vœux.

— Merci. Je prendrai des nouvelles quand les esprits seront un peu calmés.

Elle hocha la tête et demeura assise sur le banc, les mains serrées sur ses genoux, pareille à une adorable statue.

Il tourna les talons et s'éloigna rapidement de peur de commettre un acte stupide.

Lani se tassa sur le banc. Elle ne ressentait pas le besoin de courir derrière AJ. Il paraissait tellement normal qu'il la laisse seule, sans amour, tandis qu'il rejoignait son existence californienne. Elle s'y était toujours attendue, non ?

Exalté par ce qu'il avait pris pour une manifestation du destin, par la pompe des cérémonies funéraires et par les désirs de Priia, il s'était laissé séduire par l'idée d'un retour à Rahiri.

Mais, à sa manière, Vanu était intervenu.

On pouvait toujours compter sur lui pour tout gâcher.

La réapparition de son bateau et la suspension de leurs projets avaient laissé tout loisir à AJ de se rendre compte qu'il ne voulait pas de la vie que Priia cherchait à lui imposer.

Et ça faisait mal. Très mal.

Elle posa les mains sur son ventre, essayant d'ignorer le vide qui semblait s'être creusé dans son cœur. Du moins lui restait-il l'enfant. Et puis, AJ avait raison, les anciens sauraient diriger le pays sans aide du palais. C'était déjà ainsi du temps de Vanu, qui ne portait aucun intérêt aux affaires du pays.

Rahiri se passerait facilement d'AJ.

Mais elle ?

Il paraissait si cruel d'avoir goûté au bonheur pour s'en voir brutalement dépossédée.

Au début, elle s'était méfiée de lui, elle avait espéré son départ. Mais, à présent qu'elle avait appris à le connaître, elle souhaitait de toutes ses forces qu'il reste. L'idée d'élever l'enfant avec elle avait paru sincèrement lui plaire. Un moment, elle s'était persuadée que tout allait marcher pour le mieux dans le meilleur des mondes, que, enfin, elle allait être heureuse. C'était comme si les portes de sa prison s'étaient entrouvertes pour mieux se refermer.

Quelques semaines plus tôt, elle désirait qu'on la laisse tranquille. Elle ignorait sa grossesse et se réjouissait d'être débarrassée de Vanu. A présent, elle rêvait d'une vie familiale. Une mère, un père et leur enfant, comme lorsqu'elle était petite, avant la séparation de ses parents.

Elle poussa un profond soupir. L'arrivée d'AJ avait tout bouleversé.

Il ne lui suffisait plus de vivre sans avoir à supporter les agissements cruels d'un homme qu'elle méprisait. Désormais, elle demandait davantage à la vie : tendresse, échanges, humour, et, bien sûr, la dangereuse et merveilleuse passion qu'AJ avait éveillée.

Mais il ne voulait plus la partager avec elle. Il avait choisi de retourner à sa vie californienne et à la liberté dont il jouissait là-bas. Son tempérament lui interdisait de se laisser enchaîner à des responsabilités vis-à-vis d'une nation ou d'une femme.

Une profonde tristesse l'envahit. En ce moment même, AJ devait faire part aux journalistes de ses projets d'abandonner Rahiri et, par la même occasion, la femme de son frère. D'ici peu, elle devrait se présenter devant eux pour embrasser son rôle de reine solitaire et annoncer sa grossesse.

Seule.

Ce n'était pas tout à fait exact bien sûr, car sa belle-mère serait à son côté, et le personnel du palais l'entourerait d'attentions, mais elle serait seule de la manière qui comptait le plus, sentimentalement parlant.

— Il faut l'arrêter !

La voix suraiguë de Priia lui parvint à travers le jardin.

— Je lui ai dit qu'il ne pouvait pas partir ! C'est impossible !

— On ne peut pas l'arrêter, murmura Lani pour elle-même.

Sa belle-mère accourait vers elle. Parvenue à sa hauteur, elle la prit par les épaules.

— AJ est parti pour l'aéroport ! dit-elle, ses ongles pointus lui griffant les bras. Il n'a pas le droit de nous laisser ! Nous avons besoin de lui !

Se levant, Lani s'efforça de la raisonner.

— Nous désirons toutes deux sa présence, mais il a besoin de partir et nous devons le laisser faire.

Priia ouvrait de grands yeux égarés.

— Je vais appeler l'aéroport, ordonner qu'on annule le vol !

Lani secoua la tête.

— Vous ne pouvez pas le garder de force. S'il reste à Rahiri, ce doit être de son plein gré.

— Mais il avait choisi de rester ! Il l'a annoncé lors du banquet…

Une larme roula sur la joue de Priia.

A cause du chantage affectif que vous avez exercé sur lui, se retint-elle de dire. A quoi bon ajouter au chagrin de sa belle-mère ? Cette dernière devait seulement comprendre qu'elle ne pouvait pas le forcer à rester.

— Nous allons surmonter notre chagrin, dit Lani d'un ton apaisant. Il le faut, pour le bébé.

— Pour le bébé, oui ! Oh, ma chérie. Maintenant, j'imagine que nous pouvons dire la vérité à notre peuple.

Lani baissa les yeux.

— En effet, nous n'avons plus de raison de dissimuler.

Sa belle-mère se tamponna les yeux avec un mouchoir brodé.

— C'est une bénédiction d'avoir ce bébé pour nous rappeler Vanu. Et tu régneras en attendant qu'il soit en âge de monter sur le trône. Il y a bien longtemps que Rahiri n'a été gouverné par une reine, parce que, en règle générale, les femmes de notre peuple donnent naissance à de nombreux garçons et…

Sa voix s'éteignit. Elle toussota.

— Tu as raison, bien sûr, mon enfant. Nous devons garder la tête haute et relever les défis que la vie nous lance. Je ne remercierai jamais assez le ciel de t'avoir amenée dans nos vies, douce Lani. Je ne sais pas ce que je ferais sans toi.

Elles s'étreignirent et Lani se sentit un tout petit peu réconfortée. Elle avait réussi à mener sa barque sans AJ jusqu'à présent, elle réussirait sûrement après.

Du moins l'espérait-elle.

8

AJ avait supposé que l'engouement des médias pour les événements de Rahiri était lié à la présence d'un réalisateur hollywoodien et qu'il se calmerait dès qu'il ne serait plus impliqué dans l'affaire. Mais il se trompait.

Il était de retour à Los Angeles depuis deux mois et le sujet continuait de nourrir de nombreux articles dans les journaux et de faire le bonheur des émissions people. Quant aux blogs, ils bruissaient des dernières bribes d'information ou de spéculations en provenance du palais.

Il avait sous-estimé le charme que la beauté de Lani exerçait sur l'imagination populaire. Les gens ne semblaient pas se rassasier de son ravissant visage. Ses traits légèrement exotiques et les tons dorés de ses yeux et de ses cheveux subjuguaient et intriguaient. Le commun des mortels voulait en savoir toujours plus sur elle et sur sa fabuleuse existence au sein d'un palais.

De ce fait, malgré ses efforts, il avait bien du mal à s'empêcher de penser à elle.

Il alla prendre le courrier posé sur la table de l'entrée. Il avait demandé à son service de presse de lui envoyer tout ce qui avait trait au palais, non qu'il se sente personnellement impliqué mais pour pouvoir répondre aux questions qu'on ne manquerait pas de lui poser.

Il feuilleta les dernières coupures de presse tout en s'efforçant de ne pas s'attarder sur les photos. Il évitait d'en regarder une en particulier, où l'on voyait le visage de

Lani de profil, la courbe adorable de son nez et l'étincelle dans ses yeux d'or.

Il se souvenait très bien du moment où cette photographie avait été prise. C'était lui qu'elle regardait avec cette expression ravie, mais on l'avait supprimé. Sans doute parce qu'il était le méchant de l'histoire, celui qui l'avait laissée tomber pour poursuivre sa brillante carrière et draguer les jolies Californiennes.

L'étalage des épreuves de Lani n'avait fait qu'accroître l'intérêt qu'on lui portait. L'annonce de sa grossesse avait éclaté comme une bombe dans les médias. Elle était la princesse solitaire qui devrait élever son enfant sans une épaule masculine pour la réconforter.

Bien sûr, il ne s'inquiétait pas trop pour elle. Une bonne cinquantaine de personnes l'entouraient au palais, ainsi qu'une belle-mère qui lui laissait rarement un moment de répit.

Un article racontait que des hordes d'hommes lui écrivaient et joignaient des photos à leur lettre dans l'espoir qu'elle les choisirait pour époux. Tout en ne doutant pas qu'ils soient éconduits, il en éprouva une certaine jalousie.

C'était d'ailleurs ridicule, car il paraissait normal, et même souhaitable, que Lani se remarie.

Il rebroussa chemin vers la cuisine. Ces derniers temps, sa maison, si calme, si impeccable, lui paraissait sinistre, et l'ameublement noir et blanc prétentieux comparé aux teintes naturelles et aux meubles en bois sculpté du palais.

Enfin, il était du moins occupé. Le montage de *Hellcat* l'emmenait tard dans la nuit et il travaillait déjà à la préproduction du prochain *Dragon Chaser*.

Autant dire qu'il n'aurait pas le temps de consulter tous les blogs et sites web que son alerte Google sélectionnait à propos du prochain couronnement de la reine de Rahiri. Il savait déjà le genre de robe qu'elle porterait, les bijoux d'or anciens qui la pareraient, ou comment ses paumes seraient peintes au jus de baies et sa peau saupoudrée de pollen doré. Il ne le savait pas parce qu'il avait grandi au palais, mais pour l'avoir lu, comme tout le monde.

Par deux fois, il avait vu Lani s'exhiber devant les caméras, un petit sourire aux lèvres, et il avait imaginé sa mère en coulisses, lui conseillant de faire bonne figure. Mais elle se forçait à sourire, l'éclat de ses yeux s'était terni, il le voyait bien.

A moins que ce ne soit un effet de son imagination ? Peut-être souhaitait-il inconsciemment qu'elle souffre de son départ ?

Il avait déjà prévenu sa mère et Lani qu'il n'assisterait pas aux fêtes du couronnement. Il les laisserait chanter les louanges de Vanu seules. Elles pourraient toujours se réconforter en se disant qu'il n'aurait pas fait un bon roi, avec son esprit décadent et son humeur capricieuse.

Il ne voulait pas non plus voir Lani. Pas si tôt. Il n'était pas encore certain de résister à son éclatant sourire. Une seule bouffée de son parfum pouvait l'anéantir. Son goût était encore trop frais sur ses lèvres, son chagrin de l'avoir quittée trop vif.

Il avait pourtant agi pour le mieux. Il n'était pas Vanu et il n'était pas question qu'il joue les seconds violons pour le restant de son existence. Il devait aller de l'avant et conquérir de nouveaux espaces.

D'ailleurs, une ancienne soupirante venait de lui laisser un message. Une beauté danoise, qui avait eu un petit rôle dans un de ses premiers films, était de passage en ville pour une quinzaine de jours et souhaitait le revoir. Exactement ce qu'il lui fallait pour chasser Lani de son esprit.

Il réécouta le message. Pourquoi ne pas l'inviter à assister à la première du dernier Spielberg, le vendredi suivant ? Elle était gaie, elle aimait danser. Ils pourraient dîner quelque part et aller ensuite dans ce nouveau club dont tout le monde parlait.

Pourtant, au moment de composer le numéro de la jeune femme, quelque chose le retint.

Et il se retrouva à faire les cent pas dans la cuisine où les coupures de presse s'entassaient sur le comptoir, la fameuse photo sur le dessus de la pile. Les grands yeux brillants de Lani semblaient le regarder, comme lorsque la photo avait été prise.

Il poussa un profond soupir. Il finirait par l'oublier, mais, en attendant, il n'avait pas envie de sortir avec une autre fille. Mieux valait attendre que la blessure se cicatrise, qu'il oublie la douceur de ses caresses, le son joyeux de son rire.

Evidemment, ce serait plus facile s'il cessait de penser à elle, cinq minutes seulement.

Allongée sur son lit, bien éveillée, Lani contemplait le plafond. Compter des moutons imaginaires ne servait à rien, pas plus que des lézards. Le bébé lui-même semblait agité. L'idée qui la tourmentait ne la laisserait pas dormir.

Elle s'était juré de ne jamais dire la vérité au sujet de Vanu, pour permettre à sa belle-mère de se rappeler son fils comme un parangon de vertu.

Cependant, une remarque d'AJ lui donnait à penser que son silence sur le sujet l'avait poussé à partir. Il avait dit qu'il la considérait comme la femme de Vanu et qu'il refusait d'entrer dans la peau de ce dernier et de marcher dans ses traces pour l'éternité.

Sur le moment, elle n'en avait pas vraiment tiré les conclusions, mais, dernièrement, l'idée l'avait tracassée nuit et jour. Ressentirait-il les choses différemment s'il savait qu'elle détestait Vanu et se réjouissait secrètement de sa disparition ?

Naturellement, une déclaration aussi directe mettrait à jour la noirceur de son âme et il risquait de la mépriser pour sa déloyauté. Quant à Priia, si elle venait à l'apprendre, elle serait terriblement choquée, et blessée, autant par ce qu'elle considérerait comme une trahison que par la découverte que son fils aîné n'était peut-être pas le gentil garçon qu'elle se plaisait à croire.

Et puis, il y avait le bébé. En dévoilant la cruauté de Vanu, sa sécheresse de cœur, elle condamnait le père aux yeux de son enfant.

Malgré tout, si elle ne vidait pas son cœur, ces pensées menaçaient d'empoisonner le reste de son existence.

AJ était parti depuis près de deux mois et elle souffrait toujours de son absence. Depuis tout ce temps, elle n'avait eu aucune nouvelle, à part l'annonce, transmise par sa belle-mère, qu'il n'assisterait pas aux fêtes du couronnement. Elle se rappelait pourtant le contact de son corps contre le sien comme s'il venait de la quitter. Seule, la nuit, elle croyait sentir son souffle chaud sur sa peau et entendre sa voix murmurer à son oreille.

Si elle lui téléphonait, elle entendrait pour de bon sa voix. Elle pourrait mettre son cœur à nu et se débarrasser du poison de son mensonge au sujet de Vanu. Bien sûr, elle devrait vivre avec les conséquences de cet aveu, mais serait-ce pire que de se morfondre dans la dissimulation ?

Elle s'assit au bord de son lit et posa une main sur son ventre pour se donner du courage. Mais sa brusque décision serait-elle bonne ou mauvaise pour son enfant ?

A travers la pièce plongée dans la pénombre, elle se dirigea vers le téléphone posé sur la commode. Il était 2 heures du matin, c'est-à-dire minuit passé à Los Angeles. Ce n'était pas vraiment une heure décente pour appeler.

Son cœur battant de plus en plus fort, elle fut tentée de renoncer. Se ressaisissant, elle ouvrit le tiroir supérieur de la commode et en tira un morceau de papier plié où elle avait noté l'adresse et le numéro de téléphone d'AJ, trouvés dans le carnet de Priia.

Elle s'était répété son numéro de téléphone comme une formule magique, sachant que, à tout moment, elle pourrait invoquer AJ en personne en appuyant sur les touches. Elle savait, pour l'avoir vu faire, qu'il prenait presque tous ses appels, qui étaient nombreux. Elle était donc pratiquement sûre qu'il lui répondrait.

A cette heure de la nuit, il devait être chez lui. Seul.

Enfin, elle l'espérait. L'appréhension l'envahit. Et s'il l'avait déjà oubliée et qu'il se distrayait dans les bras d'une pulpeuse starlette ?

Elle prit sa respiration et appuya le téléphone contre ses lèvres. Elle ne l'appelait pas pour l'implorer de revenir, ou pour lui dire qu'elle l'aimait et ne pouvait vivre sans lui. Son seul but était de rétablir la vérité au sujet de Vanu, parce qu'il lui semblait que ce n'était que justice.

Et pour entendre sa voix une dernière fois.

Elle tremblait tellement qu'elle eut du mal à composer le numéro. Et elle se trompa deux fois avant d'y parvenir.

Elle entendit sonner et maudit son idée d'appeler aussi tard. Il allait sans doute être contrarié. Un instant, le souffle court, elle faillit déconnecter.

Puis il répondit.

Le son de sa voix lui causa une telle émotion qu'elle eut du mal à trouver ses mots.

— Bonsoir, AJ.

— Lani…

Il paraissait étonné, et ému.

— C'est bien moi. Comment vas-tu ?

— Je m'occupe. Et toi ?

Elle se mit à arpenter la chambre. Ce n'était pas ainsi qu'elle avait envisagé les choses. Elle ne voulait pas qu'ils échangent des banalités, comme des étrangers.

— Je vais bien.

— Et le bébé ?

— Bien aussi. Enfin, je le suppose. J'ai rendez-vous demain chez le médecin. Mais il me semble que tout va bien.

Sauf pour les nausées. Mais, cette fois, elles étaient probablement dues au stress.

— Je te prie de m'excuser d'appeler si tard.

— Maman va bien ? demanda-t-il d'une voix soudain inquiète.

Il devait se demander pourquoi elle lui téléphonait ainsi, au beau milieu de la nuit.

— Oui. Elle est très prise par l'organisation des fêtes du couronnement. Tu lui manques, bien sûr.

A peine sortie de ses lèvres, elle regretta la remarque. Il ne devait surtout pas penser qu'elle essayait de le culpabiliser. Et il fallait qu'elle aille droit au but, sous peine de perdre son sang-froid et de ravaler la vérité.

— J'ai quelque chose à te dire.

— Ah oui ?

Il paraissait sur ses gardes. Craignait-il qu'elle lui dise qu'elle l'aimait et souhaitait son retour ? Elle rougit. Si seulement ses pensées voulaient bien cesser de s'entrechoquer dans sa tête.

— Je voulais te dire que…

Elle hésita. Quels termes employer pour expliquer à quelqu'un qu'on hait son frère ?

— Vanu et moi… nous ne… enfin, nous n'étions pas…

Elle n'arrivait pas à terminer ses phrases. De son côté, il demeurait silencieux.

— Je ne l'aimais pas, dit-elle enfin.

Il ne disait rien. Elle l'imagina, sourcils froncés, réfléchissant à ces paroles.

— Et je ne l'appréciais pas du tout.

Enhardie par son silence, elle poursuivit.

— Il était d'une extrême froideur envers moi. Il allait même jusqu'à la cruauté.

Elle ravala sa salive.

— Je le haïssais.

Finalement jailli de ses lèvres, l'aveu demeura suspendu dans l'air, telle une épée de Damoclès. La peur l'envahit, mais il lui était impossible de reprendre ses paroles.

— Que dis-tu ? demanda-t-il d'une voix presque inaudible.

Elle se glaça. Etait-il horrifié par la brutalité de sa

confession ? Dégoûté par son manque de compassion pour son frère mort ?

— Je suis désolée. je n'aurais sans doute pas dû dire ça. Je sais que c'est ton frère et, même s'il ne l'était pas, je ne devrais pas parler ainsi d'un mort. Maintenant, tu sais ce que je vaux. Tu vois que je ne suis pas la gentille fille que tu imaginais. Je ne suis pas gentille du tout ! D'horribles pensées tournent dans ma tête et…

— Je le haïssais aussi.

Sa voix avait résonné, claire et nette, dans l'appareil.

— Comment ? dit-elle, n'en croyant pas ses oreilles.

— Je haïssais mon frère. T'a-t-il fait du mal ? demanda-t-il avec un mélange d'inquiétude et de colère dans la voix.

— Pas physiquement. Enfin, pas beaucoup. Mais il était cruel. Il m'accablait de ses railleries, me rabaissait en permanence. En revanche, devant des tiers, il était tout sucre, tout miel.

— Je n'arrive pas à le croire…

— C'est pourtant la stricte vérité !

Elle entendit son rire dans l'appareil.

— Attends ! Je ne mets pas tes paroles en doute. Bien au contraire. Je te crois parce que c'est exactement le traitement qu'il m'a fait subir quand nous étions enfants.

— Tu n'en as jamais parlé.

— Pas plus que toi.

— Je ne voulais pas te faire de peine.

— Pareil pour moi.

Il eut un petit rire.

— C'est quand même inouï ! Nous tournions avec précaution autour du souvenir de Vanu alors que ni l'un ni l'autre ne pouvions le supporter !

— Ta mère ignore sa véritable nature. Et je ne voulais surtout pas qu'elle la découvre.

— Enfant, je lui faisais part des brimades qu'il m'infligeait, mais elle ne me croyait pas. Il était toujours son délicieux petit prince. Ah ! On peut dire qu'il savait manœuvrer les gens.

— C'est exact ! J'avais l'impression de vivre avec deux personnes différentes, le Vanu public et le Vanu privé, aux antipodes l'un de l'autre.

Un immense soulagement succédait à sa terrible angoisse.

— J'ai essayé de le rendre heureux, dit-elle.

Elle se crispa en se remémorant leur dernier tête-à-tête, qui l'avait laissée enceinte. AJ ne devrait-il pas être mis au courant de cet épisode ? Il ne devait pas s'imaginer qu'elle était allée de son plein gré dans les bras de Vanu après ce qu'il lui avait fait subir.

— Je ne voulais pas avoir d'enfant avec lui…, dit-elle.

Elle hésita encore un instant, se demandant comment il allait prendre la révélation.

— … mais il m'a obligée à coucher avec lui en disant qu'il était mon mari et qu'il avait tous les droits sur moi…

Pour Vanu, coucher avec elle n'impliquait ni amour ni même plaisir physique. Il s'agissait simplement d'abuser de sa force pour lui infliger une humiliation.

— Il t'a violée ! dit-il d'une voix dure. S'il était toujours de ce monde, je le tuerais ! C'était un dangereux malade. Je ne l'ai compris que longtemps après mon départ, bien sûr, lorsque j'ai pris de la distance. Il m'a inspiré les rôles de méchants de mes films. Et j'ai toujours considéré qu'il était heureux qu'il n'ait pas d'ambition politique, car il avait l'étoffe d'un tyran.

— Il était trop paresseux pour ça ! dit-elle avec un rire nerveux. Je crois qu'il dépensait déjà beaucoup d'énergie à paraître normal.

— Dis-moi, Lani, pourquoi as-tu pleuré en apprenant sa mort ?

— C'étaient des larmes de soulagement ! Tant qu'on n'avait pas retrouvé son corps, je craignais qu'il revienne et me tienne de nouveau à sa merci. Oh ! Tous ces matins à voir son visage furieux au réveil, et à l'entendre critiquer tout ce que je faisais…

AJ poussa un long soupir.

— Comment se fait-il que tu ne te soies confiée à personne ? Envisageais-tu de passer ta vie avec ce sadique ?

— J'essayais de me montrer courageuse. Je ne voulais pas faire de peine à ta mère et jeter l'opprobre sur la dynastie en déclenchant un scandale. Ma mère disait toujours qu'une femme devait cacher son linge sale. Elle n'a jamais soufflé mot de son propre mariage et de son divorce.

Elle s'interrompit un instant avant de reprendre :

— Au départ, je savais que je prenais une énorme responsabilité en épousant un roi. Ensuite, je me suis dit que je devais vivre avec la conséquence de mon erreur.

Il y eut un silence.

— Tout comme tu m'aurais épousé par devoir si je n'étais pas parti, dit-il.

Elle ne sut que répondre. C'était vrai, à ceci près que, lorsqu'elle avait appris à le connaître, elle s'était rendu compte que le devoir se métamorphoserait en plaisir.

Mais elle ne voulait en dire trop. Elle lui avait téléphoné pour lui expliquer ses sentiments vis-à-vis de Vanu, pas pour exercer une pression sur lui.

— Pourquoi m'en parler maintenant ? demanda-t-il d'une voix étrange.

Elle déglutit.

— Je ne sais pas exactement. Je tenais seulement à ce que tu saches la vérité.

— La vérité… L'insaisissable vérité… Ne bouge surtout pas !

— Que veux-tu dire ?

— Ne quitte pas le palais.

— Mais pourquoi ?

Elle jeta un coup d'œil par-dessus son épaule. Avec ces gens qui la mitrailleraient de photos chaque fois qu'elle mettait le nez à la fenêtre, ces derniers temps, elle avait l'impression d'être épiée en permanence.

— Je veux savoir où te trouver, dit-il d'un ton autoritaire.

Pourquoi cela ? Envisageait-il de venir lui reprocher de vive voix d'avoir gardé le silence sur la véritable nature de sa relation avec Vanu ? Elle avait simplement cherché à protéger l'honneur de sa famille. Ce n'était tout de même pas un crime ?

Malgré tout, quoi qu'il arrive, elle était soulagée d'avoir vidé son cœur.

Sauf qu'elle cachait encore un secret à AJ.

Elle ne lui avait pas dit qu'elle l'aimait.

— Joe, tu as toujours ton jet ?

AJ arpentait sa chambre, ramassant au passage des vêtements qu'il jetait dans son sac de voyage.

— Sais-tu quelle heure il est ? fit la voix mécontente de son ami.

Joe et lui avaient partagé une maison quand ils étaient étudiants. Jeunes garçons avec beaucoup trop d'argent et aucun sens de la discipline, ils s'étaient liés d'une amitié jamais démentie au fil des années.

Joe était devenu un célèbre agent de stars, avec un goût prononcé pour les voitures et les avions.

— Il est tard, je sais, répondit AJ. Mais je peux attendre l'aube pour décoller.

Désormais, chaque instant passé loin de Lani était une torture. Mais ce n'était pas une raison pour empoisonner l'existence des autres.

— L'aube ? Qu'est-ce que tu racontes ? Où as-tu besoin de filer si vite ?

— Chez moi, à Rahiri.

— Je croyais t'avoir entendu dire que tu n'avais qu'un seul foyer, Los Angeles.

— C'est compliqué. Quoi qu'il en soit, je dois me rendre à Rahiri aussi vite qu'il est humainement possible.

Joe poussa un long soupir.

— Laisse-moi deviner. Cette superbe créature qui a failli être ta femme a quelque chose à voir dans l'histoire ?

— Lani, oui. Il faut que je la voie.

Et qu'il la touche, qu'il la tienne dans ses bras et l'embrasse... si elle le lui permettait.

Joe éclata de rire.

— Vu la couverture médiatique dont elle bénéficie, tout le monde aux Etats-Unis veut la voir ! Même si personne n'avait entendu parler de Rahiri jusqu'à ce que vous deveniez la coqueluche des médias.

— Je me demande pourquoi je t'ai choisi pour ami.

— Parce que j'ai un avion ! Bon, d'accord, je te conduis à Rahiri. Mais pas avant l'aube.

— Je t'aime d'amour, Joe !

— Tu sais que je pourrais te faire une scène de jalousie ! A tout à l'heure, sur le tarmac !

Après avoir raccroché, il tenta de calmer les battements de son cœur. D'ici à quelques heures, il reverrait Lani ! Il ne lui annoncerait pas son arrivée ; il refusait d'échanger un mot de plus avec elle autrement que de vive voix. Un malentendu était trop risqué.

Bien qu'il fasse encore nuit quand il arriva à l'aéroport, il ne fut pas surpris de trouver l'avion de son ami sur le tarmac. Joe s'affairait autour de l'appareil pour les vérifications d'usage. En voyant arriver AJ, il éclata de rire.

— J'aurais parié que tu serais en avance !

AJ haussa les épaules.

— Heureusement que je suis venu ici juste après avoir raccroché, dit Joe. Je suis prêt à décoller

— Je t'embrasserais volontiers ! dit AJ en jetant son bagage dans le minuscule cockpit.

Le temps que le jour se lève, ils survolaient déjà l'océan. Ils virent les rayons hésitants du soleil illuminer la surface unie de l'eau sombre et s'arrêtèrent à Hawaii pour faire le plein et prendre un petit déjeuner. Enfin, après sept heures de vol au-dessus de l'océan désert, ils arrivèrent en vue de Rahiri.

Quand ils survolèrent la première île couverte de végétation et bordée de plages de sable fin qui jalonnaient la route de Rahiri, son cœur se mit à battre.

Lani lui en voudrait-elle d'avoir renoncé à leurs projets et de l'avoir abandonnée à son sort ?

Naturellement qu'elle lui en voudrait ! Elle avait dû supporter seule l'insatiable curiosité des médias alors qu'elle était enceinte et qu'elle subissait le stress de se préparer à devenir souveraine de Rahiri.

Mais elle l'avait appelé.

Enfin, elle l'avait appelé seulement pour lui révéler son monstrueux secret. Mais, même si elle ne lui avait pas demandé de revenir, aucune force au monde n'aurait pu l'en empêcher.

— Est-ce une petite visite ou restes-tu pour de bon, cette fois ?

La voix de Joe le tira de ses pensées.

— Ça dépend.

— De l'adorable Lani ?

— Tu as tout compris.

Il ne s'imposerait pas à elle. Qu'elles fassent partie d'une société traditionnelle ou non, toutes les femmes avaient le droit de choisir librement leur mari.

— Par expérience, je sais que les femmes vous accordent une erreur, mais pas deux, dit Joe. Qu'est-ce qui t'a fait changer d'avis ?

AJ hésita. Il avait quelquefois mentionné son frère aîné dans des discussions avec Joe, sans toutefois révéler l'étendue de sa perversité. En général, il préférait laisser Vanu au passé. Mais n'était-ce pas perpétuer l'erreur qui les avait séparés, Lani et lui ? Malgré tout, il préférait ne rien révéler sans parler d'abord à Lani. Si elle voulait garder secrets les affreux détails de son premier mariage, il se plierait à sa volonté.

— Peut-être suis-je simplement revenu à moi…

— Eh bien, tâche d'y rester, d'accord ? dit Joe en lui donnant une bourrade. C'est un long voyage à faire à l'improviste.

— J'en apprends tous les jours, mon vieux. Et, cette fois, j'ai l'intention de ne pas commettre d'erreur.

— Le mariage n'est pas toujours une partie de plaisir, tu es au courant ?

Joe s'était marié trois fois et il payait des pensions alimentaires astronomiques à ses précédentes épouses.

— Plutôt deux fois qu'une ! Tu es probablement responsable à cinquante pour cent de mon allergie au mariage. Le reste est dû au fait que le taux de divorce à Los Angeles avoisine les soixante-dix pour cent.

— Et à Rahiri ?

— Aucune idée. La mère de Lani a divorcé, mais aux Etats-Unis, je crois.

— Arrange-toi pour éviter la séparation.

— Pour ça, il faudrait d'abord que je sois marié !

Une éventualité qu'il caressait de nouveau avec plaisir.

Le soleil était déjà haut dans le ciel quand la forme familière de l'île l'accueillit comme un vieil ami.

— Oublie l'aéroport et va directement au palais, dit-il. L'allée pavée est toujours là pour t'accueillir.

— Pour me faire royalement assassiner, merci bien ! Je préfère atterrir à l'aéroport.

— C'est trop loin. Il y a presque une heure de route jusqu'au palais.

— Je croyais que l'aéroport en était éloigné justement pour que leurs majestés ne soient pas dérangées par le bruit des avions.

— C'est vrai, mais elles survivront.

— La dernière fois, ta mère était vraiment furieuse.

Ils avaient tenté l'atterrissage au palais un jour qu'AJ était venu assister à une réunion familiale avec un groupe d'amis.

— Je la calmerai. Je l'ai prévenue de notre arrivée. En ces temps de paranoïa, je n'ai pas envie qu'on abatte notre avion !

Il examina le sol par le hublot latéral. Déjà, on distinguait les toits du palais et les jardins fleuris. Lani était quelque part en bas. Comment réagirait-elle lorsqu'elle le verrait ?

Joe guida habilement l'avion sur la route, heureusement déserte. Dès que l'appareil s'arrêta, les gens se ruèrent hors du palais.

AJ sauta de l'avion et examina les visages qui l'entouraient.

— AJ !

Le cri de sa mère s'éleva au-dessus du vacarme des voix.

— Ne t'ai-je pas déjà demandé de ne pas atterrir ici ? C'est dangereux ! Il pourrait y avoir un poteau, ou une branche d'arbre tombée.

— Les palmiers n'ont pas de branches, maman, dit-il en la serrant dans ses bras. Où est Lani ?

— Avec la couturière pour l'essayage de sa robe de couronnement. Elles se sont installées dans la salle de bal parce que la lumière y est bonne. Hé ! Que fais-tu ?

Il s'était déjà dégagé de son étreinte et il s'élançait en courant vers le palais. Des membres du personnel le regardèrent passer en échangeant des chuchotements intrigués derrière les saluts polis.

Il ignorait comment Lani réagirait à sa brusque apparition, mais il s'en moquait. Une seule chose comptait à ce moment : son envie de la voir. Les couloirs du palais paraissaient s'étirer interminablement tandis qu'il les parcourait au pas de course.

— Etes-vous revenu affirmer vos droits à la couronne ? demanda un journaliste, brusquement jailli d'un passage latéral.

Furieux de cette atteinte à son intimité, il bondit sur lui.

— Gardes ! Une intrusion ! fit-il en le ceinturant.

Cependant, dans son dos, une journaliste tendait déjà son micro.

— Vous n'avez pas supporté que la femme de votre frère accède au trône ? demanda-t-elle.

Ce fut une belle mêlée, car, malgré l'arrivée des gardes et des serviteurs, les paparazzis, qui n'avaient rien eu à se mettre sous la dent depuis des semaines, escaladaient sans vergogne les galeries du palais et déferlaient sur lui, appareils photo et micros au poing.

— Etes-vous revenu pour de bon ?

— Avez-vous commencé le tournage de *Dragon Chaser V* ?

— Pilotez-vous vous-même votre avion ?

— L'enfant est-il réellement le vôtre ?

— Lani vous manque-t-elle ?

A la dernière question, il leva les yeux et croisa le regard cruel d'une jeune femme qu'il reconnut vaguement.

— Oui, Lani me manque.

La foule des journalistes se tut comme par enchantement.

— Revenez-vous pour elle ?

— Je dois la voir.

Inutile d'en dire plus ; il n'était même pas certain qu'elle accepte de le recevoir.

— Souhaitez-vous l'épouser ?

— C'est un peu prématuré. Je…

Soudain, son regard fut attiré vers le couloir menant dans les profondeurs du palais.

Lani…

Flanquée de deux gardes, elle se tenait à quelques mètres de là, le visage dépourvu d'expression.

D'un geste brusque, il écarta les journalistes. Il avait tellement pensé à elle. Il s'était représenté ses yeux d'ambre, ses longs cheveux couleur de miel, sa souple démarche et son rire suave, et il semblait que, par la force de son imagination, elle se matérialisait sous ses yeux.

Cependant, comme il s'approchait, elle sembla se recroqueviller.

— Allons dans un endroit plus tranquille, dit-il.

Elle hocha la tête.

— Assurez-vous que les journalistes ne nous suivent pas, ordonna-t-il aux gardes.

Il prit Lani par le bras, mais, remarquant qu'elle se raidissait à son contact, il la lâcha.

Que pensait-elle de sa soudaine réapparition ?

9

Lani hâtait le pas au côté d'AJ. Les pensées se bousculaient dans son esprit. Pourquoi était-il revenu ? Et si brusquement ? Un vague espoir se mêla à l'appréhension tandis qu'ils s'éloignaient de la foule des journalistes.

— Ici, dit-il soudain, ouvrant la porte de la salle du trône.

Elle passa devant lui, douloureusement consciente de la proximité de son corps et de l'attirance qui était toujours aussi forte entre eux.

Les centaines d'appliques au mur ainsi que les voyants de l'équipement informatique étant éteints, le seul éclairage de la pièce provenait d'une ouverture dans le plafond.

Placé en son centre, le trône, un massif bloc de basalte noir gravé de symboles si anciens que personne ne savait plus les déchiffrer, écrasait la salle.

AJ referma doucement la porte derrière eux. Le flot de lumière se déversant du plafond soulignait la puissance de ses traits ainsi que le pli entre ses yeux.

— Je suis venu m'excuser, dit-il.

— De quoi ?

Il avait bien des raisons de s'excuser, mais elle ne voulait pas faire de conclusions trop hâtives.

— J'ai vraiment l'impression d'être un idiot. Pourquoi n'ai-je pas deviné…

Il se mit à arpenter la pièce et fut happé par la pénombre.

— Pourquoi n'ai-je pas deviné qu'il avait également fait de ta vie un enfer ?

— Je l'ai soigneusement dissimulé…, répondit-elle, sa voix comme absorbée par la majesté de la pièce. Jusqu'à ce que mon secret ne m'étouffe.

— Avant ton coup de téléphone, dit-il en revenant vers elle, je ne me rendais pas compte que je laissais ma jalousie et mon amour-propre me dominer. Je refusais d'être un pis-aller, un soutien de second ordre, la doublure d'un frère paré de toutes les qualités, aimé et pleuré de son peuple.

Ses yeux luisaient dans la pénombre et il laissa échapper un soupir d'incrédulité.

— Mais ce frère n'a jamais existé que dans mon esprit. Celui qui est mort était petit et mesquin. Il ne vivait que pour son plaisir. Un tel homme ne peut pas me tenir écarté de Rahiri, ni de toi.

Il la prit dans ses bras et elle posa la tête contre sa poitrine. Pour la première fois depuis qu'on avait retrouvé le bateau de Vanu, elle se sentit protégée et réconfortée. Et aussitôt le désir jaillit en elle comme une braise ravivée par un souffle de vent.

— Ton sourire m'a manqué, dit-il en caressant sa bouche du pouce.

A son contact, un sourire s'épanouit miraculeusement sur ses lèvres.

Elle s'appuya contre lui.

— Ton rire m'a manqué, dit-elle.

Le palais lui avait paru si vide, si morne et désolé malgré les allées et venues des domestiques.

— Rire m'a manqué, dit-il. Je n'ai pas beaucoup ri ces derniers temps.

En se promenant dans son dos, les doigts d'AJ faisaient naître des sensations merveilleuses. Elle avait tellement essayé d'oublier les sentiments qu'elle éprouvait pour lui qu'ils revenaient en un flot dévastateur.

— Moi non plus, dit-elle.

Les lèvres d'AJ étaient si proches des siennes qu'elle percevait leur chaleur. L'air vibrait d'excitation. Rêvait-elle, ou bien AJ était-il vraiment de retour ? Pouvait-elle espérer une fin heureuse à l'histoire ?

Ça semblait trop beau pour être vrai. Malgré tout, il était bien là, la serrant dans ses bras. Elle en avait rêvé tout le temps de son absence.

— Tes baisers m'ont manqué, murmura-t-elle.

— Les tiens aussi.

Il effleura ses lèvres qui frémirent de l'envie de recevoir un vrai baiser.

— Peut-être que je ne mérite pas plus…, dit-il.

— Toi, peut-être pas, mais moi si !

— C'est si vrai.

Alors, cette fois, il l'embrassa avec tout son cœur, toute son âme.

Les pointes de ses seins durcirent contre son torse. Elle caressa les muscles saillants de son dos, savourant sa force qui lui donnait un délicieux sentiment de sécurité. Mais peut-être n'aurait-elle pas dû se laisser aller ainsi. Après tout, il ne lui avait fait aucune promesse.

Et elle avait appris à ne rien tenir pour certain que la douceur de l'instant présent.

— Je suis heureuse que tu sois de retour, dit-elle en chuchotant.

Même s'il ne restait pas, elle chérirait à jamais cet instant où elle s'était sentie en sécurité, reconnue et aimée.

Du bout du nez, il caressa le lobe de son oreille.

— Tu m'as terriblement manqué, dit-il. J'ai essayé de t'oublier en m'immergeant dans le travail et dans tout ce que j'aimais de ma vie californienne. Mais je me suis aperçu que, sans toi, rien ne me plaisait.

— Tu m'as manqué aussi…

Elle avait souffert, nuit et jour, de son absence.

— Mais tu m'avais quittée, dit-elle, et je ne pouvais rien y faire.

— Sauf me téléphoner !

— J'avais si peur de dire la vérité. Tu risquais de te fâcher, ou de me croire folle.

— Je suis fâché et je pense que tu es folle. Tu n'aurais pas dû accepter ces horreurs de Vanu.

Il la prit par le menton. Comme il lui levait la tête, elle croisa son regard plein de sollicitude.

— Tu aurais dû lui dire que c'était un salaud et le virer.

Elle déglutit. Il lui restait une vérité sur le cœur.

— Je l'ai fait.

— Comment ça ?

Elle s'écarta.

— Je lui ai dit, ce soir-là… après qu'il m'eut… forcée à coucher avec lui… qu'il pouvait me tuer s'il voulait, mais que je ne resterais pas un jour de plus avec lui. Je lui ai dit que je le haïssais.

Le souvenir de sa propre voix, résonnant dans la nuit, la fit frissonner.

Il la dévisagea.

— C'est pour cela qu'il a pris le bateau, qu'il est parti en mer ?

— Et qu'il est mort.

Ces derniers mots résonnèrent tel un glas contre les murs de pierre.

— Comment est-il mort ? demanda-t-elle. Personne ne me l'a dit. On veut m'épargner, je crois.

Il détourna le regard.

— On ne peut que faire des suppositions. Il ne restait pas grand-chose de son corps. Les oiseaux et les animaux sauvages, tu comprends… Mais c'était bien lui. Sa dentition a permis de l'identifier. Il ne reviendra plus.

Elle demeura silencieuse. Comment pouvait-on se réjouir d'entendre d'aussi sinistres nouvelles ?

Il lui prit la main.

— Tu n'es pas responsable de sa mort.

— Je *voulais* sa mort. C'est épouvantable, mais c'est la vérité. Je ne peux rien y changer.

— Mais c'est lui qui t'a mis ces horribles idées en tête et je refuse qu'il puisse, par-delà la tombe, faire peser une telle culpabilité sur toi ! Tu dois absolument t'en débarrasser.

— Je le voudrais bien. C'est peut-être ce qui m'a poussée à tout dire. J'avais besoin de me confier.

— As-tu redouté que je ne te croie pas ?

— Un peu.

Elle hésita un instant avant d'ajouter :

— Et je craignais que ça te soit égal.

— Parce que je t'avais quittée ?

Elle hocha la tête.

— Mais, à présent, tu sais que je me suis enfui parce que mon passé me rongeait. J'avais renoncé depuis longtemps à parler de Vanu. Je voulais le laisser dans l'oubli.

Il lui caressa l'épaule.

— Je pense que nous devrions tous les deux l'oublier.

— C'est impossible, dit-elle d'une voix éteinte.

— Pourquoi ?

— Parce que je porte son enfant.

Les yeux d'AJ tombèrent sur son ventre encore plat.

— Je n'arrive pas à croire qu'un être humain tout entier soit là, attendant d'éclore à la vie.

Elle ferma les yeux. Avait-il l'intention d'être le père de ce petit être, ou son oncle ? Elle n'osait poser la question.

Il parut réfléchir.

— Cet enfant ne sera pas élevé par Vanu, dit-il enfin. Ses gènes viennent de toi, et aussi de mon père et de ma mère, tout comme les miens. Si nous l'élevons avec tout l'amour et la tendresse dont nous sommes capables, il n'y a aucune raison pour que Vanu projette son ombre maléfique sur lui.

— Et s'il, ou elle, rencontre des problèmes, nous ne fermerons pas les yeux, dit-elle. Au contraire, nous l'aiderons de notre mieux. je ne peux plus faire semblant de vivre dans un monde parfait. J'ai passé trop de temps à m'efforcer d'être gentille, à éviter les heurts, à tel point que j'ai failli tout faire rater. Eviter de regarder la vérité en face est la cause de tous nos problèmes.

— Tu as raison. Et si j'ai passé ma vie d'adulte à créer des fictions ce n'est peut-être pas un hasard. Mon enfance a dû m'y préparer.

Elle aspira une profonde bouffée d'air.

— A partir de maintenant, nous ferons face aux problèmes et nous en parlerons à cœur ouvert.

— Je te le promets, dit-il, solennel. Je t'aime, Lani.

Elle se mit à trembler. Elle s'était tellement répété que ce qu'elle éprouvait pour lui n'était pas de l'amour. Ce n'était qu'après son départ qu'elle avait compris qu'elle l'aimait.

Elle aurait voulu le lui dire, mais l'aveu lui semblait trop énorme. Les mots lui manquaient ; elle se sentait dépassée par ses émotions.

Sans plus savoir ce qu'elle faisait, elle saisit la chemise d'AJ et la retira de son pantalon. Et, tout en l'embrassant frénétiquement, elle se débattit avec les boutons de sa chemise et en écarta les pans. Ensuite, elle s'attaqua à la boucle de sa ceinture. Elle éprouvait le désir violent de se repaître de sa présence miraculeuse et de s'anéantir dans son grand corps.

Tandis qu'elle embrassait son visage et son cou tout en le débarrassant de sa chemise, les yeux brillants de passion, il dégrafa sa robe et la laissa tomber à terre. De son côté, gênée par son jean, elle tira impatiemment dessus, tant et si bien qu'il glissa le long de ses cuisses. Finalement, il se tint devant elle, uniquement vêtu de la pâle lumière provenant du toit.

A la vue de son érection, elle frissonna d'anticipation. L'attirant à lui, il l'embrassa à en perdre haleine et elle lui rendit son baiser avec toute l'émotion qu'elle avait dû enfouir au plus profond d'elle-même après son départ. Le chagrin, la tendresse et la passion les emprisonnaient dans une puissante étreinte qui les isolait du monde.

Brusquement, elle se sentit soulevée par des bras forts.

Sans ouvrir les yeux, elle se laissa emporter où bon lui semblerait. C'était si agréable de cesser de réfléchir, et de se laisser simplement aller.

Il l'assit sur une surface de pierre polie dont la fraîcheur contrastait étonnamment avec la chaleur de son corps. Elle se pressa contre lui, contre son sexe érigé au niveau du sien, lui-même au comble de l'excitation.

— Maintenant ! dit-elle, suppliante, en le prenant dans ses mains.

Elle avait besoin de le sentir en elle. Il fallait qu'il comble le vide qu'il avait laissé en partant.

Il souleva ses jambes et la pénétra lentement. Puis, quand d'un coup de reins il se propulsa loin en elle, une sensation de soulagement et de joie l'envahit. Et elle le serra très fort dans ses bras.

Elle l'aimait.

L'amour la submergeait et chassait l'air de ses poumons tandis qu'il évoluait en elle.

Il la souleva et elle eut l'impression d'être légère comme une plume dans ses bras. Se retournant, il s'installa sur le siège et l'assit sur lui.

Il lui lécha le cou, le mordilla et le suça, et elle se cambra pour le sentir plus profond en elle. Bientôt, elle s'aperçut que, les pieds en appui sur la pierre, les mains solidement agrippées à ses épaules, elle pouvait se mouvoir facilement au-dessus de lui. Alors, elle lui fit l'amour en variant le rythme et en laissant les sensations déferler sur elle.

Le plaisir envahissait son corps. Un plaisir grisant, qu'elle voulait savourer au maximum. Elle en avait si peu connu ces dernières années. C'était comme un bijou précieux qu'elle tiendrait à conserver au creux de sa main pour l'admirer le plus longtemps possible.

A en juger par ses cris, ses soupirs et ses gémissements, il appréciait également. Ses mains exploraient son corps, caressant et soutenant à la fois.

Elle l'embrassa, projetant sa langue dans sa bouche au

rythme de ses coups de reins. C'était une sensation coquine et délicieuse. Avec lui, elle pouvait prendre le risque d'agir comme une écervelée et de s'amuser sans crainte d'être jugée ou réprimandée.

Elle couvrit son visage de baisers et glissa ses doigts dans ses épais cheveux, s'enivrant de l'odeur masculine de sa peau mouillée de sueur. Elle aimait le contact râpeux de sa joue contre la sienne, la ferme pression de ses doigts sur sa peau.

A présent, l'orgasme était si proche qu'elle sentait les spasmes venir. Alors elle ralentit l'allure et s'immobilisa au moment où elle pensait exploser. Une part d'elle-même souhaitait continuer et goûter le bonheur d'une jouissance partagée, mais une autre tenait à prolonger cette expérience inouïe.

Elle ignorait toujours les raisons du retour d'AJ, et combien de temps il comptait rester. Il avait déclaré l'aimer, mais elle savait que l'amour ne résolvait pas tous les problèmes. A vrai dire, pour le moment, elle s'en souciait peu. Ce qu'elle partageait avec lui était déjà tellement merveilleux, comparé à ce qu'elle avait connu au cours de ses années de mariage. Et si c'était tout ce qu'elle obtenait jamais de la vie, ces quelques heures nourriraient à jamais son souvenir.

Elle l'embrassa avec passion et goûta son baiser comme si c'était le dernier. Elle savourait le délicieux contact de ses mains sur sa peau, de son ventre dur pressé contre le sien. A présent, elle bougeait très lentement sur lui, comme si elle avait le pouvoir de modifier le passage du temps et de prolonger indéfiniment le moment présent.

— Tu me tortures, murmura-t-il.

— Peut-être le mérites-tu…

Elle fit courir un doigt le long de son dos.

— Possible, répondit-il en lui mordillant l'oreille. Seulement, avec ce genre de punition, tu risques d'encourager mes mauvais penchants.

Elle pressa ses seins contre son torse et savoura la sensation fulgurante de plaisir qui fusa dans ses mamelons.

— Je continuerai quand même. J'aime infliger des tourments.

Elle se laissa descendre de tout son poids sur lui et le sentit bouger en elle.

— J'aurais dû me douter qu'un démon se cachait sous une apparence d'ange.

Elle ouvrit les yeux, croisa son regard noir.

— Je t'avais prévenu.

— C'est vrai.

Paupières plissées, il contempla son corps et, sous son regard, il lui sembla que sa peau s'embrasait.

— C'est peut-être ce qui m'a intrigué. Et puis, la façon dont tu m'as embrassé…

— Tu pouvais deviner mes mauvais penchants.

— Ou, plutôt, tes délicieux penchants. Les deux ne font qu'un dans mon esprit.

Elle approcha ses lèvres de son oreille.

— Crois-tu possible que nous tirions le pire l'un de l'autre ?

— Absolument !

Il lui souleva le menton d'un doigt.

— Peux-tu me dire pourquoi, sinon, nous ferions l'amour sur le trône ancestral de notre nation ?

— Oh ! Non, dit-elle, l'air choqué.

— Oh ! Si. Sur quoi crois-tu que nous sommes assis ?

— Je ne sais pas… je n'ai pas réfléchi…

Son rire fit vibrer leurs deux corps joints.

— Je n'aurais jamais imaginé qu'il soit… si confortable. Crois-tu que d'autres l'aient fait avant nous ?

— Les récits des coutumes des Anciens ne nous apprennent rien sur le sujet, dit-elle en souriant. Mais peut-être était-ce une utilisation courante du trône.

— Très avisé de leur part, à mon avis. Nous devrions faire revivre la coutume.

— Apparemment, nous avons déjà commencé !

Il donna un léger coup de reins qui se répercuta en elle. Alors, toute frissonnante, elle s'arc-bouta pour mieux le sentir. Etait-ce un réel recommencement ? S'il restait et devenait roi, presque tout devenait possible, pour Rahiri comme pour elle.

Restes-tu ?

De crainte de gâcher l'instant, elle retint la question qui lui brûlait les lèvres. Il était là, et c'était suffisant.

Se penchant sur lui, elle reprit ses mouvements de va-et-vient, laissant les merveilleuses sensations se répandre en elle jusqu'à en perdre tout contrôle. Et, cette fois, elle ne s'arrêta pas, mais les emmena tous deux sur les sommets vertigineux du plaisir, là où les corps ne faisaient plus qu'un.

Quand elle ouvrit les yeux, ils gisaient, côte à côte, se tenant les mains, sous la lumière provenant du plafond, la surface de basalte poli étonnamment douce à leurs membres alanguis.

Elle le regarda.

— Que se passera-t-il si nous avons brisé un ancien tabou ?

Il eut un sourire désinvolte.

— Bah ! Les anciens tabous sont faits pour être brisés.

Soudain, la porte résonna d'une volée de coups.

— On vient ! dit-elle en se redressant brusquement.

Mais il ne bougea pas.

— Pas étonnant. Nous avons échappé à leur surveillance.

Sautant à bas du trône, elle se dépêcha d'enfiler sa robe.

— Vite ! Tu n'as tout de même pas envie qu'ils sachent ce que nous avons fait !

— Pourquoi ? Ce n'est pas un crime.

— Peut-être que si. Oublierais-tu que le trône est sacré !

— Si je deviens roi, je nous garantirai l'absolution.

Tout en parlant, il passa son pantalon.

— Même chose si tu deviens reine. Il faut juste décider si nous méritons le pardon.

Du bout des doigts, elle tenta de remettre un peu d'ordre dans ses cheveux. Il lui embrouillait les idées. D'ailleurs, lui-même ne savait peut-être pas ce qu'il avait en tête. Tout était arrivé si vite. Moins de vingt-quatre heures s'étaient écoulées depuis qu'elle lui avait téléphoné pour vider son cœur.

De nouveaux coups frappés à la porte la firent sursauter.

Il lui adressa un clin d'œil.

— Pas de panique ! Elle est fermée à clé.

Elle mit ses sandales.

— Qu'allons-nous leur dire ?

— Eh bien…

Il boutonnait lentement sa chemise.

— … que nous n'arrivions pas à décider qui prenait le trône et que nous avons eu l'idée de l'essayer, pour tester son confort.

— Tu es impossible !

— Je sais. C'est pourtant la vérité, non ?

— Nous n'avons pas décidé qui prendrait le trône, dit-elle en scrutant son expression.

— Tiens-tu à être reine ? demanda-t-il en suspendant son geste pour l'observer à son tour.

Seulement si tu es roi.

— Pas vraiment. Disons que j'ai été entraînée dans cette direction.

Il lui sourit et se remit à boutonner sa chemise.

— C'est curieux, dans certaines sociétés, les gens plantent des couteaux dans le dos de leurs rivaux pour obtenir le trône. Et, nous, nous n'avons qu'une envie : éviter la couronne qu'on veut nous placer sur la tête.

Après avoir glissé sa chemise dans son pantalon, il la regarda bien en face.

— Je reconnais que ça me chiffonne aussi.

— Tu regrettes d'avoir abandonné la couronne ?

— Si tu savais comme je m'en moque ! C'est Rahiri que je regrette d'avoir perdu. C'est un formidable petit pays qui peut encore beaucoup progresser. Bien sûr, les anciens ont à cœur les intérêts du peuple, mais ils n'ont pas l'énergie ni la vision d'une personne plus jeune, qui s'est frottée à d'autres cultures et a été exposée à des idées nouvelles.

— J'y pensais justement. Il nous faut davantage de femmes médecins, et pourquoi ne siégeraient-elles pas avec les anciens ?

— Tu es prête pour ton rôle de reine, fit-il observer.

S'imaginait-il qu'elle ne voulait pas de lui à Rahiri parce qu'elle était prête à diriger le pays ?

Elle haussa les épaules.

— Il faut bien que je me prépare. Je n'ai pas le choix.

Il se rembrunit.

— Tu n'as jamais le choix. C'est injuste. Que désires-tu, Lani ?

Toi.

Pourquoi les mots n'arrivaient-ils pas à franchir ses lèvres ? De quoi avait-elle si peur ? Qu'il s'enfuie, épouvanté ?

— Tu n'aimes pas te livrer, dit-il en posant sur elle un regard inquisiteur.

— Je t'ai dit la vérité à propos de mon mariage.

— C'était un bon début, mais je veux que tu me parles de toi. De ce que tu penses, et ce que tu veux vraiment.

Une nouvelle grêle de coups ébranla la porte.

— Y a-t-il quelqu'un ? demanda une voix forte. Nous allons enfoncer la porte !

— Oh ! Non, dit-elle en se réfugiant derrière le trône.

— Ne touchez pas à cette porte ! répondit-il. Je suis avec Lani et nous allons parfaitement bien !

Allaient-ils bien ? A présent que l'excitation du désir était tombée, elle sentait renaître son anxiété. Il semblait que rien ne sortirait de cette discussion. Ce n'était d'ailleurs guère étonnant, elle n'avait jamais été douée pour cela.

— Tu n'as pas répondu à ma question, dit-il, sans plus se soucier du tohu-bohu extérieur. Que veux-tu ?

Et si elle lui demandait de rester, et qu'il gâche sa vie à Rahiri, ne serait-elle pas responsable de son malheur ?

— Cesse de me dissimuler le fond de ta pensée, fit-il, avançant vers elle. Tu ne fais que compliquer les choses.

— Je veux que tu restes et que tu montes sur le trône.

Un soulagement mêlé de frayeur la saisit quand elle se rendit compte de ce qu'elle avait dit.

Cependant, l'expression d'AJ ne s'adoucit pas.

— Ce souhait me concerne. Qu'en est-il de toi ?

Je veux être ta femme.

Non ! Elle ne pourrait jamais prononcer ces paroles. Ça reviendrait à lui demander de l'épouser. Impossible de s'y résoudre.

— Pourquoi ne peux-tu pas le dire ? demanda-t-il, posant une main sur son épaule.

Son regard semblait la transpercer, ce qui la mettait d'autant plus mal l'aise.

— Parce que je ne sais pas ce que je veux. Je sais seulement que je ne veux pas que tu partes !

Les mots avaient jailli comme un long sanglot.

— Je dois être trop superficielle ou trop stupide pour toi ! Tu t'attends à ce que j'aie de grandes idées sur mon destin, et des tas de rêves…

Elle essuya une larme.

— Mais je n'ai rien de tout cela ! Je ne suis qu'une simple fille du peuple qui désire seulement élever son enfant et être heureuse.

Maintenant, des larmes qu'elle n'essayait plus de maîtriser ruisselaient sur ses joues. C'était la pure et simple vérité et, s'il attendait davantage d'elle, il allait au-devant de grosses désillusions.

Peut-être était-ce cet aspect de sa personnalité qu'elle essayait de cacher depuis le début ?

— Je ne suis ni instruite ni particulièrement intelligente !

Vanu n'avait jamais manqué l'occasion de le lui faire remarquer.

— Je m'efforce d'être bonne pour les gens qui m'entourent et j'essaie d'agir correctement. Et, parfois, j'échoue lamentablement…

Un sanglot plus violent la secoua.

— Ne te rabaisse pas, Lani, dit-il d'une voix ferme. Tu es forte et courageuse. Regarde tout ce que tu as enduré. Je crois sincèrement que tu es capable de beaucoup de choses. Quoi que tu fasses, ne laisse pas l'opinion de Vanu altérer ta vision de toi-même. Je n'existerais plus si je l'avais laissé faire !

— Tu es devenu un réalisateur plusieurs fois récompensé. C'est une belle réussite.

Pas étonnant qu'il refuse d'abandonner une carrière construite à la force du poignet.

— Réalisateur, roi, c'est du pareil au même, dit-il en essuyant une larme sur sa joue. Il faut faire vivre en harmonie des personnes très différentes tout en les guidant dans la direction de son choix. Je commence à me rendre compte que ma carrière cinématographique était la préparation idéale pour le métier que j'ai l'intention d'exercer.

— Hollywood et l'excitation du monde du spectacle ne te manqueraient pas ?

— Pas autant que toi et Rahiri m'avez manqué quand j'étais là-bas.

La tendresse de sa voix l'émut profondément. Son regard avait une expression différente, plus réfléchie, plus grave.

— Je pense sincèrement que j'étais fait pour vivre un certain temps en Californie, reprit-il. Et j'ai apprécié, presque autant que les médias l'ont raconté. Mais, à présent, il est temps que je revienne à la maison.

La solennité de l'instant fut brusquement interrompue par de violents coups frappés sur la porte.

— AJ Rahia ! Sors de là immédiatement !

— Ta mère ! dit-elle sans pouvoir s'empêcher de rire. Elle est probablement à court de déclarations aux journalistes !

— Est-ce une façon de parler au futur roi ? demanda-t-il, une lueur amusée dans le regard.

Un soupir tremblant s'échappa des lèvres de Lani.

— Tu vas vraiment rester et monter sur le trône ?

— Seulement si tu deviens ma reine.

Il prit ses mains dans les siennes et, le regard rivé au sien, s'agenouilla devant elle.

— Lani, accepterais-tu de devenir ma femme ?

10

Il retint son souffle tandis que deux grosses larmes roulaient le long des joues de Lani.

— Tu m'as tellement manqué. J'ai cru mourir de désespoir quand tu es parti. Et le pire, c'était que, malgré mes efforts, je n'arrivais pas à t'en vouloir de m'avoir abandonnée à mon sort. Tu es le plus attentionné et le plus tendre des hommes et…

Elle poussa un bref soupir.

— … Je t'aime.

En dépit de la joie qui l'envahissait, il ressentait une sourde appréhension, car elle n'avait pas répondu à sa question. Craignait-elle qu'il se sente forcé à l'épouser ?

— Je t'aime aussi, Lani. Et je veux t'épouser parce que j'aimerais être ton mari, pas pour faire plaisir à mon pays. Ta beauté m'a d'abord séduit, mais ton âme généreuse a pris mon cœur. Je veux passer ma vie auprès de toi.

De sa poche, il sortit une boule de mouchoirs en papier. Ce ne fut pas facile de la déplier tout en tenant fermement la main de Lani. Il lui semblait avoir trop de chance et craignait encore qu'elle ne s'échappe.

Finalement, une bague ornée d'une pierre précieuse apparut au milieu des mouchoirs froissés.

Elle poussa un petit cri.

— Qu'elle est belle !

— Elle peut, dit-il crûment. Elle vient de chez le plus grand bijoutier de Los Angeles.

— Tu avais prévu ?

Il hésita. Devait-il lui raconter qu'il avait prévu cette demande en mariage depuis son départ, et passé des jours à se torturer en se demandant quel modèle choisir ? Certainement pas. Ils s'étaient promis une transparence absolue.

— Seulement à 2 heures du matin. J'ai dû tirer du lit mon ami Niall. C'est un joaillier réputé et je savais trouver chez lui de quoi parer une reine. Voyons si elle te va.

Tout en ouvrant des yeux émerveillés, elle hocha la tête.

Il lui prit la main et passa la bague à son annulaire. Elle glissa facilement, un peu trop facilement peut-être, car le poids de la pierre la fit tourner sur son doigt.

— Elle est un peu grande.

— Nous la ferons ajuster, dit-elle, les yeux brillants de larmes. Elle est magnifique et je l'adore ! Et, oui, j'accepte de devenir ta femme !

Il la souleva dans ses bras et la fit tourbillonner. Il devait avoir le sourire le plus éclatant du monde.

— AJ, mon chéri…

Ce n'était pas la voix de Lani, mais celle de sa mère, en provenance du couloir.

— Tu crois qu'elle écoutait à la porte ? demanda-t-il dans un souffle.

Elle sourit.

— Probablement. J'avais oublié sa présence.

— Moi aussi.

Il la serra contre lui.

— Et si nous la laissions entrer pour lui annoncer la bonne nouvelle ?

Il la sentit se crisper dans ses bras.

— A moins que tu ne sois pas prête à affronter la meute des journalistes ?

Elle haussa les épaules.

— Il le faudra, tôt ou tard. Alors, autant en finir tout de suite.

Elle s'essuya les joues et il fit disparaître les dernières traces de larmes. Après quoi, main dans la main, ils se dirigèrent vers la porte fermée par un verrou massif. Quand il l'eut manœuvré, il reprit sa main et poussa le battant.

Comme prévu, de nombreuses personnes s'étaient rassemblées devant la porte. Les marques rouges sur les joues de sa mère indiquaient son degré d'agitation.

— Bonjour, maman.

— Que faisiez-vous là-dedans ? demanda-t-elle en fixant Lani qui rougit.

— C'est un secret entre Lani, le trône et moi, répondit-il en adressant un clin d'œil à Lani dont la rougeur s'accentua.

Pour sa part, il se sentait étrangement calme.

— Je suis revenu pour de bon, maman. Et Lani a gentiment accepté de m'épouser.

La bouche de sa mère s'ouvrit démesurément, puis elle poussa un cri et, saisissant Lani dans ses bras, l'étreignit farouchement.

— Quelle merveilleuse nouvelle !

Les flashs des appareils photo crépitèrent autour d'eux.

— Qui va diriger Rahiri ? demanda un journaliste.

Il serra Lani contre lui.

— Lani et moi. Nous gouvernerons ensemble jusqu'à ce que notre enfant soit en âge de régner.

— Mais n'est-ce pas l'enfant de votre frère ? demanda un autre en agitant son micro sous son nez.

Il regarda Lani.

— Puisque Vanu est parti, répondit-il, j'élèverai cet enfant comme le mien.

— Continuerez-vous à faire des films ? cria un jeune homme des derniers rangs.

— Bien sûr ! J'ai déjà des idées de scénarios qui se dérouleront à Rahiri.

Il vit que Lani ouvrait de grands yeux. Mais, très vite, elle sourit.

— Ce serait vraiment dommage qu'AJ gâche ses talents

créateurs, dit-elle. Et il y a un potentiel de talents sur cette île qui apprécieront certainement de jouer dans ses films.

Il glissa un bras autour de sa taille.

— Rahiri a beaucoup changé depuis mon enfance. Nous avons de meilleures écoles, de meilleurs hôpitaux. Des téléphones portables et la TV par satellite. Mais les qualités essentielles de notre peuple sont restées les mêmes. Chacun est attentif aux autres, à la terre sur laquelle il vit et à l'eau qui l'entoure. Nous avons des coutumes et une culture unique que nous célébrons, comme nos ancêtres. Lani et moi sommes impatients de perpétuer le legs de progrès et de tradition de mon père.

En entendant les appareils photo se déchaîner, il sourit. Déjà, il se sentait presque à l'aise dans son nouveau rôle. Les différentes facettes de leur vie semblaient se mettre en place selon un canevas précis et cependant coloré comme celui des robes de Lani, ou des sculptures de teck qui les environnaient.

Ils répondirent ensemble à d'autres questions. A mesure qu'elle prenait de l'assurance, Lani devenait de plus en plus bavarde, et sa beauté irradiait comme le soleil de midi.

Finalement, il décida qu'il était temps pour eux de jouir d'un peu de tranquillité.

— A présent, nous allons nous retirer, dit-il. Notre famille a besoin d'intimité.

Le nez de Lani la picota quand, armée d'un gros pinceau, Priia saupoudra ses joues du traditionnel pollen.

— Cela fait briller si joliment la peau, dit sa belle-mère. Nous devrions en mettre tous les jours !

Priia rayonnait littéralement de bonheur.

— Je ne sais pas si les abeilles apprécieraient, dit Lani, mais c'est doux.

Tout comme sa robe tissée de fils d'or véritable et de brins de soie aux couleurs délicates. Elle avait porté une robe semblable pour son premier mariage, mais, aujourd'hui, tout paraissait différent. Peut-être parce qu'elle s'était accoutumée au faste, mais surtout, sans aucun doute, parce que la cérémonie marquait l'entrée d'AJ dans sa vie.

A l'occasion des cérémonies conjointes du mariage et du couronnement, la population de Rahiri avait pratiquement doublé. Et Lani qui regardait rarement la télévision l'évitait soigneusement maintenant, trouvant étrange de se voir dans le rôle de la pauvre Cendrillon devenant reine.

Tous ces embarras la mettaient sur les nerfs.

— Où est AJ ?

— Il se prépare, mon enfant. Tu ne le verras pas avant la cérémonie. Ne sais-tu pas que ça porte malheur ?

Elle soupira. Une étreinte d'AJ l'aurait certainement réconfortée. Elle n'était pas anxieuse au sujet du mariage lui-même, ou de son accession au trône. Elle désirait seulement en finir avec le faste officiel.

Bien que la tradition veuille que seul le roi fasse un discours pendant la cérémonie, AJ avait suggéré qu'elle prononce également quelques mots afin de symboliser leur égalité de monarques. Elle reconnaissait l'intérêt de l'idée, mais que se passerait-il si, devant tous ces gens, elle était soudain paralysée par la timidité et ne trouvait plus ses mots ?

La sonnerie de son portable la fit sursauter. Il lui fallut quelques instants pour le retrouver au milieu des lotions, des pots de crème et des onguents divers qui encombraient la table. Sa propre main aux ongles et aux doigts teints de jus de baies rouges la surprit tandis qu'elle la tendait vers l'appareil.

— Oui ?

— Comment va ma ravissante future épouse ?

La voix d'AJ, grave et décontractée selon son habitude, la rasséréna aussitôt. Priia s'éloigna pour les laisser à leur intimité.

— Je suis nerveuse, mais ça peut aller. Comment se porte mon superbe futur époux ?

— Je me sentirai mieux quand nous serons seuls, tous les deux, ce soir.

Le ton chargé de sous-entendus alluma une flambée de désir. Elle n'était pourtant pas frustrée sexuellement, car ils partageaient le même lit depuis son retour.

— Et que nous serons débarrassés de nos couronnes ! dit-elle.

C'était un tel soulagement d'avoir un partenaire à qui elle pouvait se confier librement.

— J'ai l'impression que nous allons participer à un bal costumé, pas à une vraie cérémonie de couronnement !

Il éclata de rire.

— Mais c'est un bal costumé où les couronnes sont d'or pur tressé d'orchidées rares ! Tout ce que nous aurons à faire sera de sourire et d'adopter une attitude royale. Sur ce chapitre, tu as plus d'entraînement que moi.

— Je n'excelle pas dans le rôle. J'ai toujours eu l'impression d'être une fille de ferme débarquée par hasard dans un palais et que tout le monde prend, par erreur, pour une princesse.

— Avec ton allure, l'erreur est compréhensible.

Elle rit.

— Comment réussis-tu toujours à m'égayer ?

— C'est parce que tu m'aimes. Alors tu ris, même à mes blagues les plus navrantes.

— C'est sûrement ça !

Elle soupira. Il lui semblait que son cœur dilaté d'amour débordait de sa poitrine.

— Je t'aime vraiment, tu sais, murmura-t-elle. Moi qui avais renoncé à connaître l'amour…

— Rien ne vaut une bonne surprise au moment où on s'y attend le moins. C'était, en tout cas, ma théorie en tant que réalisateur.

— Pas sûr que les habitants de Rahiri partagent ce point de vue. A mon avis, ils doivent préférer la sécurité.

— Alors, nous essaierons de ne pas déclarer trop de guerres, ni de bousculer trop radicalement leurs habitudes. Ta douceur contrebalancera mon tempérament volcanique.

Elle sourit. C'était si facile et si drôle de le taquiner.

— Méfie-toi. Je suis sûrement moins gentille maintenant que tu as encouragé mon côté pervers.

— Arrête ! Je repense à la nuit dernière…

Sa voix chargée d'allusions la troubla.

— Nous aurions dû garder notre énergie pour aujourd'hui, dit-elle.

Dans le miroir, elle jeta un coup d'œil à son maquillage soigné et à son visage poudré de pollen.

— Mais non ! Nous aurions été encore plus nerveux. Il valait beaucoup mieux épuiser notre adrénaline… Et puis, dit-il d'une voix enjôleuse, même le pollen ne peut rivaliser avec l'éclat naturel d'une femme sexuellement comblée.

— Tu me donnes de drôles d'idées !

Ses pupilles s'étaient dilatées et ses joues, couvertes du rose de l'embarras.

— Je crois qu'il vaudrait mieux que nous parlions du produit national brut rahiien, dit-elle.

Il éclata de rire.

— Et de son explosion due à la vente de souvenirs et autres babioles associés à nos noces. En parlant de ça, il est temps que nous gagnions la salle du trône. Essaie de ne pas penser à ce que nous y avons fait l'autre jour.

Elle déglutit. Serait-elle capable de rester concentrée sur la cérémonie, sachant le traitement qu'ils avaient fait subir à la vénérable pierre ?

— A tout de suite, si je ne m'évanouis pas en chemin.

— Tu seras parfaite, majesté.

Elle souriait en coupant la communication. A vrai dire, avec AJ à son côté, elle se sentait capable de tout.

Épilogue

Trois ans plus tard

— Quelle chance d'avoir un home cinéma ! dit Lani en rattrapant la petite Puaiti pour la rasseoir dans son fauteuil.

Mais en quelques secondes, tel un diable à ressort, l'enfant en avait de nouveau jailli et courait dans la pièce obscure.

Le générique de fin de *Dragon Chaser 6* défila sur l'écran.

— Elle n'a pas l'air de trouver la série passionnante, dit AJ, tentant d'attraper la petite fille au passage. Mais je ne me fie pas trop à son sens critique.

Priia caressa la tête de Puaiti qui passait près de son siège.

— Il faut toujours qu'elle soit le centre du monde, comme son père.

Elle regarda tendrement son fils. Dans l'esprit de Priia, il ne faisait pas de doute qu'AJ était le père de la fillette, et non Vanu, dont on évoquait rarement le souvenir.

D'ailleurs Puaiti tenait en tous points d'AJ, y compris sa passion pour le cinéma, même si ses préférences allaient aux histoires de princesses.

Elle sauta sur les genoux de son père en réclamant du pop-corn.

Maya, sa petite sœur, dormait dans les bras de Lani. Elle arrivait à dormir dans pratiquement n'importe quelle situation, ce qui était une chance avec Puaiti dans les parages.

— Ray a fait du bon travail, dit AJ. Je n'aurais pas fait mieux.

Il donna un pop-corn à Puaiti et la surveilla attentivement tandis qu'elle grignotait. Lani lui avait expliqué qu'on pouvait s'étouffer avec du pop-corn et, en bon père de famille, il avait pris l'avertissement très au sérieux.

— Je trouve que la scène de poursuite sur le pont aurait mérité davantage d'effets spéciaux, dit-elle en caressant la chevelure dorée de sa petite fille. Tu aurais pu ajouter, je ne sais pas moi, un hélicoptère avec un filin pour ajouter quelques acrobaties aériennes !

Il la contempla avec amusement.

— Comment se fait-il que tu lises dans mes pensées ?

— C'est que j'ai tellement regardé tes films…

Elle jeta un coup d'œil à Priia.

— … en compagnie de la plus enthousiaste des fans !

Priia épousseta le sel du pop-corn de ses mains.

— Mon AJ réalise peut-être des films passionnants, mais il est plus utile à Rahiri qu'à Hollywood !

— Les séances de shopping sur Rodeo Drive ne te manquent pas trop, maman ? Tu n'as plus d'excuses pour te rendre à Los Angeles maintenant.

— Mon chéri, grâce à toi et à tes initiatives de développement touristique, je n'en ai pas besoin. Des boutiques Chanel et Fendi vont bientôt ouvrir ici.

Elle se pencha vers Lani et leva un sourcil dessiné au crayon.

— Peut-être même une boutique Ferragamo ! Mais l'affaire n'est pas encore conclue.

Lani sourit.

— J'attends avec impatience l'ouverture du magasin Maman Bébé. Maya m'a confié qu'elle aimerait des couches griffées.

Elle cligna de l'œil à l'intention d'AJ. Tous deux aimaient taquiner Priia sur son goût immodéré pour les marques. En tout cas, l'essor du tourisme apportait sur l'île des fonds permettant la construction d'écoles, d'hôpitaux et de services qui auraient été inimaginables, une génération plus tôt.

— Petite maligne ! dit Priia en tendant les bras. Si tu me la confiais, Lani, et que tu allais profiter du soleil couchant ? Il paraît que notre petite princesse t'a tenue occupée vingt-quatre heures sur vingt-quatre, cette semaine. Puaiti et moi allons lire une histoire à Maya. N'est-ce pas, Puaiti ?

La petite fille tira un livre d'une pile.

— Elle adore *Winnie the Pooh* ! dit Priia.

AJ prit Lani par la main et, bien que familier, le contact la fit délicieusement frissonner. Ils gagnèrent la véranda pendant que Priia entreprenait de raconter l'histoire.

Le soleil descendait sur la vallée, en dessous d'eux, et, filtrant à travers le brouhaha des activités du soir, on percevait le grondement de la chute d'eau. La douce lumière anoblissait les traits d'AJ. Elle le trouvait encore plus beau, plus digne et plus séduisant depuis qu'il assumait son rôle de roi. D'ailleurs, à son grand amusement, les commentateurs de *Celebrity Watch* avaient fait récemment la même observation.

— As-tu sommeil ? demanda AJ en lui caressant la joue.

— Pas le moins du monde !

Elle se sentait, tout au contraire, débordante d'énergie. Elle glissa les bras autour de la taille de son mari et frémit d'anticipation une fraction de seconde avant qu'ils ne s'embrassent.

— Si nous nous glissions subrepticement dans la salle du trône, dit-elle, et que nous nous y enfermions pour qu'on ne nous dérange pas ?

Il la contempla avec une tendresse où se mêlait un désir grandissant.

— Tu sais que j'aime ta tournure d'esprit ?

Composé et édité par HarperCollins France.

Achevé d'imprimer en novembre 2020.

CPi
BLACK PRINT

Barcelone

Dépôt légal : décembre 2020.

MIXTE
Papier issu de sources responsables
FSC® C108412

Pour limiter l'empreinte environnementale de ses livres, HarperCollins France s'engage à n'utiliser que du papier fabriqué à partir de bois provenant de forêts gérées durablement et de manière responsable.

Imprimé en Espagne.